장르와 탈장르의 네트워크들
— 탈근대의 서사와 담론

국립중앙도서관 출판시도서목록(CIP)

장르와 탈장르의 네트워크들 / 박진 지음. — 서울 : 청동거울,
2007
    p. ;    cm. — (청동거울 문화점검 ; 43)
참고문헌과 색인수록
ISBN  978-89-5749-094-5 93810 : \15000
331.5-KDC4    306.4-DDC21        CIP2007002910

청동거울 문화점검 **43**

# 장르와 탈장르의 네트워크들

2007년 9월 15일 1판 1쇄 인쇄 / 2007년 9월 19일 1판 1쇄 발행

지은이 박진 / 펴낸이 임은주 / 펴낸곳 도서출판 청동거울 / 출판등록  1998년 5월 14일 제13-532호
주소  (137-070) 서울 서초구 서초동 1359-4 동영빌딩 / 전화  02)584-9886~7
팩스  02)584-9882 / 전자우편  cheong21@freechal.com

주간  조태림 / 편집 이선미 / 마케팅 김상석

값 15,000원



ISBN-13 : 978-89-5749-094-5

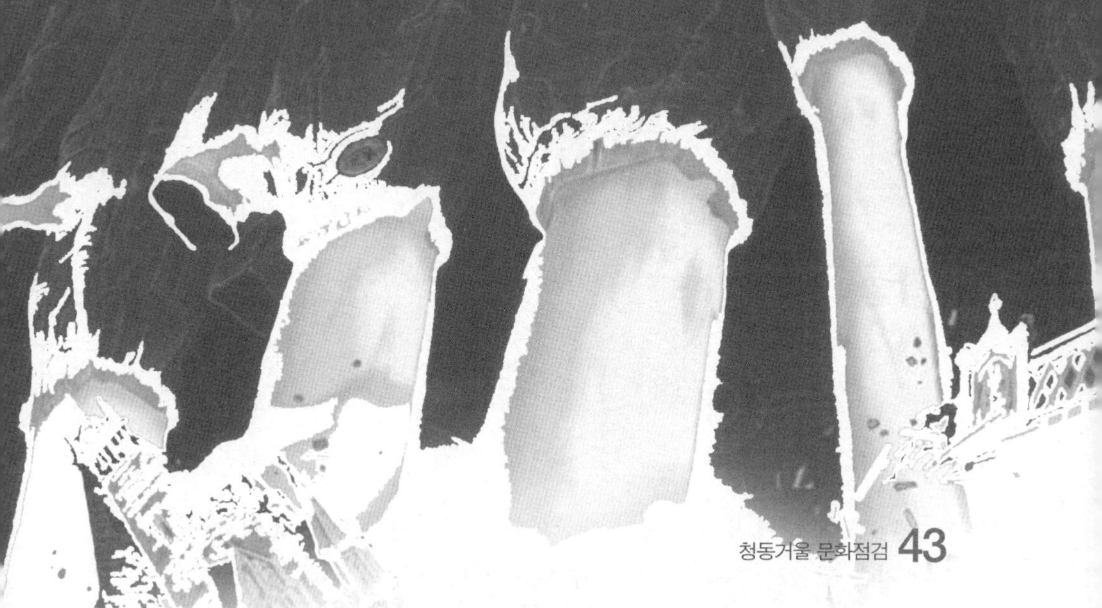

청동거울 문화점검 43

# 장르와 탈장르의 네트워크들

탈근대의 서사와 담론

박진 지음

청동거울

꽤 많은 문학 연구자들이 대중문화나 디지털 콘텐츠 분야로 연구 영역을 확장하고 있음에도 불구하고, 문학 연구와 문화 연구 사이의 단절은 오늘날 더욱 심화되고 있는 것처럼 보인다. 문학 연구자들은 대중문화와 다른 매체들의 영향력을 불길하고 위협적인 것으로 받아들이고, 문화 연구자들은 산업 마인드를 따라잡느라 인문학적 마인드와 서둘러 결별하는 경향이 있다. 그런 분위기 속에서라면, 이 책은 둘 중 어느 분야에도 들어맞지 않을 것이다. 또는 들어맞지 않아야만 할 것이다. 이 책을 구상하면서 내가 마음속에 그려본 것은 대중적인 장르 서사와 인문학의 담론들이 적극적으로 소통하고 교차하는, 그 어떤 열린 공간이었다.

이 책에는 몇 가지 관심사가 얽혀들어 있다. 하나는 서사 장르와 관련된 것으로, 장르·탈장르·혼종 장르 등에 관한 서사학적 관심은 아마도 가장 겉으로 드러나 있을 이 책의 한 테마이다. 장르를 이루는 일련의 관습들은 그 자체로도 무척 매력적이다. 거기에는 기하학적인 질서와 음악 같은 논리가 있으며, 그것에 익숙한 사람들끼리 직관적으로 공유하는 다른 세계들이 있다. 하지만 이보다 더욱 흥미로운 것은 그 논리가 어그러지는 지점들, 관습적인 하나의 세계가 무너지는 순간들이다. 장르의 틀을 넘어서버릴 때까지, 장르의 경계들 자체를 와해시켜버릴 때까지 모험을 하고 사고를 치는 텍스트들에 나

4

는 어김없이 마음을 뺏겼다. 장르들은 또한 서로 서로 결합하고 뒤섞여서 수많은 변종들을 낳는다. 장르들 사이의 이종교배와 그로 인해 생겨나는 혼종적인 글쓰기(스토리텔링)의 풍부한 양상들은 우리가 '문학'이라고 부르는 것을 다시 생각해보게 한다. 장르 서사는 문학의 폐쇄적인 울타리 바깥에서 문학을 바라보는 시각을 제공할 뿐 아니라, 그 울타리에 집착하지만 않는다면 얼마든지 '문학적'이 될 가능성이 있는 드넓은 지대를 가리켜보인다. 이미 많은 텍스트들이 그 가능성의 지대를 넘나들고 있다.

이런 활발한 움직임들 속에서 우리 시대의 문화적 징후들을 읽어내려는 것이 이 책의 또 다른 관심사이다. 그래서 이 책에서는 장르 서사의 전통적인 양식보다는 비교적 최근에 등장한 변이형들과 새로운 경향들에 주목한다. 동시대의 두드러진 서사 현상들 속에서 사회문화적으로 의미 있는 메시지를 해독해내는 일은 미학적인 가치 평가를 수행하는 일 못지않게 중요하고 지적인 작업이다. 그러나 이 일이 표피적이고 피상적인 차원에 머무른다면, 그저 유행을 따르는 일과 구별되지 않을 것이다. 이에 대한 자의식과 불안감을 줄곧 애지중지하며 껴안고 있었던 것이 그런 한계로부터 거리를 유지하는 데 실제로 도움이 되었기를 바라는 마음이다.

그리고 하나가 더 있다. 그것은 우리 시대의 서사물들 속에서 현존

중심, 주체 중심, 인간 중심의 패러다임을 회의하거나 전복하는 담론들을 발견하고 구성해내는 일이다. 새로운 경향의 역사물, SF와 공포 서사물은 이런 담론들을 인상적으로 서사화하는 장르들이다. 역사의 실재성을 의심하고 그 속에 각인된 허구적 성격을 드러냄으로써 사실/허구의 위계적인 이분법을 허무는 최근의 역사 서사물, 지금-여기의 현실을 또 다른 논리적 질서 속으로 옮겨놓고 현존/부재(리얼리티/환상)의 대립을 의문에 부치는 SF 서사물, 합리성과 이성 중심의 사유를 뒤흔드는 공포 서사물은 이런 맥락에서 함께 논의될 수 있다. 내가 생각하는 탈근대의 담론은 근대적인 가치 체계와 의미 구조 안에서 어떤 대상에 대해 사유하는 것이 아니라 그 체계와 구조 자체에 관해 사유하는 담론이다. 탈근대의 담론은 (다른 체계와 구조를 대안으로 제시하지는 못하더라도) 그 메커니즘의 작동 방식과 완강한 고정성을 드러내 보이고 그것이 산출하는 의미화 작용의 한계를 가시화함으로써, 다른 사유의 가능성들을 타진해보게 한다. 이 책은 그런 가능성들을 다양한 장르 서사물 속에서 찾아보고자 하는 시도이기도 하다.

포스트모던 역사 서사물은 때때로 역사 바깥의 시선을 통해 역사라는 것을 근본적으로 다시 생각해보게 하며, 외계인·괴물·귀신 등 등 온갖 타자들이 우글거리는 SF와 공포 서사물은 미지의 존재들과

6

의 조우를 통해 인간의 바깥, 개체적 단일성의 바깥으로부터 우리 자신을 낯설게 바라보게 한다. 이런 시선은 우리가 무슨 수를 써도 도무지 발을 뺄 수 없는 인간적인 현실과, 필연적으로 거기에 묶여 있을 수밖에 없는 의미의 세계에 충격을 가한다. 그 충격은 나를 중심으로 세계를 구성하고 의미를 구축하는 주체의 안정된 자리를 붕괴시키고, 주체를 타자로서 바라보게 하는 관점의 전환과 맞물려 있다. 어쩌면 그것은 불편하거나 고통스러운 일일지도 모르지만, 그렇기 때문에 오히려, 안에서 본 시선과 밖에서 본 시선 사이의 타협 불가능한 충돌 속에 끼어 있는 존재로서 우리 자신에 대한 인식을 심화시키는 계기를 마련해준다. 인간의 윤리와 타자 윤리의 문제는 바로 여기서부터 시작된다고 나는 믿고 있다.

이 같은 몇 가지 관심사들은 서로 분리되어 있진 않지만, 장마다 논의의 초점이나 강조점은 조금씩 달라진다. 원고를 정리하는 동안에는 모든 장들이 일관성 있게 유기적으로 통합되어야 한다고 생각했고, 그러기 위해 신경을 많이 썼다. 잘 되진 않았지만, 이미 발표한 글과 새로 쓴 글 사이에서 빌견되는 미묘한 관점의 차이들, 발표 지면의 성격에 따른 문체의 차이들을 지워보려고 애쓰기도 했다. 하지만 서문을 쓰고 있는 지금은 그 지워지지 않은 차이의 흔적들이 내가 다 알지 못하거나 제어하지 못하는 것들에 대해 말해줄 수도 있을 거라는 생

각이 든다. 이 책을 구상하면서 2005년 후반부터 한편 한편 글을 써 왔던 나는 매번 같은 내가 아니었으며, 차라리 불연속적으로 이어지는 물결들이나 파동들에 가깝다. SF 철학(Sci-phi) 연구자인 마크 롤랜즈(Mark Rowlands)의 표현대로 지금의 내가 조금 전의 나와 아주 가까운 생존자일 뿐이라면, 살아남지 못한 무수한 존재들이 매 순간 내게서 멀어지고 잊혀져왔을 것이다. 그러니 이 책을 이루고 있는 열두 개의 장들도, 가깝긴 하지만 조금 다른 시공간에서 발생한 열두 개의 물결들이나 파동들처럼, 서로 간섭하고 영향을 미치는 단속적인 흐름이 되었으면 한다. 그것들이 독자의 관심이나 문제의식과 부딪혀서 각기 다른 모양과 파장으로 펼쳐질 수 있다면 더욱 좋겠다.

2005년에 쓴 몇 편의 글을 제외하고 이 책의 대부분은 숭실대학교 연구관, 창이 넓은 3층 연구실에서 썼다. 낯선 곳에 와서 금세 적응하고 마음 붙일 수 있도록 따뜻하게 배려해주신 숭실대학교 국문과와 인문대학의 여러 선생님들, 단번에 마음이 통해 언니오빠들처럼 느끼며 지냈던 이선영(지금은 홍익대학교 국문과에 계시는) 김미영 이정석 박삼열 권혁래 선생님께 감사드린다. 역사, 과학, 철학, 영화와 문학 등을 넘나드는 광범위한 주제들로 수업 시간에 열띤 토론을 벌여준 숭실대학교 06학번, 07학번 학생들에게도 고마운 마음을 전하고 싶다. 나이가 들어도 철이 안 드는 제자를 학교 밖에 내보내놓으시고

노심초사 걱정하며 마음 써주신 송하춘 선생님과 모교의 여러 스승님들께도 못 다한 감사의 말씀을 드리고 싶다. 동국대학교 한용환 선생님과 서울대학교 우한용 선생님을 비롯한 서사학회 여러분께도 감사드린다.

모든 원고를 제일 먼저 읽어 준 김행숙, 격려가 필요한 순간들마다 정말 힘이 되는 말들을 해준 소영현, 내 소중한 두 친구에게 감사한다. 맨 처음 〈신세기 에반게리온〉과 〈라 제폰〉을 소개해주었던 댄디 패밀리의 박경탁, 아무리 구하기 힘든 영화라도 제목만 대면 바로 찾아다줬던 남균 씨에게도 늦었지만 고맙다는 말을 꼭 전해야겠다. 진작에 고마움을 표현했어야 할 사람들이 또 있다. 스무 살 무렵부터 한결같이 내 곁에서 어둠의 포스를 잠재워준 도준, 온몸에서 달콤한 냄새가 나는 내 영원한 논논이. 이들이 나를 참아주지 않았다면 나도 나를 견디지 못했을 것이다. 뭔가 대단한 일을 하느라 바쁘려니 하고 속아주시는 부모님과 멀리 뎀피베이에 사는 가족들에게는 죄송하고 애틋한 마음이 든다. 청동거울에서 내는 두 번째 책이다. 박덕규 선생님과 조태봉 실장님의 후의에 감사드린다. 미대 입시를 준비하던 고등학교 시절의 친구 이경미가 표지를 그려주어 더욱 고맙고 기쁘다.

2007. 9. 박진

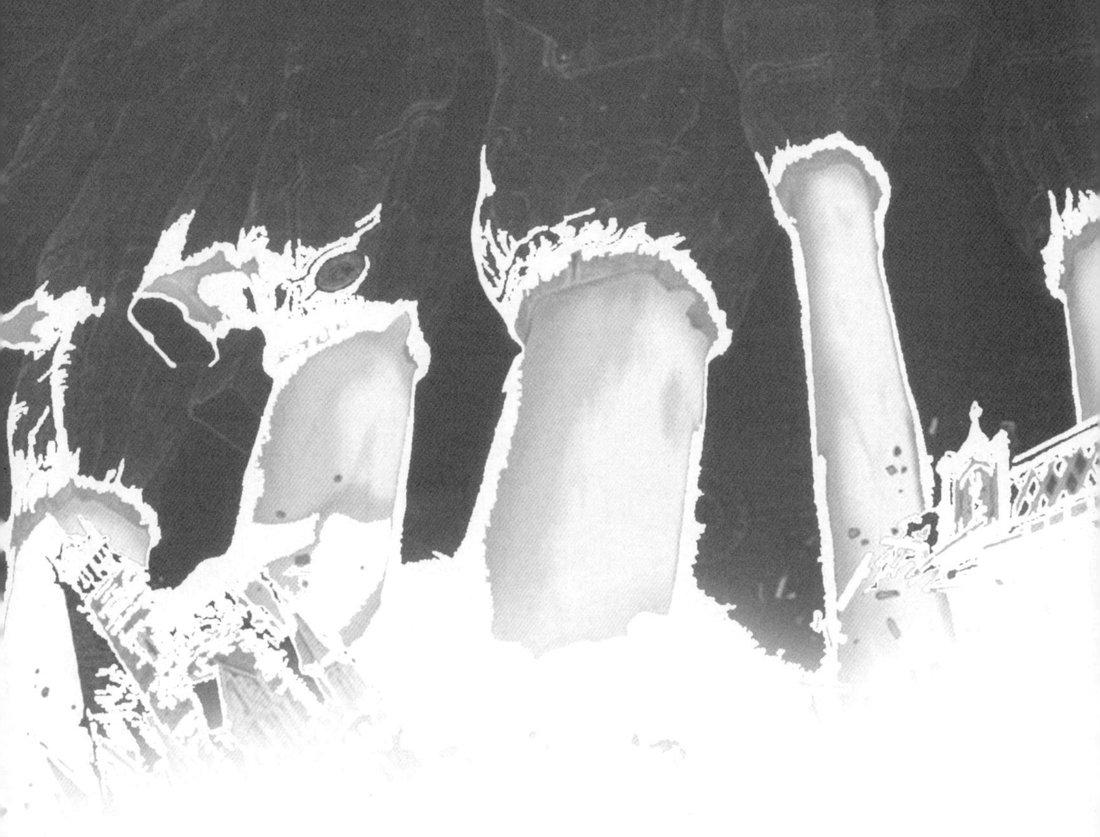

# 제1부 역사와 허구의 강렬한 접속

## : 팩션과 역사 서사물

# *1* 우리는 왜 팩션에 열광하는가

## 1. 팩션, 역사의 허구화와 허구의 역사화

　팩션(Faction)이라는 신조어는 아직은 모호하고 수상쩍어 보인다. 그러나 환상을 뜻하는 일반적 개념인 판타지(Fantasy)가 그러했듯이, 어원이야 어떻든 팩션은 머지않아 이 용어를 사용하는 사람들의 직관과 통념 속에 장르 개념으로 자리잡을 가능성이 크다(개별 장르란 원래 그렇게 해서 생겨난다). 사실(fact)과 허구(fiction)가 뒤섞여 있다는 팩션의 어원적 풀이는 모든 역사소설이나 실화를 소재로 한 소설들에 해당될 수 있을 테지만, 팩션은 분명 우리 시대에 등장한 새로운 서사 양식이라고 말해도 좋을 것이다. 좀더 익숙한 장르 개념으로는 역사추리소설로 분류되는 『다빈치 코드』(*The Da Vinci Code*, 2003) 류의 팩션들[1]은 역사 속의 미스터리를 허구적 상상력으로 재구성하는 데 머무르지 않는다. 팩션은 역사가 왜곡하고 은폐했던 진실을 허구로써 폭로하고자 하며, 체계적으로 거짓말을 해왔던 역사를 대체하여 저 스스로 역사가 되고자 한다. 팩션에서 역사와 허구는 단지 뒤엉켜 있거나 결합되어 있는 것이 아니라 완전히 다른 방식으로 관련을 맺는다. 역사는 허구화되고 허구는 역사화되는 방식으로, 역사와 허구는 서로 자리를 바꾼다. 팩션 속의 역사와 허구가 구분하기 어렵게 착종되는 것은 바로 이 지점에서다.

흔히 역사적 사실로 인정되지 않는 소설 속의 세부 사항들이 철저히 사실에 입각하여 씌어진 것이라고 강조하는 팩션 저자들의 주장은 허구의 역사화에 대한 팩션의 지향을 잘 대변해준다. 댄 브라운(Dan Brown)은 『다빈치 코드』의 서두에서 '사실(Fact)'이라는 제목 아래 "1099년에 설립된 유럽의 비밀 단체, 시온 수도회는 실제로 존재하는 조직"이며 "이 소설에 나오는 예술 작품과 건물, 자료, 비밀 종교 의식들에 대한 모든 묘사는 정확한 것이다"라고 못박았다. 실제로 이들 중 상당 부분은 (그의 반대자들이 주장하듯이 완전히 날조된 거짓말들은 아닐지라도 적어도) 검증되지 않은 미스터리, 또는 '해석학적 지옥'임에도 불구하고 말이다. 나아가 그는 한 인터뷰(ABC 방송 〈Good Morning America〉, 2003년 11월 3일 방영분)에서 자신의 주장이 사실이라고 확신할 수 있기 때문에 이 내용을 논픽션으로 쓴다고 해도 달라질 것은 없다고 단언하기도 했다.

드라큘라의 실체와 그의 무덤을 추적하는 『히스토리언』(*The Historian*, 2005)의 저자 엘리자베스 코스토바(Elizabeth Kostova)의 입장도 이와 다르지 않다. 자신을 '역사가'라고 부르기를 주저하지 않는 그녀는 이 소설의 「헌정사」에서 역사적 "자료들을 적절히 배열하는 데에만 상상력을 발휘"했으며 "이 사건의 실체를 이해하는 분이 한 분이라도 생겼으면" 한다고 말했다. 그녀가 "현명한 독자 여러분

께” 바친 것은 “내 어두운 역사”(1권, pp.7~8)였다. 이 책에 부록으로
수록된 인터뷰에서 그녀는 “사건의 연대와 역사적 사건들을 최대한
정확하게 기록하려 노력했다”고 말하면서, “드라큘라를 제외하고 나
머지 인물들은 모두 창작이다. 즉 드라큘라 미스터리는 사실이지만
나머지는 모두 책을 쓰면서 만들어낸 허구이다”(3권, p.345)라는 흥미
로운 말로써 ‘사실’과 ‘허구’의 경계를 더욱 모호하게 만들기도 했
다. 팩션 저자들의 이런 태도가 일종의 포즈가 아니라면, 진실이라고
“주입하는 사람보다 주입을 더 강하게 받는 사람은 없는 법이라”
(『다빈치 코드』 1권, p.360)는 『다빈치 코드』의 주인공 랭던의 말을 아
이러니하게도 여기서 떠올려 보아야 하는 것일까?

　어쨌거나 팩션의 이 같은 입장은 수용자들의 태도에도 큰 영향을
미쳤다. 팩션에 열광하는 독서 대중은 역사소설들을 통해 역사를 쉽
고도 흥미롭게 배운다거나 하는 기존 독자들의 태도와는 상당히 다
른 방식으로 이들 소설에 반응한다. 그들은 팩션을 읽음으로써 자신
들이 그동안 진실이라 믿어왔던 것들이 실은 조작된 거짓이었으며
진실은 전혀 다른 곳에 숨겨져 있었음을 발견하고는, 이에 대해 기꺼
이 만족을 느낀다(이를 〈매트릭스〉 마니아들이 보여주는 열광의 한 방식에
비교할 수 있을 것이다). 미국의 권위 있는 출판 잡지 『퍼블리셔스 위클
리』(Publisher's Weekly)는 『다빈치 코드』에 대해 “철저한 고증과 조
사를 바탕으로” 하여 “비밀 결사 단체, 고대의 역사를 은폐하려는 음
모”(2003년 3월 18일자) 등을 파헤친 걸작이라고 평가했는데, 이는 팩
션을 읽는 ‘고급독자’들의 반응 역시 독서 대중의 반응과 크게 다르
지 않음을 보여주는 한 예일 것이다. 『다빈치 코드』의 우리말 번역자
는 “진리가 너희를 자유롭게 하리라”는 성경의 한 구절을 인용하면
서 “지난 2천 년 동안 이어져온 비밀의 공모자가 된 기분”(2권, p.335)

이라고 소감을 밝혔을 정도이니, 더 말할 필요도 없을 것이다.

『다빈치 코드』가 허구를 진실이라 주장함으로써 해악을 끼친다고 생각하는 사람들의 격렬한 반발(그들은 이 소설이 유포하는 해로운 관점이나 사상을 문제 삼기 이전에 이 소설을 진위 논쟁의 대상으로 간주한다) 또한 팩션이 불러일으키는 특수한 형태의 반향을 반증하는 사례들이다. 종교계와 역사학계에서 쏟아져 나온 『다빈치 코드의 진실』류의 서적들에서는 『다빈치 코드』가 소설에 불과한데 왜 그렇게 난리냐고" 스스로에게 반문하면서도 이 책을 "단순히 소설이라고만 이야기할 수 없"[2]다는 결론을 내리고 있으니 말이다. 『다빈치 코드』의 경우만이 아니다. 『히스토리언』을 읽다 보면, 마치 예수의 부활을 역사적으로 믿듯이, 우린 흡혈귀 드라큘라의 부활과 실존까지도 역사적으로 믿을 수밖에 없게 된다"(3권, p.340)고 하는 번역자의 말이나, 『단테 클럽』(*The Dante Club*, 2005)의 사건들이 "역사적 사실이기보다는 허구"임을 증명하고자 여덟 명의 조교들과 함께 "눈에 불을 켜고" 증거를 찾았으나 오히려 "그 해에 롱펠로와 그의 수호자들이 우연히 마주쳤던 놀랄 만큼 우울한 상황과 영광의 증거를 조금씩 분명하게 목격했다"(2권, pp.301~302)고 고백하는 C. 루이스 워트킨스 교수의 서문 역시 같은 맥락에서라야 이해될 수 있는 반응들이다.

팩션이 일종의 역사로, 또는 기존의 역사를 해체하는 역사의 다른 판본으로 여겨지는 이 같은 현상은 역사 자체가 유일한 진리가 아니라 여러 판본들 중에서 정설로 채택된 하나의 판본일 뿐이라고 하는 생각에 근거한다. 더구나 그 판본을 선택한 자가 국가나 교회와 같은 제도적인 지배 권력이라면, 거기에는 보나마나 진실을 조작하는 거대하고 조직적인 음모가 숨겨져 있지 않겠는가? 누락되고 배제된 판본들이야말로 진실을 지니고 있을 터인데, 그 판본이 지배 권력에 의해 채택되지 않았다는 사실은 바로 그 진실성의 증거가 아니겠는가? 팩션의 저자와 독자들이 공유하는 열정, 즉 우리가 아는 "역사는 결코 신뢰할 만한 판본이 아니"(『다빈치 코드』 1권, p.354)므로 "지금껏 당연시해온 역사의 보편적 내러티브 뒤에 숨어 있는 또 하나의 역사"(『히스토리언』 1권, p.141)를 발견해야 한다고 하는 신념은 이런 논리에서 나온다. 여기에는 온갖 형태의 음모론에 매혹되는 우리 시대의 편집증적 증상이 스며들어 있기도 하지만, 또한 역사를 바라보는 관점의 근본적인 전환이 투영되어 있기도 하다.

역사학 내부에서 일어난 관점의 전환은 근대의 과학주의 역사학에 대한 반발로부터 시작됐다. 역사가는 실제로 과거에 일어났던 일들만을 '실재한 그대로' 기술해야 한다고 주장했던 랑케(Leopold von Ranke)의 교조적 사실주의 역사관과 그의 엄정한 사료 검증 방식을 이어받은 실증주의 사학에 대한 반발은 역사학의 대상을 해체하고 역사적 사실의 실재성을 회의하는 데까지 나아갔다. 역사적 이해란 애초부터 일종의 재구성이며 역사적 사실은 기록들 속에 주어져 있는 것이 아니라 역사가의 관점과 문제의식에 의해 기록들이 선택되고 배열되는 것이기에 "단순히 충실하게 재생산하기만 하면 되는 그러한 역사적 실재는 존재하지 않는다"[3]는 것이다. 실제로 일어났던 것으로서의 사건의 절대성이라는 역사학의 기본 전제가 붕괴하면서, 오늘날에는 역사(진실)와 허구(거짓)라는 위계적인 이분법을 허물고 역사 서술을 글쓰기나 원-문학(archi-literature)의 일종으로 취급하는 견해가 대두되기도 했다.

역사가가 시작도 끝도 없는 역사의 흐름에 기승전결의 구조를 부여하여 개연성 있는 하나의 이야기로 만드는 서사화 행위의 주체라면,[4] 팩션의 저자들이 역사가가 되지 못할 이유는 또 뭐란 말인가?

역사의 지식이 엄밀한 의미의 '과학'이 아니라 단지 '믿음'에 근거한 것이며 "역사란 역사가의 인성이 전적으로 걸려 있는 영적인 모험"[5] 이라면, 팩션을 우리 시대의 또 다른 역사들이라고 불러도 상관없지 않겠는가? 팩션은 지금 이런 질문들의 형태로 우리에게 말을 건다. 팩션의 등장은 출판계와 독서 시장을 강타한 사건이기 이전에 사실 과 허구의 근본적인 차별성을 의심하는 이 시대의 사회문화적 징후 라고 말할 수 있는 이유가 여기에 있다.

## 2. 팩션의 탐정들과 범인들, 혹은 역사가들

엄밀히 말해서 팩션은 일반적인 개념의 역사추리소설들과는 좀 다른 서사 장르이다(이에 관해서는 이 책의 2장에서 다시 살펴보게 된다). 흔히 역사추리소설이라고 하면 역사적 배경 속에서 펼쳐지는 의문 의 사건들의 해답을 찾아가는 과정이 서사의 골격을 이루는 소설들 을 말한다. 이는 사건 발생의 시대와 그 사건을 해결하는 탐정의 시 대가 모두 역사적 과거 속에 놓여 있음을 뜻한다. 그러므로 역사추 리소설들에서 시간적 배경과 소재는 역사적이지만, 문제를 풀어가 는 과정과 방법은 일반 추리물과 다를 것이 없다. 이에 비해 팩션에 서 '역사적'인 것은 시대적 배경이나 사건 자체가 아니라 그 사건을 해결하는 데 필요한 자료들과 추적의 방법들이다. 살인이나 실종 등 과 같은 사건이 발생하고 탐정이 이를 해결하는 스토리-시간의 현재 는 우리와 동시대(『다빈치 코드』)이거나 현대(『히스토리언』의 1972년, 『단테 클럽』의 1865년)[6]에 가깝지만 그 결정적 단서들은 고대와 중세 를 아우르는 역사적 과거 속에 존재하기 때문에, 팩션의 탐정들은 역사가의 자료 수집과 연구 방법을 활용할 수밖에 없는 것이다.

주인공들이 역사가로 설정되어 있고 제목부터가 시사적인 『히스토리언』은 팩션의 이 같은 측면을 가장 분명하게 보여준다. 도서관과 수도원의 문서보관소에 흩어져 있는 사료들을 추적하고 해석하여 역사적 실존 인물로서의 드라큘라(말뚝왕이나 블라드 드라큘라로 알려진 왈라키아의 폭군 블라드 3세, 1428(?)~1476)의 정체를 밝혀나가는 주인공들의 여정은 역사 서술자의 작업과 그대로 닮아 있다. 특히 이 소설에는 허구적 인물이 남긴 기록들이 역사서나 고문서 등의 자료들과 나란히 배치되어 곳곳에 삽입되어 있는 것이 인상적이다. 드라큘라를 추적하는 주인공들은 각기 다른 세대의 역사가들인데(로시 교수, 로시의 제자 폴과 로시의 딸 헬렌, 폴과 헬렌의 딸인 '나' 등), 그들 각각은 연구 도중 실종된 앞 세대의 인물들이 남긴 단편적이고 불연속적인 기록들을 마치 새로 발굴한 사료들처럼 다룬다. 로시 교수가 친구 헤지스와 '이 편지를 읽을 불행한 이에게' 쓴 편지들, 헬렌이 딸에게 쓴 엽서들(이것들은 정상적인 경로를 통해 수신인에게 전달되지 않고 우여곡절 끝에 한참 후에야 탐정들의 손에 들어온다) 등은 드라큘라의 시신을 옮겼던 것으로 추정되는 키릴 수사의 편지들과 마찬가지로 해석의 과정을 거쳐 비밀의 단서를 제공해주는 일종의 역사적 고문서들이 된다. 이런 서술 방식은 작가가 허구적 창작이라고 밝힌 여러 인물의 행적들까지 유사-역사화하는 장지들이기도 하다.

탐정의 역할을 기호학자(랭던)와 전문 암호해독가(소피)가 맡고 있는 『다빈치 코드』의 경우에는 수수께끼를 하나씩 풀어가면서 최종적인 해답에 단계적으로 접근해가는 추리물의 성격이 더욱 두드러진다. 이들은 도서관이나 고문서실을 오가며 사료를 직접 찾아나서는 방법보나는 주로 자신들의 머릿속에 저장된 역사적·고고학적 지식

영화 〈다빈치 코드〉 포스터

들을 출력하여 퍼즐 조각들처럼 이리저리 짜맞추는 방법으로 문제를 해결해간다. 그들이 발견해야 할 새로운 단서들은 책이나 문서들 속에 기록되어 있기보다는 역사적 유물이나 중세적인 건축물들 안에 도상학적 상징으로 숨어 있는 경우가 많다. 매캐한 고서 냄새에 파묻힌 채로 책상머리에 붙어 앉아 자료를 탐독하는 대신에 이동하는 공간들 속에서 아이콘과 이미지를 순간적으로 포착하는 방식 때문에, 『다빈치 코드』는 팩션들 가운데서도 유독 동적이고 영상적이라는 인상을 준다. 우리 시대의 매체 환경과도 맞아떨어지는 이런 측면은 이 소설에 대한 유례없는 대중적 호응과도 무관하지 않을 것이다.

『다빈치 코드』에서 역사서나 고문서들을 직접 참조하고 구체적인 증거로서 눈앞에 제시하여 독자(소설 안에서는 고고학이나 종교학에 대해 사전 지식이 별로 없는 소피가 익명의 독자들을 대리한다)를 설득하는 인물은 역사가인 레이 티빙이다. 그는 탐정들의 조력자이면서 결국에는 살인사건의 배후 조종자로 밝혀지는 의외의 인물, 범인-가짜 후원자인데, 역사가가 탐정이 아닌 범인으로 등장한다는 것도 이 소설에서 주목할 만한 점이다. 레이 티빙이 오푸스 데이와 카톨릭 교회까지 연루된 엄청난 범죄를 계획하고 실행에 옮긴 이유는 시온 수도회가 성배의 진실을 공개하지 않기로 결정했기 때문이다. "인류는 마땅히 진실을 알 권리가 있"(2권, p.266)으며, 역사가에게는 진실을 알릴 의무가 있다는 것이 레이 티빙의 신념이다. 역사가로서 그는 자신의 "자존심보다 더 위대한 주인"인 진실을 "섬기"(같은 곳)는 자이며, "역사의 상실"(2권, p.280)을 막아야 할 소명을 지닌 자인 것이다. 이렇게 보면 이 소설의 역사가-범인은 탐정-영웅의 반대편에 서 있는 존재이면서도 마치 역사가-탐정과도 같이 은폐된 진실을 향한 팩션의 열정을 대변하는 인물이라 할 수 있다(기호학자-탐정이 수수께끼를 풀어 문제를 해결하는 역할에는 충실하지만 진실의 공개 여부에 대해서는 중립적이고 미온적인 태도를 취하는 것과 비교해보라).

한편 『단테 클럽』의 탐정들은 『신곡』의 번역 작업에 참여했던 '단테 클럽'의 회원들(롱펠로, 로웰, 홈스 등)이다. 시인이자 번역가인 이들은 『신곡』「지옥편」에서 연쇄살인사건의 원인과 범인의 정체에 대한 결정적인 단서들을 발견할 뿐 아니라 다음 살인의 구체적인 방법과 그 희생자를 예측해내기도 한다. 이 과정에서 「지옥편」의 세부 묘사들과 문장들과 어휘들은 해독되어야 할 암호문이나 고문서의 기록들처럼 다루어진다(그들은 단테의 삶에 관한 역사적 지식들을 참조하기도 한다). "번역을 할 때 시가 좀더 매끄럽게 읽힐 수 있도록 저자의 목소리를 수정해야 한다고 말하는 사람들도 있지. 하지만 번역가로서 난 마치 증인석에

『신곡』「지옥편」의 근거가 된 메켈란젤로의 〈최후의 심판〉

선 증인처럼 오른손을 들어올리고 언제나 진실만을 말하겠다고 맹세하고 싶네. 오로지 진실만을 말하겠다고. 진실 이외에는 어떤 것도 말하지 않겠다고"(1권, p.183)라는 롱펠로의 말은 번역가-탐정이 맡는 상징적 지위를 암시해준다. 시인과 역사가 사이에 걸려 있는 번역가-탐정의 존재는 팩션의 위상, 곧 문학과 역사, 허구와 사실이 중첩된 중간 지대를 자의식적으로 지시한다. 그리고 그것은 누가 뭐래도 "진실"의 영역이라는 것이다.

단테 클럽의 회원들 가운데에도 역사가가 한 명 포함되어 있는데, 그는 은퇴한 목사이기도 한 그린이다. 그린은 연로하다는 이유로 멤버들 중 유일하게 사건에 대한 구체적인 정보들로부터 차단되어 있었고 탐정 그룹에서 제외되어 있었다. 그는 자신의 의도와는 무관하게 범인에게 「지옥편」의 상세한 내용을 알려줌으로써 결과적으로 범인의 강력한 조력자가 되기도 한다. 흥미롭게도 그는 단테의 『신곡』이 그저 한 편의 "위대한 소설"이 아니라 "사실"의 기록이라고 확신했던 인물이다. 역사가인 그가 "항상 단테가 (지옥으로) 직접 여행을 했다고 믿었"고 "하나님이 그에게 (……) 그 시를 통해 (지옥을) 여행하도록 허락해주셨다고 믿었"(2권, p.293)다는 사실은 『신곡』 「지옥편」을 역사서(사실의 기록)나 예언서(진리의 기록)와도 같이 취급하는 이 소설의 기본 관점을 든든하게 뒷받침한다.

그리고 바로 이런 관점은 『신곡』 번역이 미칠 영향력에 대한 두려움에서 비롯된 하버드 대학의 음모를 당시에 정말로 일어났던 사건으로 느끼게 하고, 나아가 이를 둘러싼 연쇄살인사건을 마치 무슨 종교적인 심판처럼 받아들이게 하는 일종의 착시 현상과도 맞물려 있다. 무지하고 단순한 단 틸의 손을 통해 「지옥편」의 심판(칸트라파소, 자신이 지은 죄에 정확히 상응하는 고통을 당하는 형벌)이 현실화되게끔 만

든 자가 바로 역사가 그린이 아니었던가? 『단테 클럽』에서도 역사가
는 이 소설을 팩션이 되게 하는 강력한 조력자라고 해야 하지 않을
까? 팩션의 역사가들은 서사적 주인공인 탐정들 못지않게 허구의 역
사화를 강화하고 촉진시키는 핵심 인물, 우리 시대의 문제적 주인공
이라고 할 만하다.

　이렇게 말해 놓고 보니, 빼놓고 지나쳤던 또 한 명의 역사가가 떠오
른다. 또 다른 역사가-범인인 『히스토리언』의 드라큘라! 그는 "교회
의 허가가 떨어진 책들만" 보던 시대, 도서관들이 전쟁으로 거의 다
파괴되었던 시대에 세계를 여행하던 상인들을 통해 희귀한 책들을
수집했으며, 구원에의 희망을 상실한 대신 "역사가가 되어 나 자신의
역사를 영원히 보존하기로 결심했"(3권, p.243)던 자다. 그가 로시 교
수를 납치한 것도 자기 서재의 도서목록을 만들어 "가장 훌륭한 도서
관"(3권, p.257)을 완성하고, 승자의 역사(오스만 투르크 제국에 의해 씌어
진)에서 누락되고 지워진 진실을 지켜내기 위함이었다. 역사가 드라
큘라는 『다빈치 코드』의 역사가 레이 티
빙과 무척이나 닮아 있지 않은가?

　역사적 인물로서의 블라드 드라큘라
는 오스만 투르크로부터 왈라키아를 수
호하기 위해 용맹하게 싸웠던 영웅이자
무수한 투르크 병사들을 말뚝에 꿰어
처형했던 살인마였다. 그는 어린 시절
메메드 2세에게 포로로 잡혀 있던 동안
(드라큘라의 아버지가 협정의 표시로 어린 그
를 적에게 넘겨주었다) 고문 기술의 달인
이었던 투르크 병사들에게서 온갖 가혹

말뚝왕 블라드 드라큘라

행위를 배웠을 것으로 추정되며, 패전 이후 참수형과 말뚝형(말뚝왕인 그가 말이다)으로 최후를 맞았다고 한다. 『히스토리언』에서 그가 흡혈귀로 부활하여 500년 이상을 산 것은 그 자신이 '살아 있는 역사'가 됨으로써 역사는 "몇 세기가 지나도 그 고통의 흔적이 지워지지 않는 피 얼룩 같은 것"(1권, p.81)임을 증언하는 행위였다고 할 수 있다. 그는 "인간의 역사는 사악한 행위들로 가득하고"(1권, p.56) 역사에서 "실제로 일어난 일"들은 공포물 이상으로 "끔찍"(1권, p.62)해서 심지어는 비현실적이거나 환상적이기까지 하다는 사실을 기억하게 하는 존재이다. 그를 통해서 이 소설은 믿을 수 없는 거짓말과도 같은 역사를 역사화된 고딕풍의 판타지와 뒤섞으며 '우리에게 역사란 과연 무엇인가?'라는 근본적인 질문을 제기한다.

『단테 클럽』의 범인 단 틸이 『신곡』 「지옥편」에서 발견한 처형의 방법들도 그가 남북 전쟁의 와중에 두 눈으로 직접 본 광경들(시체에 해충들이 들끓고 대충 파묻은 땅 위로 병사들의 팔다리가 아무렇게나 튀어나와 있는)과 별로 다를 것이 없었음을 기억해보자. "어떤 형벌도 새롭지는 않았다. 틸은 그 모든 형벌을 (……) 국가 전체에 퍼져 있는 격전지에서 목격했다"(2권, p.264). "전쟁이라는 지옥"(1권, p.123)보다 더 끔찍한 지옥은 없다는 사실은 그런 현실이 오히려 잔혹한 허구처럼 느껴지고 「지옥편」의 저주가 진리나 사실처럼 실감 나게 다가오는 역설을 이해할 만하게 해준다. 팩션이 폭로하는 진실은 은폐되어 있던 역사적 사실들 하나하나가 아니라 우리가 실제로 겪고 있는 이 같은 리얼리티의 혼란과 그로 인한 당혹스러움들 자체일 것이다.

## 3. 팩션을 횡단하는 장르 코드들과 문화 코드들

한 번 더 엄밀하게 말하자면 서사 장르로서 팩션은 전통적인 추리물(whodunnit)이 아니라 스릴러(thriller)에 속한다〔토도로프 식으로 구분하면 추리물과 스릴러는 탐정물(detective fiction)의 서로 다른 유형이다〕. 전통적인 추리물에서는 탐정이 이미 일어난 사건으로부터 초연한 거리를 유지하며 범인과의 두뇌 게임을 주도할 수 있지만, 스릴러 장르에서는 수수께끼를 풀어 문제를 해결하는 탐정 자신이 사건의 중심에 휘말려들어 긴박한 위험에 빠지게 된다.

실제로 팩션의 주인공들은 흔히 탐정이자 용의자이자 (잠재적인) 희생자의 역할을 동시에 떠맡는다.『다빈치 코드』의 랭던과 소피는 루브르 박물관의 소니에르 관장을 살해한 용의자로 수배되어 경찰에 쫓길 뿐 아니라 쐐기돌을 빼앗으려는 오푸스 데이의 신도 사일래스와 그의 배후 조종자인 레이 티빙으로부터 생명의 위협을 받는다.『히스토리언』의 로시 교수는 드라큘라에게 납치되어 결국 희생당하고, 그의 딸 헬렌 역시 흡혈귀인 사서(사서는 역사가-범인인 드라큘라에게 썩 잘 어울리는 조력자다)에게 쫓기다가 두 번이나 피를 빨린다(세 번 물리면 흡혈귀가 된다).『단테 클럽』의 회원들 또한 연쇄살인사건의 유력한 용의자라는 부담감을 짊어진 채로 비밀리에 사건을 수사하며, 범인인 단 틸에게는『신곡』의 심판 진행을 돕지 않은 '배반자'로 낙인 찍혀 마지막 희생자가 될 뻔한다. 탐정 자신이 목숨을 걸고 수수께끼를 풀어야 하기 때문에 스릴러는 다른 어느 장르보다도 강한 서스펜스를 불러일으킨다.

팩션의 상업적인 성공은 물론 스릴러 장르의 대중성에 힘입은 바그다. 스릴러에서는 '수수께끼의 답은 무엇인가(범인은 누구인가)'라는 질문과 '무슨 일이 일어날 것인가(다음에는 또 어떤 위기가 찾아오고 그 위기는 어떻게 극복될 것인가)'라는 질문, 곧 서사를 추동하는 두 방향의 주된 궁금증이 동시에 강력하게 작동한다. 달리 말하면 스릴러는 서사적 욕망의 두 가지 벡터가 서로 긴밀하게 영향을 주고받으며 전진하는 서사 장르라 할 수 있다. 미술사·종교사·문학사 등과 같은 전문적인 역사 지식들이 수수께끼를 푸는 데 적극 활용되기 때문에, 팩션은 또한 지적인 스릴러로서의 또 다른 만족감을 준다.

팩션은 스릴러에 역사물과 미스터리가 결합된 혼종 장르라고 말할 수 있다.[7] 팩션에서 수수께끼들이 차례로 해결되어 서사의 결말부에 이르렀어도 여전히 비밀스러운 무엇이 숨겨져 있다는 여운이 남는 것은 미스터리 장르적인 특성에 기인한다(『다빈치 코드』의 결말에서 성배는 여전히 아무도 모르게 묻혀 있고, 『히스토리언』의 결말에서도 흡혈귀 드라큘라는 어딘가에 아직도 살아 있다). 미스터리 장르에서는 이성주의와 과학주의의 잔여물들이 서사의 '알고자 하는 욕망' 속으로 쏟아져들어온다. '수수께끼의 답은 무엇인가(비밀의 정체는 무엇인가)'라는 질문에

드라마 〈X-파일〉
시리즈

대해 미스터리 장르는 '끝내 답을 알 수 없는 수수께끼도 있다'는 식으로 말꼬리를 흐림으로써 결말을 미완의 상태로 열어 놓는다. 포스트모던한 분위기 속에서 수용자의 변화된 요구를 반영하는 이런 특성으로 인해 〈X-파일〉 류의 미스터리 서사물은 오늘날 인기 있는 장르로 부상했다.

혼종 장르인 팩션은 미스터리 서사물의 전형적인 스타일에서는 다소 벗어나 있지만, 미스터리 장르적인 특성은 팩션이 다루는 제재들 속에 이미 새겨져 있다. 『다빈치 코드』의 성배, 『히스토리언』의 드라큘라, 『단테 클럽』의 『신곡』(지옥) 등은 모두 그 자체로 신비로운 비밀이고, 매혹과 두려움을 동시에 불러일으키는 경이의 대상이며, 역사와 종교와 문학과 신화의 영역이 혼재하는 이질적인 복합체이다. 물론 팩션에서는 이 같은 모호함과 이질성이 진위 판명의 대상으로 떠오르면서 진실에의 열정으로 치환되곤 한다. 하지만 〈그것이 알고 싶다〉와 같은 논리적이고 실증적인 접근 방식도 다루어지는 소재의 성격에 따라 미스터리로 갈 수 있듯이(예를 들면 피라미드 판매 조직이나 티켓 다방의 실태를 밝히는 경우와는 달리 전생이나 빙의나 사후세계 등을 다루게 되면 이런 서사물도 미스터리 장르의 성격을 띠게 된다), 팩션에서 제재 자체가 지닌 미스터리한 성격은 서사의 양상에도 영향을 미치는 것이다.

한편 팩션의 제재들이 진위 논쟁의 대상으로 쟁점화되는 것은 특히 기독교적인 논점과 만나는 지점들에서다. 성배 전설의 기원이 기독교적인 사실(예수의 최후의 만찬)에 있는지 아니면 풍요와 영생과 재생에 관련된 고대의 제의나 신화가 나중에 기독교적 요소와 결합하여 성배 이야기들을 낳았는지에 대해서는 여전히 논란의 여지가 있지만, 후자의 견해는 종교계로부터 이교도적이라는 평가를 받아왔다. 15세기의 실존 인물인 드라큘라는 중세 동유럽에서 이어져온 뱀파이어 설화들과 결합하여 흡혈귀의 대명사가 되었는데, 17~8세기에 신성로마제국이 공식적으로 조사원들을 파견하여 흡혈귀의 실제 사례들을 대대적으로 수집한 데는 마녀 사냥을 연상시키는 미심쩍은 구석이 있다. 역사적 인물인 블라드 드라큘라만 보아도, 그는 전 생애에 걸쳐 이슬람 세력에 대항하여 기독교 세계를 위해 싸웠으면서도 이단적인 라틴 종교로 개종했던 전력 때문에 천국에 희망을 둘 수 없었던 인물이다. 기독교적인 영향력 아래 널리 확산된 견해, 드라큘라가 십자가를 두려워하는 악마라는 통념은 그래서 더욱 아이러니하게 느껴진다. 단테의 『신곡』 역시 지옥이 실재한다고 믿었던 단테에게는 진실한 영혼의 기록이었지만, 중세풍의 스콜라 철학과 카톨릭적인 요소들로 인해 개신교로부터 이단적이라고 배척을 당했던 작품이다. 단테가 이탈리아에서 추방되었던 것도 그의 적인 황제당(기벨린 당)에 의해서가 아니라 그가 속했던 교황당의 내부 분열 때문이었으니, 단테의 생애 자체가 종교적이고 종파적인 세력 관계의 희생양이었던 셈이다.

레오나르도 다빈치의 〈최후의 만찬〉

팩션은 이처럼 특정한 사상이나 대상이 이단으로 간주되어 배제돼
온 과정에 주목하면서, 기독교적 '진리'와 이교도적 '거짓'의 관계를
역전시키는 방식으로 사실과 허구의 위계를 전복한다. 국가 권력과
결탁한 근대 기독교가 진리의 판본에 대한 결정권을 지녔었다는 이
유 때문에, 팩션은 이교적이고 이단적인 소재들에 열성적인 관심을
보인다. 특히 『다빈치 코드』는 (예수가 신의 아들인가 아닌가, 예수
가 정말 결혼을 해서 자녀를 낳았는가 등과 같은 선정적인 논쟁거리
는 접어두고라도) 문화와 예술 속에 잠재된 이교도적 요소들의 집대
성이라고 할 만하다. 이 소설이 이교적인 여신 숭배의 흔적들을 발견
해내는 영역은 레오나르도 다빈치의 예술품들을 비롯하여 일상적인
단어들의 어원과 디즈니 애니메이션, 타로 카드와 기독교 관습들을
총망라한다(만약 댄 브라운이 〈개그 콘서트〉를 보았다면 다산의 상징 '출산드
라'에 관해서도 틀림없이 언급하고 넘어갔을 것이다).

　팩션이 이슈화하는 '이교적인 것에의 매혹'은 우리 시대를 특징짓
는 문화 코드 가운데 하나이다. 이는 합리주의, 과학주의와 손을 잡
은 근대 기독교에 의해 억압됐던 것들이 강력한 영향력을 동반하며
귀환하는 현상으로 이해될 수 있다. 더욱이 기독교와 이슬람 세계 간
의 갈등이 고조되고 세계 질서가 종교적인 구도로 재편되고 있는 것
처럼 보이는 오늘날(미국에서 9·11 테러와 이라크 전쟁 등에 관한 담론들에
는 종종 종교적 극단론과 십자군 전쟁 시대의 수사법이 동원되곤 했다), 팩션
의 이교적인 요소들은 정치적인 음모론과 맞물려서 동시대의 감수성
을 자극하기에 충분했다. 또한 지금은 종교적이고 영적인 것에 대한
관심 자체가 팽배해진 시대이다. 전 세계를 휩쓴 테러와 전쟁과 신종
바이러스들의 위협, 지진해일과 태풍 등의 상상을 초월하는 자연재
해들은 세기말부터 급증하기 시작했던 묵시록적인 인상들을 더욱 강

하게 환기시키고 있다. 어디 그뿐인가? 유전자 지도가 발견되고 복제 동물들이 태어나고 인간 배아 복제까지 가능해지면서 우리는 이제야 비로소 '신성한 비밀'에 접근하고 있거나 혹은 불경하게 그것을 찬탈하고 있다는 모순적인 감정에 휩싸여 있지 않은가?

　"현재 시대의 종말"을 뜻하는 예언된 "말일이 도래"(『다빈치 코드』 2권, pp.49~50)했으므로 지금은 성배의 비밀이 공개되어야 하는 바로 그 시점이라는 레이 티빙의 생각, "요일과 날짜"가 "단테의 작품에 나오는 1300년도와 완벽하게 똑같은"(『단테 클럽』 1권, p.122) 그 해에 「지옥편」의 저주가 현실화된 데 대한 두려움 등은 모두 우리 시대를 감싸고 있는 불안감과 비교적(秘敎的)인 분위기의 다른 얼굴들이다. 팩션은 이런 사회문화적이고 심리적인 상황들에 호소하며 독서 대중을 사로잡는다. 그러니 만약 당신이 팩션에 열광한다면, 그것은 단지 당신 개인의 독서 기호(嗜好) 때문만은 아닌 것이다. 만약 당신이 팩션을 상업적이고 대중적인 소설이라고 혐오한다고 해도, 팩션은 당신의 고급한 취향과 심미안이 할 수 있는 것 이상으로 우리 시대에 관해 많은 것을 말해줄 수 있다.


## 4. 사회문화적 텍스트로서의 대중 서사물

　〈매트릭스〉, 『해리 포터』, 그리고 『다빈치 코드』. 이들은 모두 우리 시대를 대표할 만한 서사 현상들이다. 신화적이고 기독교/이교적인 요소들, 리얼리티 감각의 획기적인 전환 등등, 이들 서사물은 또한 중요한 특징들을 공유하고 있다. 〈매트릭스〉를 지배하는 묵시록의 비전과 음모론의 결합, 『해리 포터』의 스릴러적인 특성과 비밀 탐색

의 과정(특히 『해리 포터와 마법사의
돌』은 말 그대로 성배 전설의 한 변형
이다) 등을 고려한다면, 『다빈치
코드』가 이 두 서사물 사이에 걸
쳐 있다고 말하고 싶어질 정도이
다. 이런 공통점들은 이들이 모
두, 각기 다른 방식과 서사 형태
로 우리 시대의 변화된 사회문화
적 환경을 비추는 텍스트들이기
때문일 것이다. 한 시대의 주목
할 만한 서사 현상이나 문화 현
상들은 개별적이고 고립된 사건

영화 〈해리포터와 마법사의 돌〉 포스터

으로 존재하는 것이 아니라 이렇듯 드러나게 또는 드러나지 않게 서
로 관련을 맺고 있다. 대중 서사물을 사회문화적인 텍스트로 이해하
는 일은 그것들을 연결하는 관계망, 그것들이 함께 놓인 의미장을 발
견하고 구성해내는 작업이기도 하다.

　SF, 판타지, 그리고 팩션은 포스트모던한 감수성과 인식론적 상황
을 징후적으로 보여주는 이 시대의 두드러진 서사 장르라고 말해도
좋을 것이다. 특히 팩션에서는 근대 역사학과 근대 기독교, 합리주의
와 계몽주의, 위계적인 이항대립의 사유 체계 등등 근대적인 권위와
가치관에 의해 억압되었던 온갖 것들이 폭발적으로 귀환한다. 이런
양상은 지난 시대의 부정성에 대한 비판적 성찰의 결과이거나 대안
의 모색이라기보다는 일종의 심정적인 반발, 혹은 '포스트모던한 원
한'의 표현일지 모른다. 대중 서사물들 속에서 부글거리고 있는 이
원한의 에너지(나는 분명 이것이 에너지라고 생각한다)는 이제 어디를 향

해 어떻게 분출할 것인가? 그 들끓는 에너지의 흐름들 속에서 의미 있는 메시지를 해독해내는 일은 대중 서사물들에 대한 냉정한 가치 평가 못지않게 지금 우리에게 중요한 문제일 것이다.

# 2 역사추리소설의 한국적인 특수성

## 1. 역사추리 장르의 출현

서양의 팩션들을 검토하면서 잠시 역사추리 장르에 관해 언급했지만, 이 장에서는 역사추리소설들을 중심으로 역사추리와 팩션의 관계를 좀더 다각적으로 살펴보려고 한다. 특히 최근 출간된 한국 역사추리소설들[1]을 외국의 팩션-역사추리물들과 비교함으로써, 그 특수성은 무엇인지 생각해보기로 한나.

팩션보다는 한결 우리에게 익숙하지만, 역사추리소설 또한 최근에 등장한 서사 장르이다. 움베르토 에코의 『장미의 이름』(*Il Nome Della Rosa*, 1980, 한국어판: 1986)으로 처음 관심을 모으게 된 역사추리소설은 이인화의 『영원한 제국』(1993)을 기점으로 국내에서도 창작되기 시작했다. 하지만 당시에는 이들 소설이 역사추리소설로 명명되기보나는 '역사소설적인 추리소설', '역사를 소재로 한 추리소설' 정도로 여겨졌다. 평자들과 독서 대중은 이들 소설을 역사물과 추리물이라는 이질적인 특성들이 공존하는 특이한 형태의 작품으로 이해했으며, 역사추리소설을 장르 개념으로 받아들이지는 않았다고 할 수 있다.

그러다가 아르투로 페레스 레베르테의 『뒤마 클럽』(*El Club Dumas*, 1993), 이언 피어스의 『핑거포스트, 1663』(*An Instance of the Fingerpost*, 1997), 오르한 파묵의 『내 이름은 빨강』(*Benim Adim Kirmizi*, 1998) 등이 세계적으로 인기를 모으고, 움베르토 에코에게 영향을 준 것으로 알려진 앨리스 피터스의 캐트펠 시리즈[2]가 연이어 발표되면서 역사추리소설은 우리의 직관과 통념 속에 동시대적인 새로운 장르로 자리잡게 되었다. 2000년 이후에는 『다빈치 코드』, 『단테클럽』, 『히스토리언』, 『임프리마투르』(*Imprimatur*) 등의 베스트셀러 역사추리소설들이 쏟아져나오면서 팩션이라는 용어가 널리 쓰이기 시작했고, 국내에서도 '한국형 팩션'이라 불리는 역사추리소설들이 활발히 창작되고 있다. 김탁환의 『방각본 살인사건』(2003)과 『열녀문의 비밀』(2005)에 이어, 2006년에는 『정약용 살인사건』(김상현), 『원행』(오세영), 『뿌리 깊은 나무』(이정명), 『훈민정음 암살사건』(김재희) 등이 잇달아 발표되어 독서 대중을 사로잡고 있다.

역사추리 또는 팩션이라고 통칭되는 이들 서사물은 아직 그 장르적 개념이 모호하고 불분명한 상태에 있다. 장르의 이론적 개념이란 그 명칭의 함의가 누적적으로 형성되고 수용자들의 직관과 통념이 널리 공유되고 난 다음에나 사후적으로 구성되기 마련이니, 아직 생성 중인 신생 장르를 명확하게 개념 규정하려고 너무 조급하게 서두를 필요는 없을 것이다. 이 장에서는 다만 역사추리소설과 팩션의 지향이 겹치고 갈라지는 지점들을 살펴보면서 각각의 개념을 잠정적으로 정리해볼 것이다. 그렇게 하여, 우리가 역사추리소설이나 팩션이라고 부르는 이 시대의 서사 현상을 더 잘 이해할 수 있었으면 한다.


## 2. '역사'와 '추리'의 결합이 의미하는 것

역사추리소설은 역사물이 추리물이라는 탐색 서사와 결합하여 이루어진 일종의 혼종 장르이다. 전통적인 장르 서사들이 기존의 다른 장르들과 결합하여 그 영역을 넓히고 장르적 관습을 쇄신하는 것은 90년대 이후 두드러지게 나타나는 전반적인 경향인데, 역사추리소설은 대체 역사적인 SF물들과 더불어 역사소설의 고전적 모델을 패러디한 자기반영적인 역사소설로도 이해될 수 있다.[3] 역사추리소설이라 불리는 작품들은 역사소설의 성격이 강한 서사물(스토리-현재가 역사적 과거임)에서부터 역사적 자료나 실화를 소재로 한 현재적인 스릴러(스토리-현재가 독자의 현재와 일치함)에 이르기까지 폭넓게 펼쳐져 있다. 이 가운데 특히 역사적 과거를 배경으로 역사 속에서 벌어지는 연쇄살인사건이나 음모를 추적하는 이야기들을 현재적인 스릴러물과 구별하여 '좁은 의미'의 역사추리소설이라고 부를 수 있다.

역사추리 장르를 통해 가시화된 '역사'와 '추리'의 결합은 우리에게 익숙한 사유 체계 안에서는 그리 자연스러운 현상은 아니다. 역사가 과거에 이미 일어났던 일들을 사실 그대로 기록한 것이며 역사적 사실이 지금-여기에 의심의 여지없이 실재한다면, 거기에는 추리적인 사고가 개입할 여지가 별로 없기 때문이다. 역사추리라고 하는 새로운 장르의 출현은 이 같은 근대적인 역사관이 붕괴한 것과 밀접한 관련이 있다. 이 붕괴의 과정은 실증주의 사학에 대한 여러 역사학자들의 투쟁으로부터 시작되어(이에 관해서는 이 책의 3장에서 자세히 다루어진다), 20세기 후반에 역사학계에 등장한 '언어로의 전환(the linguistic turn)'[4]이나 신문화사(the new cultural history)[5] 등을 거치며 급격히 진행되었다.

이들 새로운 역사학이 극명하게 드러낸 것은 우리에게 역사란 '씌어진 것'으로만, 서술된 담론의 형태로만 존재한다는 사실이다. 실제로 일어났던 일로서의 역사적 과거는 시간적으로 이미 지나가서 소멸해버렸기 때문에 후대의 역사가들로서는 이를 관찰하거나 확인할 수가 없다. 역사가들이 직접 접하고 다룰 수 있는 것은 현재 남아 있는 과거의 흔적인 역사적 기록들(사료들)뿐이다. 기록으로 남아 있는 것들은 이렇게 역사가 되지만, 역사가의 기록에서 제외되거나 누락된 사실들은 역사가 되지 못하고 망각 속으로 사라져버린다. 역사 서술의 과정에는 또한 사건들을 취사선택하고 배열함으로써 의미를 부여하고 기승전결이 있는 이야기로 만드는 역사가의 관점이 개입할 수밖에 없다. 그러므로 과거 사실과 기록된 역사 사이에는 근원적인 불일치가 가로놓여 있다는 것이다.

이러한 역사관에서 사료는 "'전거(典據)' 개념"으로부터 "'단서' 개념으로" 그 위상이 변화한다.[6] 사료란 빈틈과 공백이 가득한 불완전한 조각들인데, 이 조각난 파편들을 가지고 역사적 사실을 재구성하기 위해서는 역사가의 상상적 추론이 필수적으로 요구된다. 이때 역사가는 마치 수사관이나 탐정과도 같은 역할을 수행한다. 역사가는 "사료의 여백과 빈틈을 파고들어 사료가 말해주는 것은 물론 사료가 감추려는 것과 왜곡하려는 것"까지 조사하고 탐문하는 "반대심문자"의 위치에 서게 되는 것이다.[7] 이는 진즈부르그(Carlo Ginzburg)나 레돈디(Pietro Redondi)와 같은 역사가(미시사가)들이 구

진즈부르그의 『치즈와 구더기』

체적으로 활용했던 역사 서술의 방식으로, 『치즈와 구더기』(1976)나 『이단자 갈릴레오』(1983) 등과 같은 그들의 역사서들은 문체나 서사적 논리의 진행에 있어 일면 추리소설과도 같은 면모를 보여준다. 흥미롭게도 진즈부르그는 역사의 추론적 패러다임을 설명하는 과정에서 코난 도일의 추리소설들에 등장하는 명탐정 셜록 홈즈의 방법에 관해 상술하기도 했다.[8] 역사적 사실을 추리의 대상으로 끌어들이는 역사추리 장르의 발생은 우리 시대에 일어난 역사관의 이 같은 변화를 징후적으로 보여주는 주목할 만한 문화 현상이다.

실제로 역사추리소설 작가들은 창작의 준비 과정에서 (우리 시대의 역사가들이 그렇게 하듯이) 서사적 추론의 방식으로 사료를 탐문한다. 예를 들면 『성약용 살인사건』은 작가 김상현이 『흠흠신서(欽欽新書)』의 제3부인 「전발무사(剪跋蕪詞)」를 읽는 과정에서 품은 한 가지 의문으로부터 시작된 소설이다. 「전발무사」의 기록에 따르면 정약용은 강진에 유배를 당했던 시절에 "남을 대신해"서 "살인사건의 초검안발사"를 적었다고 하는데, "유배된 죄수 신분으로 정약용은 어떻게 초검안발사를 적"(「작가 후기」, p.357)을 수 있었던 것일까 하는 의문이 그것이다. 소설 『정약용 살인사건』은 이 질문에 대한 작가의 추리적 가설인 셈이다. 또 오세영의 『원행』은 정조 19년의 화성 원행(을묘원행)이 화성 천도를 주장하는 개혁파와 한양 잔류를 주장하는 수구파 사이의 팽팽한 힘의 균형을 개혁파 쪽으로 기울게 만드는 "중차대한 의미를 지"닌 사건이었으며, 이 같은 상황에서 "심환지가 병조판서, 정약용이 병조참지가 되었다는 사실은 의미심장하다"(「저자 후기」, p.312)는 데 착안하여 이루어진 소설이다. 이 소설에서 을묘원행을 둘러싸고 벌어지는 살인사건과 음모들은 정약용과 심환지의 첨예한 대립 상황, 그리고 원행의 경로와 행사 광경에 대한 여러 기록들을 통해 유추해볼 수 있는 일종의 '가능성의 역사'라고 말할 수 있다.

그런데 여기서 주목해야 할 것은 『정약용 살인사건』의 김상현이 "이 소설은 역사에 방점이 찍혀 있는 '역사'소설이 아니라 소설에 방점이 찍혀 있는 역사 '소설'이다"(「작가 후기」, p.358)라고 밝힌 데 비해 『원행』의 오세영은 자신에게 "역사소설은 역사적 사실을 소재로 해서 문학을 이야기하는 것이 아니고 소설의 형식을 빌어서 역사를 이야기하는 것"(「저자 소개」)임을 명시한다는 점이다. 이처럼 역사추리 작가는 자신의 소설이 허구라는 점을 강조하는 경우도 있고 역사적 저술의 일종임을 주장하는 경우도 있다. 전자의 경우는 역사적 실재와 허구 사이의 확고한 경계를 전제로 하여 소설로서의 허구적 상상력의 의의를 내세운다는 점에서, 여전히 근대적인 패러다임 안에 놓여 있다. 반면에 후자는, 오늘날 역사가란 과거 사실을 객관적으로 서술하는 자가 아니라(그것은 불가능한 이상이다) 사료에 대한 자신의 추론과 해석을 "자기 목소리로 서명한 자기 작품"으로 세상에 내놓아 그 "진실성과 타당성"을 검증받는 자[9]라고 하는 포스트모던한 역

사관에 한결 가까이 다가가 있다. 이처럼 같은 역사추리 장르에 속한
다 해도 포스트모던한 경향의 정도에는 차이가 날 수 있는데, 후자의
경우가 상대적으로 팩션으로서의 지향을 좀더 분명하게 보여준다.

포스트모던한 역사관은 과거 사실과 기록된 역사 사이의 간극에
대한 자각을 역사적 사실의 절대성에 대한 회의로까지 밀고나간다.
과거 그 자체가 "존재론적으로는 실재"했을지 몰라도 "인식론적으로
는 실재하지 않"는 것이나 다름없다면, 역사가란 지금 우리에게 부
재하는 과거(원본)를 실재하는 것처럼 보이게 만드는 "시뮬라시옹 작
업을 수행"하는 자일 것이다.[10] 그런 의미에서 키스 젠킨스(Keith
Jenkins)는 사료들을 "다양한 방식으로 조직하여 과거의 흔적을 '가
상 현실'로" 변형하는 것이 "역사가의 기본 작업"이라고 단언하기도
했다.[11] 이 같은 관점에서는 역사적 사실과 허구의 구분은 더 이상
중요하지 않게 되며, 오히려 실재 또는 역사적 진실이 어떻게 만들어
지고 구성되는가 하는 문제가 논점으로 부각된다. 사실과 허구의 경
계를 회의하고 문제삼는 팩션의 등장은 오늘날의 이러한 인식론적
상황을 과시적으로 보여주는 사회문화적 현상일 것이다.


## 3. 역사추리소설과 팩션의 관계

역사추리소설과 팩션이라는 명칭은 흔히 혼용되고 있지만, 그 함
의가 온전히 일치하는 것은 아니다. 무엇보다도 우선, 역사적 요소
와 추리적 요소는 역사추리 장르에는 필수적인 것이지만 팩션의 필
수 성분은 아니기 때문이다. 최근 분명한 개념 규정 없이 널리 쓰이
는 팩션이라는 말은 '넓은 의미'로 보면 실재와 허구를 과감하게 뒤

영화 〈홀리데이〉 포스터

섞어 결과적으로 리얼리티를 혼란에 빠뜨리는 다양한 종류의 서사물을 지칭한다. 예를 들어 트루먼 카포티(Truman Capote)의 『인 콜드 블러드』(*In Cold Blood*, 1966)는 시카고에서 실제 있었던 동시대의 살인사건을 밀착 취재한 뒤 여기에 상상력을 가미하여 허구적으로 서사화한 팩션으로서, 역사소설보다는 실화소설에 가깝고 추리소설보다는 범죄소설에 가깝다. 실존 인물 지강헌의 탈옥과 인질극 사건을 다룬 영화 〈홀리데이〉(감독 양윤호, 2006) 역시 이런 경우에 해당된다. 이렇게 넓은 의미의 팩션은 역사추리물보다 광범위한 영역을 아우르게 되는데,[12] 역사적 소재들을 연쇄살인사건 등과 같은 허구적 서사의 골격과 결합하는 역사추리소설은 이런 관점에서 보면 팩션의 특수하고도 대표적인 한 형식이라 할 수 있겠다.

한편 좀더 '좁은 의미'의 팩션은 (역사적) 사실이나 리얼리티의 개념 자체를 자의식적으로 문제삼고 진실의 권위적 위상을 의도적으로 전복하는 서사물들을 가리킨다. 기독교적 '진리'와 이교적인 '거짓'의 이분법을 전도시키면서, 권력화된 근대 기독교에 의해 은폐된 진실을 폭로한다고 주장하는 『다빈치 코드』는 그 좋은 예이다. 한국 역사추리소설 가운데서는 김재희의 『훈민정음 암살사건』이 좁은 의미의 팩션에 해당된다. 이 소설은 한글의 기원이 고조선의 가림토문자에 있다는 가설을 "감춰진 역사 속 진실"(「서문」, p.4)이라 주장함으로써, 한글이 세종대왕에 의해 창제되었다고 하는 일반적 '사실'을 뒤집는다. 『훈민정음 암살사건』은 한글 창제의 비밀이 담긴 세종대왕의 친필문서와 「훈민정음 원류본」을 손에 넣기 위한 한일 간의 대결과 음모를 그려낸 현재적인 스릴러(넓은 의미의 역사추리소설)로서, 『다빈치 코드』류의 전형적인 '팩션-역사추리물'로 분류될 수 있다. 반면에 김상현의 『정약용 살인사건』과 같이, 역사추리소설들 중에서도 역사적인 리얼리티나 진실의 전복에는 별다른 관심을 두지 않은 채 역사라는 소재를 서사의 콘텐츠로 자유롭게 활용하는 경우는 좁은 의미의 팩션의 범주에는 포함되지 않는다.

한국 역사추리소설은, 예외적이라고 할 수 있는 김재희의 『훈민정음 암살사건』을 제외하면, 역사적 과거를 서사의 배경(스토리-현재)으로 삼고 역사상의 실존 인물들을 등장시킨다는 점에서 역사소설로서의 성격을 강하게 지닌 역사추리소설들이다. 정도의 차이는 있지만 이들 소설은 역사 속에서 펼쳐지는 가상의 살인사건과 음모를 추적하는 과정에서 기존의 기록적 역사소설이나 가장적 역사소설은 물론 창안적 역사소설[13]에 비해서도 한결 자유롭게, 역사적 과거를 상상적으로 재구성한다. 결국 한국 역사추리소설들은 대체로 좁은 의미의 역사추리소설이면서 넓은 의미의 팩션에 속한다고 할 수 있는데, 서구의 팩션-역사추리물들이 주로 좁은 의미의 팩션이자 넓은 의미의 역사추리소설에 해당하는 것과는 성격을 달리한다고 하겠다.

## 4. 개혁과 진보, 그리고 민족주의

역사적 과거에 대한 역사가의 저술들에 현재의 정치적 쟁점을 바라보는 역사가의 관점이 투영되어 있듯이, 역사소설가가 선택한 시대와 문제적 인물과 사건들 속에는 작가의 현재적 관점이 스며들어 있다. 역사추리소설의 경우에도 예외는 아니어서, 역사추리 작가들은 소설의 소재를 선택하고 그것을 해석하는 데 있어 현재의 관점을 과거에 투사한다. 역사추리소설들에서 작가의 관점은 특히 탐정 또는 희생자와 범인의 대립구도를 통해 가시화된다. 따라서 역사추리소설의 이 같은 인물구도를 살펴보면, 작가가 지지하는 입장은 무엇이며 비판하는 대상은 무엇인지 확인할 수 있다.

김탁환의 『방각본 살인사건』은 정조 2년(1778)부터 이듬해에 걸쳐 벌어졌던 개혁파와 보수파 사이의 암투를 소재로 한 역사추리소설이다. 영·정조 시대에 북학(北學)을 탐구하고 선진 문명을 받아들이는 데 앞장섰던 백탑파(白塔派) 서생들(박지원·홍대용·박제가·이덕무·유득공·백동수 등이 그 핵심인물이다)이 개혁파의 입장을 대변한다면, 이들을 견제하고 정조의 정치 개혁과 문화 혁신을 저지하려 했던 노론 세력은 보수파의 입장을 대표한다. 이 역사추리소설에서 탐정의 역할을 하는 인물은 백탑파의 일원인 화광(花狂) 김진으로, 그는 의금부 도사 이명방과 함께 청운몽의 방각본 소설에 얽힌 연쇄살인사건을 조사한다. 백탑파 서생들이 진실을 밝혀내는 탐정과 그 조력자 그룹으로 등장하는 것은 주목할 만하다. 그들을 역사적 진실의 담지자로 설정한 것은 진보와 보수의 대립구도에서 진보적인 입장을 정치적으로 지지하는 작가의 관점을 암시하기 때문이다.[14] 탐정-조력자 그룹에 의해 밝혀지는 사건의 실체는 이 점을 더욱 분명히 한다. 연

쇄살인사건의 배후 세력인 수구파 인물들은 방각본 소설의 애독자이
자 매설가(소설가) 천운몽과 친분 관계를 유지했던 백탑파 서생들에
게 누명을 씌우기 위해 방각본 살인사건이라는 음모를 꾸몄던 것이
다. 이처럼 진보 세력과 수구 세력이 무고한 피해자와 악의적인 가해
자라는 선/악의 대립구도를 형성함으로써, 이 소설은 정치적 개혁의
정당성을 믿는 작가의 관점을 확연히 드러낸다.

　『방각본 살인사건』에서 수구파와 개혁파 사이의 갈등은 전근대적
세계와 근대적 세계의 충돌로 나타난다. 백탑파는 근대 문물과 신학
문을 받아들이고 실학을 중시했으며, 서얼이라는 신분적 한계에 대
해 고민하는 과정에서 중세적 신분 질서의 완강한 고정성에 회의를
품기도 했다. 연쇄살인사건의 한 배후 인물인 최남서의 언급은 백탑
파의 사상이 지닌 혁신적인 면모를 역설적으로 말해준다.

　　"그대(백동수: 인용자)와 같은 서얼과 이 도사(이명방: 인용자)와 같은
　　종실이 함께 어울리는 것이 문제겠지. (중략) 무엇이 지나치다는 것인가?
　　적서에 구별을 둔 것은 그만한 이유가 있기 때문이야. 종묘사직을 위협하
　　고 백성을 도탄에 빠뜨린 서자들을 모르는 건 아니겠지."　　(하권, p.203)

　　"게다가 그자들(백탑파 서생들:인용자)은 우정을 내세워 양반과 천민
　　의 구별도 없이 서로 이울려 지낸나는규. 양반과 중인과 천민이 한데 어
　　울려 놀고 먹고 마신다는 게야."　　(하권, pp.207~208)

　최남서 일파가 백탑파 서생들을 몰아내려 한 가장 큰 이유는 그들
이 중세의 신분 질서를 흔들어 놓았다는 데 있다. 당시에 백탑파가
겪었던 위기는 막 태동한 근대적인 가치관이 직면해야 했던 저항과

압력을 대변해준다. 작가는 수구파와 개혁파 사이의 갈등을 "단순히 노론과 다른 당파의 대결"이나 세력 다툼으로 "몰고 가는"(하권, p.206) 대신에 신분 질서를 비롯한 쟁점들에 대한 신념의 차이로 조명함으로써, 자신이 지지하는 바가 무엇인지를 더욱 부각시킨다.

특히 『방각본 살인사건』은 소설이라는 근대적 장르와 방각본의 새로운 유통 체계를 중심으로 하여 살인사건의 스토리가 전개되는 추리물로서, 방각본 소설을 바라보는 상반된 관점을 통해서도 전근대적 가치관과 근대적 가치관의 충돌을 형상화한다. 수구파인 최남서는 소설이 "세상을 미혹하는 (……) 수단"이라 비난하면서, "필사로 그 흉측한 것을 돌려보는 것도 모자라 이제는 목판을 짜서 직접 새기기까지 한다"(하권, p.208)며 통탄한다. 여기에는 "소설은 난잡한 글"이어서 "나라를 망치고 공맹의 도를 그르"(상권, p.67)친다고 하는 당시 사대부의 일반적 통념이 반영되어 있다. 백탑파를 가까이하고 개혁을 추진했던 정조마저도 "방각 소설은 필사 소설과는 비교도 할 수 없을 만큼 빠르게 백성들 심성을 해칠 우려가 있으니 (……) 한 권도 빠짐없이 모두 거두어들"(하권, p.220)이라고 명하는데, 이는 소설로 상징되는 근대적 사상의 급속한 확산이 기존 질서에 미친 영향과 그것으로 인한 당시의 두려움을 짐작케 한다.

"문집에 속한 시와 문은 수천 년 동안 이어져 내려온 격식을 좇아 지은 것들이네. 고풍스러운 멋은 있겠지만 지금 여기에서 벌어지는 여러 가지 일들을 담아 내기에는 한계가 있네. 얇은 천 하나를 격하여 세상을 보는 기분이라고나 할까. 하지만 소설은 아닐세. 소설은 그런 형식을 지킬 필요가 없지. 새로운 일과 사물들이 등장할 때마다 시시각각 모습이 변화될 수 있다 이 말일세. (중략) 소설이 아닌 어떤 서책이 그 같은 체험을 독자

들에게 줄 수 있겠는가? 그 낯섦 때문에라도 소설이 방각되는 것을 막을
수는 없을 걸세. 막으면 막을수록 기갈(飢渴)은 커지는 법이니까. (중략)
내가 보기에 소설이라는 이 기기묘묘한 글쓰기는 큰 변화를 겪는 것 같으
이. 어디론가 힘차게 나아가는 것 같다 이 말일세. 필사한 소설들이 엉금
엉금 기어가는 것이라면 방각된 소설은 뛰기 시작했다고나 할까.”

(하권, pp.258~259)

위와 같은 김진의 언급은 근대적 장르인 소설과 그것이 대표하는
시대 정신에 대한 작가의 신뢰를 담고 있다. 방각본의 활발한 유통에
의해 “어디론가 힘차게 나아가는” 소설의 의의에 대한 믿음, 그리고
어떤 음모나 금지 조치로도 “소설이 방각되는 것을 막을 수는 없”다
는 확신 등은 낡은 것과 새로운 것의 투쟁으로 이루어진 역사적 과정
에서 새로운 것의 승리는 시대를 뛰어넘는 보편적인 진실임을 강조
하는 이 소설의 전언으로 읽힌다. 역사소설에서 흔히 발견되는 이런
관점[15]은 역사의 진보를 믿는 근대적 역사관의 표명이기도 하다.

『방각본 살인사건』에 비하면, 정조 18년에서 19년(1794~1795)을
시대적 배경으로 하는 오세영의 『원행』은 다소 온건한 시각을 보여
준다. 이 소설에서도 을묘원행을 둘러싼 음모를 파헤치는 탐정―주
인공은 개혁파였던 남인의 핵심인물 정약용(백탑파 서생들보다 연배가
낮았지만 그들과 유대관계를 맺고 있었고 사상적으로 동류였다)이다. 조심
태·홍병신·이유경 등의 개혁파 인물들이 탐정의 조력자 그룹을 구
성하는 반면, 음모의 배후세력은 심환지·김권주·구명록 등의 수구
파들(노론 벽파)과 멸문가의 홍재천, 그리고 민란을 주도했던 문인방
등이다. 정란거병을 획책하는 수구 세력은 반정을 꾀하는 무리들과
결탁하여 정조를 위해하려 하지만, 정약용을 비롯한 개혁파 인물들

은 이 긴박한 사태를 신속하고 현명하게 수습한다. 그런데 "변화를
거부하는 자들(수구파: 인용자)과 세상을 갈아엎으려는 자(민란 주동자:
인용자)들이 손을 잡"(p.212)았다는 점에서, 이 소설의 대립구도는 다
소 복잡해진다. 『원행』의 정약용은 개혁파의 입장을 대표하면서도
수구파의 입장과 민중 봉기의 사상 모두를 반성적으로 성찰하는 중
립적인 위치에 있다고도 말할 수 있다.

　정조의 개혁정책에 대한 해석에 있어서도 『원행』과 『방각본 살인
사건』은 미묘한 차이를 보여준다. 『방각본 살인사건』의 이명방이
"소설을 경계하는 어심"이 "이렇듯 강경할 줄은 몰랐다"(하권, p.221)
고 되뇔 때, 정조는 개혁을 추진하면서도 백탑파의 진보적 사상을 전
적으로 수용하지는 않는 인물로 묘사된다. 한편 『원행』에서는 정국
을 개혁 일변도로 몰아가는 정조의 모습이 부각된다. "초조감을 느
낀 것일까. 지금 주상은 너무 벽파를 적으로 내몰고 있었다. 약용은
그게 걱정이었다. 융화를 도모해야 한다. 상대를 적으로 돌리는 것은
진정한 개혁의 걸림돌이다"(p.43)라는 서술자의 말은 보수와 진보 중
어느 한 편을 성급하게 지지하기보다는 "갈등을 품어 안고 상생으로
가는 길"(「저자 후기」, p.313)을 추구하는 작가의 신중한 태도(현재의 정
치 상황에 대한)를 대변한다. 그럼에도 불구하고 이 소설은 그 모색의
중심인물로 정약용을 내세우고 그에게서 '진정한 개혁'의 희망을 찾
고 있다. 이는 이 소설 또한 변화하는 "시대의 흐름"(같은 곳)이 역사
의 진보를 의미한다고 하는 기본적인 신념 위에 놓여 있음을 암시해
준다.

　순조 3년(1803)을 배경으로 하는 김재희의 『정약용 살인사건』 역시
탐정이자 잠재적 희생자인 정약용을 주인공으로 한 역사추리소설이
다. 순조 3년은 정조가 죽은 뒤 정국이 노론 세력의 독재 체제로 흘

러가던 무렵으로, 남인 정약용은 강진에 유배된 상황에서 의문의 연쇄살인사건을 해결한다. 개혁파 남인 정약용과 음모의 배후 인물인 수구파 노론 세력의 대립구도가 서사의 골격을 이룬다는 점에서 『정약용 살인사건』은 위의 두 소설과 공통점을 지니고 있는데, 이 소설에서 쟁점으로 부각되는 것은 서학(西學)에 대한 개혁파와 수구파의 입장 차이다. 살인사건의 범인으로 오인된 인물과 음모에 휘말린 정약용 모두 서학을 믿거나 그것에 관심을 가졌다는 이유로 목표물이나 희생양이 되기 때문이다.

한편 이 소설에서 정약용은 해정 선사를 비롯한 민중 봉기 세력과 인간적인 유대 관계를 맺고 있다. 이런 설정은 민란 주동자가 수구파와 결탁하여 음모를 꾸민다는 『원행』의 이야기와 대조를 이룬다. 여기에 초점을 맞춘다면, 『정약용 살인사건』은 민중 봉기의 사상을 좀 더 긍정적으로 바라보고 정약용의 정치적 관점을 더욱 진보적으로 해석한 역사추리소설이라고 할 수 있겠다. 다만 이 소설은 음모의 중심인물인 조양기가 정약용을 해치려 한 가장 직접적인 동기를 개인적인 원한의 차원으로 축소시킴으로써, 개혁파와 보수파 사이의 대립이라는 논점을 흐리게 하는 측면이 있다. 이 소설이 역사의식의 차원보다는 소설적인 흥미를 더욱 중시한다고 평가될 수 있다면,[16] 그것은 (허구적 상상력이 개입하는 정도 때문이 아니라) 바로 이런 측면 때문일 것이다.

개혁의 바람이 몰아쳤던 정조의 재위 기간과 수구파의 반격이 거세었던 순조 즉위 이후를 다룬 이들 세 편의 역사추리소설은, 문제의식의 정도나 갈등의 초점이 작품마다 조금씩 다르긴 하지만, 공통적으로 개혁/보수의 대립구도를 지니고 있다. 이 같은 대립은 근대와 전근대의 싸움이기도 했고, 이 싸움에서 작가에 의해 지지를 받는 쪽은 근대적인 사상과 가치 체계였다. 이런 성격은 세종 시대를 배경으로 하는 이정명의 『뿌리 깊은 나무』에서도 발견된다.

『뿌리 깊은 나무』는 세종의 한글 창제를 세종과 집현전 학사들을 중심으로 한 비밀결사(작약시계)의 "목숨을 건 개혁 프로젝트"(공병호의 표사)로 묘사한다. 이 소설의 대립구도는 개혁적인 실용경세파 대 보수적인 정통 경학파의 구도로 이루어져 있다. 정인지를 비롯한 집현전 학사들은 비밀리에 세종의 한글 창제를 돕는 한편, 지리·역사·의학·범죄서 등과 같이 당시에 '사문난적'이라 불리던 실용 학문서들을 저술한다. 이들을 몰아내려는 반대 세력은 "실용학파를 끼고 도는 주상"에 대해 "반감을 가진"(2권, p.278) 대제학 최만리와 직제학 심종수 등이다. 최만리는 '위험한 금서'인 『고군통서』의 저자가 세종(충녕대군)이었음을 빌미로, 이 책을 손에 넣어 새 글자의 창제를 고집하는 세종과 거래를 하고자 한다. 여기에 권력에 대한 탐욕까지 맞물려서, 심종수는 집현전 학사들과 세종까지를 대상으로 하는 연쇄살인사건을 계획하고 『고군통서』를 명나라 사신에게 넘기려 한다. 사건의 전모를 밝혀내는 탐정은 비밀결사에 대해 무지한 어린 겸사복 강채윤으로, 이 소설은 중립적인 탐정을 사이에 두고 희생자(개혁파)와 범인(수구파)이 대립하는 양상을 띤다.

"우리는 지금 역사를 건 전쟁을 하고 있다. (……) 허물어져가는 도덕을 다시 세우고, 어지러운 정신을 곧추세우고, 천한 오랑캐의 법도를 버리고 위대한 중화의 사상과 바른 고전의 주춧돌 위에 반듯하게 선 시대, 위로 군왕에서 아래로 백성까지 자신의 분수에 맞는 가지런한 시대를 우리가 세워야 한다"(1권, pp.288~289)는 최만리의 말은 세종 시대의 정치적 쟁점에 대한 작가 이정명의 해석이 정조 시대를 보는 김탁환의 해석과 그리 다르지 않음을 확인시켜준다. 그것은 새로운 학문이나 문장(또는 문자)으로 상징되는 새로운 사상의 등장과 신분 질서의 동요 등과 같은, 근대적 가치 체계가 불러일으킨 변화와 관련된다.[17] 개혁의 문제는 또한 자주적인 국가의 기틀을 마련하려는 근대 민족주의의 과제와도 맞물려 있다. 중국의 문자 대신에 독자적인 새 문자를 만드는 일은 물론이고, 국학(國學)의 성격을 띤 역법과 지리학과 농사법 등의 실용학문 역시 "중국에 대한 저항"(2권, p.141)을 의미하는 것이었다. 작가는 세종의 입을 통해 이들의 개혁이 목숨을 바쳐서라도 이루어야 할 "새로운 나라"에 대한 "꿈"이자 "나라의 혼을 세우"(같은 곳)는 일이었다고 단언한다. 이 소설의 철저한 민족주의적 관점은 한글 창제의 혁명성과 한글의 과학적인 우수성을 극적으로 부각시킨 데서도 분명하게 드러난다.

한글이 세종대왕에 의해 만들어진 것이 아니라 고조선의 가림토문자에서 온 것이라 주장하는 『훈민정음 암살사건』의 경우에도 작가의 관점은 이와 별로 다르지 않다. 이 소설은 한글 창제의 독창성을 강조하지 않는 대신 그 기원의 유구함을 전면에 내세움으로써, 민족주의적인 감정을 자극하고 고취한다. 더욱이 한글 창제의 '진실'을 밝혀줄 결정적인 증거물인 「훈민정음 원류본」을 놓고 벌어지는 이 소설의 대결은 목숨을 바쳐 이 자료를 지켰던 역사학자의 딸(탐정, 잠재적인 희생자)과 이를 손에 넣어 역사적 '진실'을 은폐하려는 일본 극우 세력(범인) 사이의 대결로 나타난다. 범죄의 배후 세력이 명나라의 사신과 연루되어 있는 『뿌리 깊은 나무』와 마찬가지로, 『훈민정음 암살사건』은 오늘날 역사 왜곡 문제와 관련된 동아시아 국가들의 충돌을 바라보는 작가의 현재적 관점을 반영하고 있는 것이다.

## 5. 한국 역사추리소설의 특수성과 한계

한국 역사추리소설들은 이처럼 개혁과 진보와 민족주의라는 근대
적 역사관에 대한 확고한 믿음을 바탕으로 한다. 역사추리소설이라
는 장르가 근대 역사학의 쇠퇴와 맥을 같이한다는 점을 고려하면, 한
국 역사추리소설들이 보여주는 근대적인 것에 대한 확신과 열정은
다소 모순적으로 느껴진다. 근대의 가치 체계와 사회 구조가 지닌 한
계들이 자명하게 드러나고 그에 대한 비판이 확산되고 있는 오늘날,
한국 역사추리소설의 주제의식은 퇴행적으로 보이기도 한다. 최근의
우리 역사소설들이 새로운 역사학의 관점들을 적극적으로 수용하면
서, 정치사 중심의 이야기나 민족-국가주의 이데올로기에 입각한
기존의 역사소설들로부터 현저히 탈피하고 있음을 감안할 때(이에 대
해서는 다음 장에서 자세히 다루게 된다), 그 한계는 더욱 분명해 보인다.
역사추리소설이 흥미롭고도 대중적인 역사 이야기로서 영향력 있는
장르로 자리잡아가고 있는 지금, 그 장르적 가능성을 타진하고 앞으
로의 방향을 모색하는 과정으로서, 이에 대한 비판적 검토는 반드시
필요할 것이다.

특히 민족국가의 이데올로기는 굴절된 제국주의의 욕망과도 분리
되지 않으며, "개체적 경험과 특수성을 부정한 전체주의의 논리"[18]
일 수 있다는 점에서 비판의 여지를 지니고 있다. 오늘날의 세계 상
황이 대규모의 기술 자본 집중과 그에 따른 민족국가의 강력한 권력
집중화로 특징지어진다는 점을 고려하면, 민족-국가주의적 관점에
대한 반성적 성찰의 필요성은 더욱 강조되어야 할 것이다. 참고로 역
사 왜곡 문제를 둘러싼 첨예한 갈등은 최근 민족주의적인 요청을 강
화하는 방향으로 영향을 미치고 있지만, 이 또한 각국의 국사 패러다

임이 충돌한 결과라면, 지금은 오히려 근대적인 국사 패러다임 자체에 내재한 문제점들을 인식하는 열린 시각이 요구되는 상황이라 할 수 있다.[19]

한편 외국 역사추리소설들의 경우에는 이와는 좀 다른 양상을 띤다. 한국 역사추리소설이 근대적인 담론을 생산하고 그 영향력 안에서 작동하는 반면『다빈치 코드』,『단테 클럽』,『히스토리언』 등과 같은 서양의 전형적인 팩션-역사추리소설들에서 비판과 회의의 대상으로 등장하는 것은 바로 진실을 생산하고 유통시키는 근대적인 담론-권력의 시스템이다.[20] 1장에서 살펴본 대로, 이들 소설은 진실의 판본을 결정하는 권위를 독점했던 국가 권력과 근대 기독교를 집중적인 전복의 대상으로 삼는 것이다. 이는『원행』,『뿌리 깊은 나무』 등에서 정조나 세종을 지키는 것이 탐정에게 맡겨진 중대한 과업으로 설정되고 국가 권력의 정당성이 개혁 세력의 정당성을 뒷받침하는 암묵적인 근거로 제시되는 것과는 각별히 대조를 이룬다.

추리물이라는 탐색 서사의 구조가 본래 근대적인 성격을 띠고 있긴 하지만, 외국 역사추리소설들에서 그것은 팩션의 포스트모던한 지향 속으로 흡수된다. 이에 비하면 한국 역사추리소설들에는 팩션으로서의 포스트모던한 기본 조건과 역사물로서의 근대적인 가치관이 혼재하고, 종종 후자의 측면이 압도적으로 우세하게 나타난다. '한국형 팩션'의 특수성은 바로 여기에 있다고 할 수 있다. 하지만 이 같은 측면이 근대적인 패러다임에 대한 반성적 성찰의 한계일 수 있다면, 그 특수성은 곧 우리 역사추리소설이 지닌 한계이기도 할 것이다. 역사추리소설을 비롯한 우리의 대중적인 역사 서사물들은 진보와 민족주의에 대한 뿌리 깊은 집착에서 언제쯤 자유로워질 수 있을까?

# *3* 역사 서술의 문학성과 역사소설의 새로운 경향

## 1. 역사와 문학의 '역사적' 관계

오늘날 '역사'는 문화 키워드이자 대중적인 문화 상품이다. 팩션이라는 신조어가 출판계를 강타하고 역사 서적들은 대형 서점의 베스트셀러 코너를 차지하게 되었다. 독서 대중은 역사책을 소설처럼 읽고 팩션을 역사로 받아들인다. 이런 문화 현상은 역사와 문학이 이전 어느 때보다 서로에게 근접해 있으며 그 경계가 급진적으로 해체되고 있음을 반영하는 징후들로 보인다. 지금은 이에 대한 사회문화적인 분석과 더불어, 역사와 문학의 관계와 상호 교섭 양상에 대한 학문적이고 이론적인 고찰 또한 반드시 필요한 시점일 것이다. 이 장에서는 다시 관점을 조금 옮겨서, 근대 역사학을 넘어서는 역사 서술의 다양한 흐름들과 역사소설이 맺고 있는 변화된 관계를 조망해보려고 한다.

물론 역사와 문학의 상호관계는 우리 시대에 와서야 제기된 새로운 이슈는 아니다. 고대로부터 역사와 문학은 활발하게 교섭해왔으며, '역사란 무엇인가?'라는 역사학 내부의 반성과 모색들은 흔히 문학과의 관계 속에서 행해져왔다. 역사는 역사-이야기나 역사 서술로서의 서사적이고 수사학적인 특성들 속에서 본질적으로 문학과 끊을 수 없는 관련을 맺고 있다. 역사의 지식은 서사적인 이해력(l'intelligence narrative)으로부터 간접적으로 파생되며,[1] 우리에게 역사는 오직 씌어진 기록의 형태로만 존재하기 때문이다. 또한 과거와의 시간적 거리, 즉 있었던 것(l'avoir été)이 갖는 '관찰할 수 없음'의 특성으로 인해 역사에는 그 자체로 "상상적인 것이 음각으로 존재"한다.[2] 역사란 현전하는 사료들 주위에 '지금은 없는 세계'를 그려보는 행위이기에 상상력은 역사의 기초적 도구일 수밖에 없는 것이다. 살아 움직이는 이야기를 통해 과거의 사건들이 마치 독자의 눈앞에서 펼쳐지는 듯이(준-현재) 그려지기 때문에 "역사는 거의 허구적"이며, 마치 과거에 실제로 일어난 듯이(준-과거) 사건들을 이야기하기에 "허구는 거의 역사적"이라고 하는 폴 리쾨르(Paul Ricœur)의 말[3]은 기억할 만하다.

그러나 근대 역사학은 문학과의 결별을 위한 의도적인 노력을 통해 스스로의 정체성을 확립하지 않을 수 없었다. 19세기 무렵 이전까지 서양에서 대체로 문학의 한 갈래로 여겨졌던 역사학은 독자적이고 근대적인 학문으로 정립되는 과정에서 문학과의 차별성을 규명하는 과제를 해결해야만 했다. 독립적인 과학으로서의 역사학을 주창했던 레오폴트 폰 랑케(Leopold von Ranke)가 중세 기사도를 묘사한 월터 스코트(Walter Scott)의 소설에 대한 비판으로부터 자신의 논지를 끌어냈던 것은 시사적이다. 그는 '환상'의 산물인 소설적 묘사보다 중세사에 기록된 '사실'들이 더욱 흥미롭고 만족감을 준다고 말하면서, 역사가는 실제로 과거에 일어났던 일들만을 '실재한 그대로' 기술해야 한다고 주장했다.[4] 랑케의 교조적 사실주의 역사관은 문학으로부터의 분리와 단절을 지향했던 근대 역사학의 두드러진 움직임을 단적으로 보여준다.

다른 한편, 랑케의 역사학까지를 포함하여 역사-이야기의 전통을 단호히 거부했던 프랑스 아날학파(Des Annales)는 또 다른 방향에서 역사가 문학으로부터 멀어지는 움직임을 대표한다. 아날학파는 개인과 사건을 전면에 내세우는 정치사 중심의 역사를 비판하고, "익명적이고 심층적이며 침묵을 지키는 역사",[5] 인간이 만들기보다는 인간을 만드는 사회사와 문명사 등을 기획했다. 이들은 통계학·경제학·지리학 등을 비롯한 사회과학의 방법을 동원하여 통합적인 인간 과학을 창출하고자 했으며, "거의 움직이지 않는 역사, 자신을 둘러싼 환경과의 관계를 통해 이해된" "느린 리듬의 역사"[6]를 강조했다. 아날학파에 이르러 역사는 오랫동안 자신의 본성에 속했던 '진실을 말하는 이야기'로서의 서사적 성격마저 과감히 탈피하고자 시도했던 것이다.

이처럼 근대 역사학이 문학과 분리되는 양상은 허구적 상상력의 거부와 서사성의 배제라는 두 가지 측면(이 두 가지는 서로 착종되어 있다)으로 나타났다. 반면에 오늘날은 바로 이 두 측면에서 역사와 문학이 재접속되고 그 경계가 의문에 부쳐지는 시대라 할 수 있

아날학파 브로델의 역사서

는데, 미시사(microstoria)와 후기구조주의 역사관은 이 같은 흐름을 분명하게 예시한다. 근대 역사학에서 추방되고 지워졌던 역사의 허구성과 서사성은 지금 강력한 영향력을 동반하고 귀환하고 있으며, 역사와 문학은 그 동안의 비정상적인 괴리 상태를 치유하려는 듯 격렬하게 서로 접촉하고 있다.

## 2. 서사성과 상상력의 복권: 미시사의 문학성

역사 서술에서 문학성의 가장 두드러진 귀환은 아날학파에 대한 반발로써 출발한 미시사에 의해 이루어졌다. 아날학파는 사건 중심의 정치사를 비판하면서 전체사·사회경제사·구조사·지리-역사 등을 창안했고(마르크 블로흐, 뤼시엥 페브르, 페르낭 브로델 등의 아날 1·2세대), 점차 망탈리테사(histoire des mentalité)를 비롯한 계열사[7]로 나아갔다(조르주 뒤비, 자크 르 고프, 엠마누엘 르 롸 라뒤리 등 아날 3세대). 이 과정에서 아날학파는 점점 더 통계적이고 계량적인 방법에 치중했고 "종국에는 (……) 계량화될 수 있는 것만이 과학적인 역사"[8]라고 주장하기에 이르렀다. 또한 엘리트나 국가 지도자 대신에 노동 세계와 일상생활 속의 인간들(민중)을 역사의 진정한 관심 대상으로 생각했던 아날 1세내와는 달리, 라뒤리(Emmanuel Le Roy Ladurie)는 '인간들이 없는 역사'를 지지하는 데까지 나아갔다.[9] 1970년대에 미시사가 '새로운 역사'를 표방하면서 비판했던 것은 아날의 이 같은 거대구조적 해석틀과 계량적 방법의 한계였고, 이는 그 속에서 소거되었던 개인의 삶과 그 복잡다단한 리얼리티를 재현하기 위함이었다.

미시사는 실명(實名)을 추적하여 한 마을 공동체나 특정 개인을 대

상으로 어떤 위기나 사건에 대처하는 그들의 전략과 가치관을 미시
적으로 탐색한다. 미시사가는 마치 인류학자처럼 한 지역 내에 거주
하는 보통 사람들의 구체적인 삶의 모습을 세밀히 관찰하여 기록하
고자 하는데,[10] 인류학자들과는 달리 역사가들은 시간적 간격에 의
해 자신의 연구 대상과 분리되어 있다. 따라서 미시사가는 재판기록
과 같은 특정한 자료들을 통해 역사 속 주민들의 사고와 행동 방식을
추적해나간다.[11] 미시사는 이러한 기록들 속에서 구체적인 사건의
전말을 재구성하여 이야기식 문체로 풀어가는 역사-이야기이며, 미
시사의 특성상 유난히 불충분하고 불연속적인 사료의 공백을 상상력
으로 채워나가는 '가능성의 역사'이다.[12] 서사성과 상상력이라는 두
측면 모두에서 역사 서술이 이처럼 의식적으로 기꺼이 문학에 다가
간 것은 일찍이 찾아보기 어려웠던 일이다.

실제로 미시사의 저작들(진즈부르그의 『베난단띠』와 『치즈와 구더기』, 동
일 제목과 〈써머스비〉라는 제목의 영화로도 제작되었던 내털리 제이먼 데이비스
의 『마르땡 게르의 귀향』, 조반비니 레비
의 『무형의 유산』, 삐에뜨로 레돈디의
『이단자 갈릴레오』 등)은 소설과 거의
구별되지 않는다. 16세기에 이탈
리아의 한 지방에서 이단 혐의로
피소되었다가 화형에 처해진 방앗
간 주인(메노키오)의 세계관을 통해
근대 초 유럽의 민중문화가 지닌
자생력을 그려낸 진즈부르그(Carlo
Ginzburg)의 『치즈와 구더기』(1976)
는 그 좋은 예이다. 진즈부르그는

영화 〈써머스비〉 포스터

탁월한 문학적 재능을 발휘하여 흥미진진하게 스토리를 이끌어갈 뿐 아니라 개성 있고 매력적인 문채로 독자를 사로잡는다. 그녀는 프리 울리 출신인 이단자의 증언에 나오는 사투리들을 활용하여 메노키오라는 한 인물의 독특한 말투를 창조해냈으며, 메노키오가 샀거나 빌렸던 이색적인 책들을 조사하여 그가 그 내용을 자의적으로 해석한 방식들까지 상상하여 재구성했다.[13] 물론 역사가로서 그녀의 궁극적인 관심은 과거에 실존했던 메노키오라는 한 개인의 삶이나 심리나 사상에만 머무르는 것이 아니라 이를 통해 한 시대의 역사적 리얼리티와 그 관계망을 드러내려는 데 있다. 하지만 다음과 같은 진즈부르그의 언급은 역사가 이 같은 지향 면에서도 문학과 엄밀하게 구분될 수는 없다는 인식과, 역사와 문학이 밀접하게 결합되는 상황에 대한 그녀 자신의 자의식적 성찰을 담고 있어서 주목할 만하다.

(대니얼 디포, 필딩, 조이스, 스땅달, 똘스또이, 발작, 만쪼니에 이르는 여러 작가들의 소설에서는) 오로지 정치, 군사적 업적들만을 대상으로 하는 역사학의 한계들을 반박하는 것에서부터 개인과 사회 집단의 망딸리떼사에 대한 주장과 나아가서는 (만쪼니에게서 보듯이) 미시사의 이론화와 새로운 문헌 사료의 체계적인 이용에 이르기까지, 과거 수십 년의 역시 연구에서 더욱 두드러진 특징들의 원형을 엿볼 수 있다. (중략)

최근까지 대부분의 역사가들은 역사서술의 과학적 성격(사회과학과 유사한 경향을 띠고 있다고 간주되는)을 강조하는 관점과 그것의 문학적 차원을 인정하는 관점이 서로 절대 양립할 수 없는 관계에 있다고 보았다. 그러나 요즘 들어 인류학과 사회학의 저작들에까지 문학적 차원을 인정하는 관점이 점점 더 확산되고 있으며, 이로 인해 텍스트를 부정적으로 판단하는 역작용도 나타나지 않고 있다.[14]

이렇듯 미시사에 이르러 역사는 문학적 서사의 전통을 적극 참조하
고 역사의 문학적 차원을 공식적으로 승인하면서, 원-문학(archi-
literature)의 한 하위 갈래로 통합되는 양상을 띤다. 이는 진즈부르그의
날카로운 통찰대로 프루스트와 무질 등을 거치며 독자들의 감수성이
변화해옴에 따라 "바뀐 것은 역사-이야기의 범주만이 아니라 이야기
그 자체"라는 사실과 무관하지 않다. "이야기하는 사람(narrator)과 실
재(reality) 사이의 관계가 더욱 더 불확실하고 더욱 더 의문스러워"[15]진
오늘날, 역사 서술은 더 이상 이전의 권위와 객관성을 보장받을 수 없
게 되었다. 이제 역사는 객관적 서술을 위장한 기존의 글쓰기 방식을
포기하고 문학적인 스토리텔링과 서술 방식들의 풍부한 다양성 속에
서 역사적 리얼리티의 새로운 층위를 모색하지 않을 수 없었던 것이다.


## 3. 역사와 허구의 해체: 반실증주의적 투쟁과 후기구조주의
   역사학

미시사의 문학성에 대한 고찰은 역사적 사실과 리얼리티의 객관성
이라는 문제로 우리를 이끈다. 진즈부르그를 비롯한 미시사가들이
역사적 실재 자체를 회의하는 데까지 밀고나가지는 않았지만, 이들
의 역사관은 후기구조주의로 분류되는 해체주의 역사관과 통하는 지
점을 내재하고 있다. 후기구조주의 역사학을 통해 역사와 허구가 더
욱 격렬히 교섭하는 양상을 살펴보기 전에, 우선 랑케의 엄정한 사료
검증 방식을 이어받은 실증주의 사학에 대한 반발이라는 역사학의
또 다른 흐름을 검토하는 것이 좋겠다.
   이 문제와 관련해서는, 아날 1세대와 비슷한 시기에 활동했던 레

이몽 아롱(Raymond Aron)을 제일 먼저 언급해야 할 것이다. 실증주의 사학의 한계를 겨냥하면서, 아롱은 실제로 일어났던 것으로서의 사건의 절대성이라는 가정을 붕괴시키고자 했다. 그는 『역사 철학 입문: 역사적 객관성의 한계에 대한 시론』(1938)에서 '대상의 해체'를 천명한 바 있는데, 이는 역사가가 과거 사건의 설명이나 이해에 연루되어 있는 한 역사 서술에서 객관적인 사건이 확인될 수는 없으며 모든 이해는 일종의 재구성이라는 생각에 기인한다. 역사적 사실은 의도, 동기, 가치 등과 결합하여 이해 가능한 전체로 통합됨으로써만 존재한다. 따라서 "학문적으로 연구하기에 앞서 이미 이루어졌기에 단순히 충실하게 재생산하기만 하면 되는 그러한 역사적 실재는 존재하지 않는다"[16]는 것이다. 역사가의 입장에서 이 같은 견해는 실증적 객관성에 대한 회의주의적인 인식 태도만을 의미하지는 않는다. 그것은 오히려, 과거를 이미 행해지고 종결된 요지부동의 실체로 간주하는 대신에 미래지향적인 생성 가능성 속에서 바라보게 하는 관점의 전환을 뜻하는 것이었다.

마루(H.-I. Marrou)의 『역사 지식에 관하여』(1954)는 아롱의 관점을 연장시켜 역사가의 실천이라는 논점을 더욱 부각시킨 저서이다. 그는 역사 지식이 엄밀한 의미의 과학이 아니라 단지 믿음에 따른 지식에 불과하다고 주장하면서 "역사란 역사가의 인성이 전적으로 걸려 있는 영직인 모험"임을 강조했다. "이해는 역사가에게 실존적 가치를 지니며, 이해의 진지함과 의미작용과 가치는 바로 여기에서 비롯된다"[17]고 그는 말한다. 아롱에 이어 마루는 사실 그 자체로서의 과거라는 편견에 맞서 역사에서의 주도권은 사료가 아니라 역사가에 의해 제기된 질문이라는 생각을 이끌어낸다.

이런 흐름 속에 아날학파의 자리가 놓여 있다는 점을 간과해서는

블로흐의 역사서

안 될 것이다. 역사-이야기들(사건 중심의 정치사나 미시사 등)과의 차별성을 논의하면서 부각되었던 측면과는 또 다른 차원에서, 아날학파는 아롱의 관점을 이어간다. 블로흐(Marc Bloch)와 페브르(Lucien Febvre) 등 아날의 창시자들은 역사에서 '사실'로 간주되는 것을 구성하는 과정에 개입하는 선택의 기준, 즉 '문제성'을 중요시했다. 사실이란 기록 속에 주어진 것이 아니라 기록들이 문제성에 따라 선택되는 것이며, 문제성은 역사가의 현재적 관심사에서 나오기 때문이다.[18] 기존의 정치사에 대한 아날의 거부 역시 같은 맥락에서 이해될 수 있다. 그것은 국가 연대기로 대표되는 역사에 유리하게 작용하는 사료를 암묵적으로 선택해 놓고, 이를 사실 그 자체인 양 무비판적으로 수용해온 문제성의 결여에 대한 반발이기도 했던 것이다. 물론 그들의 이 같은 비판이 사실과 허구에 대한 인식론적 사유의 차원에서 행해졌던 것은 아니다. 그러나 역사가에 의해 구성된 역사적 실재를 옹호함으로써, 그들은 역사가가 창조한 역사적 실재와 화자가 창조한 허구 이야기를 (그들 자신은 의식하지 못하는 채로) 근본적으로 접근시켰다.[19]

이 같은 흐름은 역사 서술을 서사 텍스트의 한 갈래로 보는 후기구조주의 역사관과 만나게 된다. 갈리(W. B. Gallie)와 루이스 밍크(Louis O. Mink) 등은 오늘날 후기구조주의적이라고 불리는 서사학

적 역사 이해의 방향을 예고했던 역사가들이다. 갈리는 서사적 형태
가 역사적 설명의 모체이자 그 수용 구조이며 역사서에 대한 독서는
스토리를 따라갈 수 있는 우리의 능력에서 비롯된다는 점을 들어,
"역사 서술은 스토리 류의 한 종(種)"[20]이라고 정의했다. 루이스 밍
크는 역사의 이해란 어떤 "유형의 반성적 판단" 행위이며 "서사적 양
태를 통해 사실을 전체적으로 보는 경험"[21]임을 강조했다. 이들은 역
사와 허구의 차이를 서사성이라는 더 근본적인 동질성에 비해 부차
적인 것으로 간주함으로써, 결국 그 경계의 확실성을 의심하게 하는
결과를 낳게 된다.

헤이든 화이트(Heyden White)의 『메타역사: 19세기 유럽의 역사
적 상상력』(1973)은 후기구조주의적·서사학적 관점으로 역사 서술
에 접근한 대표적인 저작이다. 화이트는 자신의 이론을 역사 시학
(the poetics of history)이라고 부르는데, 이는 서사 구조의 측면에서
허구와 역사는 동일한 부류에 속하며 역사는 본질적으로 글쓰기
(원-문학)의 일종이라는 전제에서 나온 것이다. 그는 미슐레, 랑케,
토크빌, 부르크하르트 등의 역사서들을 서사적 산문의 서로 다른 형
식들로서 다루고, 특정한 역사적 설명의 패러다임으로 작용하는 시
적인 심층구조를 탐구한다. 모든 역사 서술은 현저한 비유의 형식과
여기에 수반되는 언어학적 규약들로 이루어지는데, 바로 그것들이
역사 서술의 메타-역사적인 기반을 형성한다는 것이다.[22] 이를 통
해 그는 역사와 문학, 진실과 허구 사이의 근본적인 차별성과 위계
화된 이분법을 해체하고, 역사적 사실주의의 허구적이고 미학적인
성격을 드러낸다.

한편 화이트가 볼 때 역사가의 이데올로기와 윤리적 관점은 담화
의 여러 형식적 요소들을 결합하는 중심적인 기능을 한다. 역사란

시작도 끝도 없는 시간의 흐름에 어떤 구조를 부여하고 기승전결이 있는 이야기로 만드는 행위의 산물인데, 이때 사건들의 선택과 배열을 결정하는 것은 그 이야기를 집필하는 역사가의 시각과 입장일 수밖에 없다는 것이다.[23] 역사 서술에 개입하는 역사가의 관점에 대해 아롱과 마루에서부터 이어져온 자의식적 성찰들은 화이트에 이르러 역사가를 서사화 행위의 윤리적 주체로 정의하는 이론적 체계를 지니게 된다.

역사를 문학으로부터 인위적으로 분리시켰던 근대의 과학적·실증주의적 역사관 이후로 역사 서술의 서사성과 허구성에 대한 인식은 이처럼 서로 교섭하고 때로는 충돌하면서 다시 급속히 확산되어왔다. 역사적 리얼리티의 복원이라는 기본 과제를 포기하지 않으면서도 문학적 상상력과 서사성을 회복시킨 미시사의 관점과, 역사적 사실의 실재성 자체를 의문에 부치면서 역사 서술을 허구 서사와 동일한 지평에서 다루려 한 후기구조주의 역사관이 궁극적으로 역사와 문학의 통합과 상호 침투라는 유사한 결론에 도달한 것은 무척 흥미로운 일이다.


## 4. 역사소설에 반영된 새로운 역사들

역사와 문학의 변화된 관계는 역사학 안에서만이 아니라 문학에서도 발견된다. 역사적 인물과 사건을 소재로 한 역사소설들은 문학의 입장에서 역사를 바라보는 관점을 내재하지 않을 수 없는데, 최근 우리 역사소설에서는 이 같은 관점의 현저한 변화와 이동이 발견된다. 역사를 다루는 역사소설의 변화된 관점들에는 앞에서 살펴본 새로운 역사들이 착종된 채로 스며들어 있다.

우리 근대문학사에서 전통적인 역사소설은 정치사적 경향을 띠는 영웅 이야기나 민족사의 성격을 지닌 민중 이야기들이었다. 민족국가의 수립이라는 근대적 과제를 달성하지 못하고 식민지배와 분단의 시련을 거쳐야 했던 우리에게 역사소설은 국가주의적 통합을 강화하고 민족의식을 고취하는 도덕적·교훈적인 서사로서 의의를 지녔던 것이다. 『북간도』(안수길)나 『두만강』(이기영) 등을 비롯한 민족 수난사, 민족을 쇄신할 민중적 자각을 촉구하는 『장길산』(황석영) 류의 민중 영웅담 등은 모두 집단적 기억의 복원과 정서적 통합이라는 대의를 좇는 '도덕의 정치학'이었다.[24] 하지만 역사소설과 국가 또는 민족을 연결하던 당위적인 끈은 오늘날 느슨하게 풀어지고, 역사소설의 이념적·도덕적인 역할에 대한 강박관념도 급속도로 약화되었다. 그 대신에 다양한 관점과 스타일의 작은 역사 이야기들이 역사소설의 공간을 이리저리 횡단하고 있다.

이런 변화된 흐름은 '대문자 역사'가 '소문자 역사들'로 분산되고 해체되는 경향이라고 요약될 수 있다.[25] 아날의 창시자들이 정치사 중심의 국가 연대기를 거부한 것, 아날 3세대들이 아날 1세대의 전체사를 비판하고 계열사를 표방하면서 조각나고 분열된 역사'들'의 표상을 제시한 것, 미시사가 '이례적 정상(eccezionalmente normale)'[26]을 내세워 특정 소집단이나 개인에 대한 미시적 접근을 시도한 것 등은 모두 역사학에서 대문자 역사가 소문자 역사들로 대체되는 양상을 보여주는 예들이다. 우리 문학사에서 대문자 역사의 붕괴는 역사소설이 집단적이고 보편적인 가치를 대표하는 인물을 내세워 당대의 역사적 현실을 총체적으로 형상화해야 한다는 믿음이 의심받기 시작한 것과도 관련을 맺고 있다. 이 같은 회의는 리얼리즘 문학관의 퇴조와 맞물려, 당대적 리얼리티의 제약으로부터 벗어나 역사적 인물과 사건들을 현재적인 관점에서 적극적으로 재구성하는 역사소설의 새로운 경향들로 이어진다. 김훈, 김영하, 김연수 등의 최근 역사소설[27]은 이런 경향을 여실히 보여준다.

　김훈의 『칼의 노래』는 정치사와 사건 중심의 역사를 대표하는 전쟁사의 영웅, 국가와 민족을 위기에서 구해낸 공동체의 영웅을 고독한 실존적 개인으로 형상화한 역사소설이다. 『칼의 노래』는 이순신이라는 역사적 인물의 위대한 성취를 일대기적으로 그려내는 방식을 취하지 않으며, 역사의 총체적인 실상에 접근하고자 하는 역사소설의 전통적인 이상을 좇지 않는다. 특히 역사적 주인공을 당대의 어떠한 이념적 가치로부터도 벗어나 있는 허무주의적인 '아웃사이더'로 묘사할 때,[28] 대문자 역사와 그것을 지탱하던 역사소설의 도식적인 이데올로기는 여지없이 무너져내린다.

　나는 정유년 초하룻날 서울 의금부에서 풀려났다. 내가 받은 문초의 내용은 무의미했다. 위관들의 심문은 결국 아무것도 묻고 있지 않았다. 그들은 헛것을 쫓고 있었다. 나는 그들의 언어가 가엾었다. 그들은 헛것을 정밀하게 짜 맞추어 충(忠)과 의(義)의 구조물을 만들어가고 있었다. 그들은 바다의 사실에 입각해 있지 않았다. 형틀에 묶여서 나는 허깨비를 마주 대하고 있었다. 내 몸을 으깨는 헛것들의 매는 뼈가 깨어지듯이 아프고 깊었다. 나는 헛것의 무내용함과 눈앞에 절벽을 몰아세우는 매의 고통 사이에서 여러번 실신했다. (1권, p.18)

　『칼의 노래』의 이순신은 모든 것이 "헛것"이며, 심지어 "충"과 "의"라는 당대의 절대적 가치마저 허상이라고 생각한다. 그것은 "바다의 사실"이나 "매의 고통"과 같은 삶의 현실, "몸"의 진실을 왜곡하고 은폐하는 허위일 뿐이다. 그의 전쟁은 '헛것'인 당대의 지배적 이념을 위한 싸움이 아니라 차라리 '헛것'들과의 싸움이다. 그 "보이지 않는 적", "칼"로 "베어지지 않는 적"과의 "불가능한 싸움"(1권, p.48)이 곧 그의 전투이자 내면적 삶인 것이다. 바로 여기에서 김훈 소설의 지향점과 더불어 『칼의 노래』가 전통적인 역사소설을 전복하는 지점이 분명히 드러난다.

나아가 김훈은 탈영웅화된 역사적 주인공의 내면적 진실을 그려내는 데서 멈추지 않고 "나는 내 당대의 어떠한 가치도 긍정할 수 없"(「책머리에」, p.12)다고 하는 작가 자신의 사상을 역사적 인물에게 투영하고 있다. 이는 현재의 문제의식에 입각하여 역사적 과거를 적극적으로 재해석하는 새로운 역사들의 두드러진 한 경향을 보여주는 동시에, 역사소설이 역사적 과거의 재현 자체에 대한 초연한 무관심의 차원으로 이동하게 된 양상을 암시하는 것이기도 하다. 주인공 이순신의 사상, '충'과 '의'에 대한 허무주의적 태도나 '몸'에 대한 인식 등은 중세적 질서 안에서 살아가던 한 무신의 것이 아니라 분명 오늘날의 것이다. 그런데도 이 소설에서 그런 측면은 크게 문제가 되지 않는다. 김훈의 『칼의 노래』에서 역사는 절대적 객관성의 자리에서 빠져니와 작가의 현재적이고 사적인 사유를 매개할 상상력의 질료들 가운데 하나로 상대화되고 허구화되어 있는 것이다.

이에 비해 김영하의 『검은꽃』은 미시사의 접근 방식을 좀더 구체적으로 환기시키는 역사소설이다. 미시사와 흡사하게, 이 소설은 대한제국의 운명이 갈림길에 놓여있던 1905년에 화물선 일포드호에 실려 제물포항에서 멕시코로 향했던 조선인 1033명에 관한 단편적인 기록들을 추적한 '집단전기적 역사'[29]의 성격을 띤다. 더욱이 그들은 하와이 노동이민들과는 달리 모국과의 인연이 단절된 집단이며, 역사의 기록 속에서 누락되고 지워진 존재들이다. 나라로부터 버림받은 백성이자 도망자였던 그들은 영웅적 개인을 대리하는 민중적 주인공이나 민족 수난사의 알레고리가 되지 못한다. 제각기 다른 이유로 나라를 등지고 달아났다가 멕시코의 에네켄 농장들로 뿔뿔이 흩어진 그들은 "역사적 의미를 생산하지 못하는 불임(不姙)의 집단"[30]이라 할 만하다. 그래서 『검은꽃』은 대문자 역사로 통합되지 못하는 역사, 역사의 잃어버린 조각들로 이루어진 작은 역사-이야기가 된다.

특히 이 소설은 근대화 초기와 근대국가 형성기의 역사적 사건을 다루면서도 국가와 민족이라는 당위적 이념을 냉소적인 시선으로 응시한다는 점에서, 『칼의 노래』와 마찬가지로 일반적인 역사소설에서 확연히 이탈한다. 에네켄 농장으로 팔려간 뒤에도 가족들의 일손을 돕기는커녕 "떠나온 조국의 처지를 애통해하며 집에 틀어박힌 채 어떻게 해야 일본을 물리치고 힘세고 부유한 나라를 만들 수 있을까 고민"(p.219)하는 몰락한 황족 이종도의 모습은 씁쓸한 웃음을 자아낸다. "아침이면 서쪽을 향해 절하고 밤에는 틀어박혀 새로운 국가의 기틀을 세우는 그를 비웃지 않는 자가 없었다"(같은 곳)는 서술자의 말처럼, 국가주의라는 명분에의 순진한 믿음은 희화화의 대상이 된다. 퇴역 군인 조장윤은 이종도와는 또 다른 방식으로 잃어버린 국가의 회복을 꿈꾸는데, 멕시코에 흩어져 있는 한인들을 규합하여 자주적인 군사력을 지닌 조직을 결성한다든지 과테말라 혁명 전쟁 와중에 '신대한'이라는 국호의 임시정부를 건설한다든지 하는 시도들이 그것이다. 그러나 유카탄의 한인들을 하와이로 집단 이주시키려는 조직의 "대담한 프로젝트"가 웃지 못할 해프닝이 되어 "허공으로 날

최초의 멕시코 이주민들을 태웠던 화물선 일포드호

아가버"(p.253)리고, 밀림 속에 세워진 작고 "이상한 나라"(p.293) 신대한이 과테말라 정부군에 의해 완전히 진압되어 흔적없이 사라질 때, 그 허망함은 극에 달한다.

더욱이 이 소설에는 멕시코와 과테말라 혁명을 둘러싼 내전의 혼란을 배경으로 하여 국가의 존재 이유를 근본에서 회의하는 무정부주의자의 시선이 흐르고 있다. "국가야말로 만악의 근원이다. 그런데 국가는 사라지지 않는다." 그래서 길은 오직 하나, "영원한 혁명, 바로 그것이다"라고 주장하는 한 멕시코 병사의 "기이한 무정부주의"(p.258)는 사라진 조국 대한제국에 대한 여러 인물들의 서로 다른 태도들과 중첩되면서 국가주의의 미망을 드러내는 복합적인 겹의 시선을 형성한다. 그 가운데 작가의 관점에 가장 밀착되어 있는 것으로 보이는 김이정의 시선은 무정부주의자의 그것 이상으로 허무주의적이다.

나라가 있든 없든 그게 우리하고 무슨 상관이지?

이정은 잠시 뭔가 생각하는 듯했다. 그리고 싱긋 웃었다. 있든 없든 상관없다면 있어도 된다는 이야기인가? 그렇다면 하나쯤 만들어도 되지 않을까?

잠시 침묵이 흘렀다. 어쩌면 우리 모두 내일 당장 죽을 수도 있어. 왜놈이나 되놈으로 죽고 싶은 사람 있어? 나는 그러고 싶지 않아. 이정이 단호하게 말했다. 그럼 차라리 무국적은 어때? 돌석이 말했다. 이정은 고개를 저었다. 죽은 자는 무국적을 선택할 수 없어. 우리는 모두 어떤 국가의 국민으로 죽는 거야. 그러니 우리만의 나라가 필요해. 우리가 만든 나라의 국민으로 죽을 수는 없다 해도 적어도 일본인이나 중국인으로 죽지 않을 수는 있어. 무국적이 되려고 해도 나라가 필요한 거라구.

이정의 논리는 어려웠다. 그들을 설득한 건 논리가 아니라 열정이었다. 그것은 무엇이 되고자 하는 것이 아니라 되지 않고자 하는 것이었다.

(p.306)

"있든 없든 상관없"으니 있어도 되는 국가, "무국적"이 되기 위해서 필요한 국가, "무엇이 되지 않고자 하는" 열정에 의해서만 역설적으로 존재하는 국가, 이 궤변의 논리 속에 작동하는 것은 대문자 역사의 꿈에 대한 허무주의적 냉소이다.[31] 이런 시각은 명백히 탈근대적 관점에서 국가의 의미를 사유하는 오늘날의 시각으로서, 근대국가 형성기의 당대적 리얼리티를 지닌다고 보기 어렵다. 이로 인해 이 소설은 역사적 과거의 의미를 현재적인 관점에서 다시 묻는 데 그치지 않고 과거와 현재를 혼종적으로 뒤섞는 포스트모던한 현재주의(presentism)의 양상을 띠기도 한다. 이는 또한 역사로부터 역사적 사실들이 아니라 역사-이야기를 기술하는 자(역사가)의 서사적이고 윤리적인 관점을 읽어내는 우리 시대의 변화된 태도를 반영하는 역사소설의 새로운 징후일 것이다.

한편 역사적 사건이나 기록들을 소재로 한 김연수의 단편소설들은 역사의 허위성에 대한 뿌리 깊은 좌절감을 곳곳에서 직접 드러내보인다. "사실 전쟁은 재미있지만, 전쟁 이야기는 재미없어. 전쟁에는 진실이 있지만, 전쟁 이야기에는 조금의 진실도 없으니까. (……) 삶은 살아가는 것이지, 이야기하는 게 아니거든. 항일전쟁, 해방전쟁, 조선전쟁까지 도합 세 번의 전쟁을 겪은 내 몸은 전사(戰史) 따위에는 전혀 귀를 기울이지 않지"(「뿌넝숴(不能說)」, p.61)라든지, "나는 진실을 알고 싶었다. 역사학이란 내게 진실에 다가가는 도구였다. 하지만 역사를 공부하면 할수록 나는 거짓말이 들통나는 게 아니라 들통난 것들이 거짓말이 된다는 사실을 알게 됐다"(「그건 새였을까, 네즈미」, p.43)고 하는 인물-서술자의 말은 기록된 역사가 결코 진실을 담아낼 수 없다고 하는 작가의 불신감을 대변해준다. 이런 불신은 "역사의 인과관계"란 "도중의 사소하고 우연적이고 꾸불꾸불한 과정을 과감하게 생략하고 단숨에 긋는, 그런 선과 같은 것"(「쉽게 끝나지 않을 것 같은 농담」, p.19)이라는 생각에 기인한다.

김연수에게 진실은 역사의 기록에서 누락되고 생략된 것들 속에나 존재하며, 따라서 도저히 확인되거나 발견될 수가 없는 것이다('발견'됨으로써 역사의 기록 속에 통합된 진실은 더 이상 진실이 아닐 것이다). 그런데 김연수는 이런 어찌할 수 없는 불가능성을 소설의 존재 기반으로 삼는 극적인 역전을 감행한다. "원문이 사라졌으므로 우리가 상상하는 모든 문장은 원문이 될 수 있"(「다시 한달을 가서 설산을 넘으면」, p.143)으며, "진짜"가 따로 없으므로 "이 세계는 상상하는 대로 구성된다"(「거짓된 마음의 역사」, p.103)는 것이다. 김연수의 소설 쓰기는 복잡하고 우연에 가까운 구불구불한 선들 속에 잠재되어 있는 수많은 진실의 판본들을 상상력으로 재구성하는 행위이며, 그런 의미에서 진실을 '찾기'보다는 진실을 '쓰는' 행위라 할 수 있다.[32]

이상의 유실된 데드마스크와 「오감도 시 제16호 실화」를 둘러싼

이상을 모델로 한 화가 구본웅의 그림 〈우인의 초상〉

역사적 자료들을 토대로 창작된 김연수의 『꾿 바이 이상』 역시 이런 맥락에서 이해된다. 이 소설에서 그는 새로 발견된 데드마스크와 오감도 시의 진위 여부를 밝히거나 그 원본을 찾아나서는 대신에 역사가 놓쳐버린 진실의 여러 판본들을 쓰고자 한다. "이상과 관련해서 모든 진위 판정은 실증과 논리와 이성을 넘어 단지 믿느냐 안 믿느냐의 문제로 귀결된다"(p.16)는 기자 김연화의 말처럼, 그에게 역사적 진실은 실증의 차원이 아니라 실존을 건 신념의 차원에 놓여 있다. 이상을 닮기 위해 평생을 바쳤으며 이상의 위작을 남기고 자살한 이상 연구가 서혁민이 또 다른 원본, "또 다른 이상"(김성수의 해설, 「또 다른 원본을 찾아서」, p.268)이 될 수 있는 이유도 여기에 있다. 『꾿 바이 이상』은 역사적 진실이란 거듭 다시 씌어지는 서로 다른 판본들로서만, 혹은 그것들의 펼쳐짐과 겹쳐짐 속에만 거주한다고 하는 포스트모던한 역사관을 반영하는 대표적인 소설로 꼽힐 수 있을 것이다.

## 5. 문학과 역사가 교차하는 혼종적인 글쓰기들

역사 서술의 서사성과 허구성에 대한 인식이 고조되고 역사를 역사가라는 서사화 행위 주체에 의해 이루어진 글쓰기의 일종으로 바라보는 오늘날의 관점은 역사와 문학의 근본적인 유사성에 대한 자각으로 이어졌다. 이런 시각은 문학이 역사적 소재나 사료를 다루는 방식에도 영향을 미쳤다. 오늘날 역사소설은 역사적 실재의 객관성과 당대적 리얼리티의 제약으로부터 한결 자유로워진 상태에서 역사를 허구화하고 현재화한다. 역사소설에서 문학적 재현의 준거로 작용하던 역사적 사실의 권위가 약화됨에 따라 역사의 기록들에 개입하여 진실을 재구성하고 재창조하는 허구적 상상력의 가능성과 의의는 더욱 강조되고 있다. 이런 현상을 두고 (팩션에 관해 이야기하며 언급했던 표현대로) 역사는 허구화되고 허구는 역사화된다고 말할 수 있을지 모른다. 역사와 문학이 진실/허구, 객관성/주관성, 진지함/진지하지 않음 등의 위계적인 이분법에 의해 구분되었던 이전 시대와는 달리, 그것들은 지금 서로 교차하고 충돌하고 혼종적으로 뒤섞이면서 다양한 종류의 글쓰기들을 생산하고 있는 것이다.

이런 현상들은 역사학 쪽에도 문학 쪽에도 비판적인 쟁점들을 던져주었다. 헤이든 화이트를 중심으로 하는 후기구조주의 역사관은 역사학의 대상과 학문적 정체성에 대한 근본적인 재검토를 유발하면서 치열한 논쟁을 불러일으켰고, 최근 역사소설이 역사를 사적(私的)으로 전유하고 무책임하게 현재화하거나 허무주의적으로 상대화하고 있다는 비판 역시 비평적인 논점으로 떠올랐다. 이 상에서 충분히 논의하지는 못했지만, 이 같은 문제들에 대한 생산적인 논쟁들은 앞으로도 계속 이어져야 할 것이다. 끝으로 한 가지 강조해두어야 할 것은 어떤 한 분야의 새로운 징후도 인식론적이고 문화적인 지각 변동이라는 포괄적인 맥락 속에서 고찰되지 않으면 안 된다는 사실이다. 어떠한 아카데믹한 연구나 '순수한' 문학도 시대적인 요구와 감수성으로부터 동떨어져 있을 수 없으며, 그것들은 드러나게 또는 드러나지 않게 서로 영향을 주고받으면서 긴밀하게 얽혀 있기 때문이다. 오늘날 문학 연구가 학제간 연구나 문화 연구에서 비켜서 있을 수 없는 이유가 바로 여기에 있다.

# 4 대체 역사 서사물의 메타적 자의식

## 1. 참을 수 없는 역사의 가벼움

이번에는 허구를 역사화하고 역사를 허구화하는 대표적인 서사 장르라 할 수 있는 대체 역사(alternative history) 서사물에 대해 이야기해보자. 대체 역사는 과거의 중요한 역사적 사건이 실제와는 다른 결말을 낳았다고 가정하고, 그 이후에 펼쳐질 가상의 역사를 구성해보는 일종의 역사 시뮬레이션이다. 만약에 교역을 위해 시리아로 떠났던 마호메트가 이슬람교를 창시하는 대신 기독교로 개종했다면, 그래서 7~8세기의 아랍 문명 대확산이 일어나지 않았다면, 이슬람 세력의 위협을 받지 않은 비잔틴 제국의 역사는 어떻게 달라졌을까?(해리 터틀도브의 『비잔티움의 첩자』, 1987) 또는 8세기에 투르-푸아티에 전투에서 이슬람군이 기독교도인 프랑크군에 승리를 거두었다면, 이슬람이 지배하는 유럽 세계는 어떤 모습을 하고 있을까?(L. 스프레이그 디 캠프의 『이프의 수레바퀴』, 1940) 만약에 1588년에 엘리자베스 1세가 암살자에 의해 살해당하고 스페인의 무적함대가 영국에 완승을 거두었다면?(키이스 로버츠의 『파반느』, 1968) 남북전쟁 중에 게티스버그 전투에서 남군이 승리하여 북부로부터 독립을 쟁취했다면?(워드 무어의 『희년을 선포하라』, 1953) 루스벨트 대통령의 암살로 대공황을 극복하지 못한 미국이 2차 세계대전에서 독일·일본·이탈리아의 동맹군에게 패배를 당했다면?(필립 K. 딕의 『높은 성의 사나이』, 1962) 1909년 이토우 히로부미를 암살하려던 안중근 의사의 계획이 실패로 돌아가고 일본의 식민 통치가 1980년대까지 계속되었다면?(복거일의 『비명을 찾아서』, 1987) 등등.

이런 질문들을 황당한 공상의 놀이로 취급할 수는 없다. 실제로 위와 같은 대체 역사적 상황들은 현대의 군사 역사가들이 지속적으로 관심을 가져왔던 연구 테마들이기도 하다. 역사학자들은 '만약에 ～했다면'이라는 반사실적(counterfactual) 조건문을 통해 현재의 역사가 전혀 다른 방향으로 흘러갔을 가능성들을 진지하게 숙고해왔다. 알렉산드로스가 말라리아 때문에 서른 두 살에 요절하지 않고 노년까지 살았다면 어땠을까에 관한 아놀드 토인비(Arnold Toynbee)의 가상적인 시나리오는 대체 역사 연구의 고전으로 알려져 있다. 역사가들은 특정한 역사적 사건의 중요성이나 역사의 결정적인 전환점을 판별하는 사고 실험(thought experiment)으로써, 대체 역사적인 연구 방법을 활용하고 있다. 대체 역사 연구는 후대의 역사가들이 빠지기 쉬운 편견들, 과거를 현재의 전사(前史)로 평가하는 오류나 역사를 결과가 미리 정해져 있는 목적론적 움직임으로 간주하는 오류 등을 피할 수 있게 해준다.

역사가들이 생각하는 대체 역사가 대체 역사 소설 류보다 좀더 엄격한 것은 사실이다. 역사가들은 대체 역사에서 "최소한의 다시 쓰기 규칙"을 지키고자 노력한다.[1] 실제로 벌어진 특정한 사건에 최소한의 개연성 있는 변화만을 추가한 뒤, 그로 인해 도미노처럼 연쇄적으로 발생하는 변화들을 추척해야 한다는 것이다. 따라서 '만약에 남북전쟁에서 남군이 승리했다면'이라는 포괄적이고 막연한 가정보다는, 1862년 9월 거침없이 북진하던 남군이 가을 출정 전략이 들어 있던 리 장군의 '특명 191호'를 분실하지 않았다면(전설처럼 전해 내려오는 이 '잃어버린 명령 문서'는 9월 13일에 벌판에서 쉬고 있던 두 명의 북군 병사에게 우연히 발견되어 곧바로 리 장군의 적수인 머클레런 장군에게 전달되었고, 그 결과 앤티텀 전투에서 북군은 남군을 퇴각시키는 데 간신히 성공했다)과 같은 구체적인 가정이 더 가치 있는 대체 역사로 평가된다(그렇게 중요한 비밀 문서를 분실했던 실제 역사상의 터무니 없는 실수에 비하면 그런 일이 일어나지 않았을 것을 가정하는 대체 역사가 훨씬 더 개연성이 높아 보인다). 이 같은 관점에서는 '한니발이 수소폭탄을 보유했다면 어떻게 되었을까?', '나폴레옹이 스텔스를 가졌다면 어땠을까?' 등과 같은 비현실적인 질문들(판타지 계열의 대체 역사 서사물에 등장할 법한)은 상대적으로 무의미하거나 저급한 대체 역사로 간주된다.[2] 역사가들은 또한 다르게 결말을 맺은 특정한 사건이 정말로 역사의 중대한 분기점을 이룰 것인지(1급 대체 역사first order counterfactuals), 혹시 시간이 흐른 뒤 이전의 현실이 다시 등장하게 될 가능성은 없는지(2급 대체 역사second order counterfactuals)에 대해서도 논리적으로 꼼꼼히 따져본다.

　하지만 역사가들의 이런 관점은 대체 역사 연구(역사)와 대체 역사 소설 류(허구)의 본질적인 차이를 말해주는 것은 아니다. 그것은 오히려 논리적인 실현 가능성을 얼마나 중시하는가, 상상력이 개입할 수 있는 범위는 어디까지인가 하는 '정도'의 차이를 의미할 뿐이다. 대체 역사적인 사유에는 이보다 더욱 근본적인 공통점이 내재한다. 대체 역사는 역사 속의 그 어떤 사건도 필연적이지 않으며 역사의 이면에는 실현되지 않은 수많은 가능성들이 존재한다는 인식을 공유한다. 이는 우리가 살고 있는 지금 이 세계, 우리가 아는 실제 역사 자체가 그 많은 잠재적인 가능성들 가운데 우연히 현실화된 한 가지 가능성일 뿐이라는 통찰로 이어진다. 이런 통찰은 현존/부재(역사/허구)의 이분법과 현재의 확실성에 대한 믿음을 흔들어 놓으면서, 지금-여기에 놓여 있는 역사적 실존의 무게를 한없이 가볍게 만든다. 그 어찌할 수 없는 가벼움은 (밀란 쿤데라 식으로 말해서) 우리의 어깨를 무겁게 짓누르기도 한다.

예측할 수 없는 우연한 변수들이 역사의 방향을 뒤바꾸는 와일드카드로 작용한 예는 얼마든지 찾아낼 수 있다. 1792년에 프랑스를 침략했던 프러시아 군대를 이질이 휩쓸지 않았다면 프랑스 혁명은 역사 속에서 그 의미가 소멸하고 말았을 것이며, 1776년에 롱아일랜드 전투로부터 조지 워싱턴의 군대를 탈출시켜주었던 갑작스러운 안개가 없었다면 현재의 미국은 존재하지 않았을지도 모른다. 역사를 만들고 변화시키는 것은 이 같은 몰개성적인 힘인가, 아니면 역사적 개인의 선택과 행위인가? 미래를 예측하거나 통제할 수 없는 유한한 존재로서, 역사 속에서 역사와 교호하며 역사적 존재로 살아간다는 것은 과연 무엇을 뜻하는가? 또는 대체 역사가 공들여 상상해보는 중대한 정치사회사적 전변(轉變)들은 인간 개개인의 삶에 있어서도 정말 그처럼 중요한 것일까?[3] 대체 역사적 사유는 필연적으로 이런 질문들과 만나게 된다. 대체 역사 서사물은 그것이 다루는 구체적인 상황과 사건들의 의미를 묻는 '역사적' 관점을 드러낼 뿐 아니라, 역

사라는 것 자체의 구조와 원리에 관해 근본적으로 성찰하는 '메타-
역사적' 관점을 내재하고 있는 것이다.

　한편 장르적으로 볼 때 대체 역사는 역사물과 SF의 중간 지대에
놓여 있다. 2장에서 잠깐 언급한 것처럼 대체 역사는 전통적인 역사
서사물을 자의식적으로 패러디한 포스트모던 역사 서사물로 분류될
수 있다. 대체 역사는 또한 SF 장르의 하위 갈래로 보아도 무리가
없다. 이 책의 2부에서 본격적으로 다루게 되겠지만, SF 장르를 규
정하는 것은 시간적 배경(미래 세계)이나 소재의 특수성(우주 여행과 외
계인, 로봇과 사이보그 등)이 아니다. SF는 지금 여기의 현실을 상이한
논리적 질서에 의해 재구성함으로써 전혀 다른 각도에서 바라보게
만드는 서사 장르로서, 대체 역사물은 바로 이런 특징을 SF와 공유
한다. 다만 SF에서는 과학에의 상상력과 그에 대한 자의식이 표면
에 부각되는 데 비해 대체 역사에서는 역사적 상상력과 자의식이 상
대적으로 두드러져 보인다는 점에서 다소 차이가 있다.

　대체 역사 서사물은 종종 역사적 과거로의 시간 여행 모티프와 결
합하여 SF(타임머신에 의한 시간 여행인 경우)나 판타지로서의 특성(초
자연 현상에 의한 시간 여행인 경우)을 더 강하게 드러내기도 한다. 이런
형태의 대체 역사 서사물은, 역사적 과거의 특정한 시점(時點)을 선
택하여 실제의 사건이나 상황에 변형을 가하는 대체 역사의 사고 실
험이 스토리 구조의 차원에 자기반영적으로 투영된 양상을 띤다. 이
때 과거로 간 사람들은 역사의 진행을 원하는 방향으로 바꿔놓으려
고 애를 쓰거나(역사물은 아니지만 영화 〈나비효과〉를 떠올려보면 쉽게 이해
될 것이다), 또는 반대로 원래의 진행 방향에 영향을 미치지 않으려고
최선을 다한다(〈백 투더 퓨처〉의 상황을 기억해보라). 그들이 성공하거나
실패하는 양상들 속에는 역사의 분기점이나 변수들 전반을 바라보는

대체 역사의 관점들이 반영되어 있다. 거기에는 또한 무엇이 역사를 만들고 역사의 흐름을 좌우하는지, 개인의 행동이나 선택은 그 흐름에 어떤 식으로 (불가피하게) 개입하거나 (능동적으로) 작용할 수 있는지, 그리고 그 의미는 무엇인지 등에 관한 서로 다른 생각들이 스며들어 있다. 그러한 관점의 차이들은 대체 역사 서사물 각각이 지닌 사유의 깊이와 새로움, 보수성이나 전복성의 정도 등을 가늠할 수 있게 해준다.

## 2. 역사와 대체 역사의 다층적 관계

그럼 이제 몇몇 소설[4]과 영화들에 그려진 대체 역사 속으로 직접 들어가보자. 필립 K. 딕(Philip K. Dick)의 『높은 성의 사나이』(*The Man in the High Castle*)부터 시작해볼까? 이 소설은 2차 세계대전에서 패전국으로 전락한 1962년의 미국 사회를 배경으로 한다. 이 가상의 세계에서 미국 서부 지역은 일본의 식민지(대동아 공영권) 상태에 있고, 동부 지역은 나치 독일(제3제국)의 지배 아래 놓여 있다. 노예제와 계급제가 존속하는 그 사회에서는 인종 차별 또한 당연시되고 있어, 살아 남은 소수의 유태인들이 신분을 위장한 채로 살아가고 있다. 게다가 아프리카 식민 정책과 대규모 우주 개발로 경제적인 위기에 처한 독일은 새로운 돌파구를 마련하기 위해 일본 본토에 핵 공격을 감행하려 한다. 독일 수상의 갑작스러운 서거로 정치적 혼란까지 가중된 그곳은 당장 무슨 일이 벌어질지 아무도 예측하지 못하는 끔찍하고 암담한 세계이다.

피식민지 사람으로 살아가는 미국인들이나 코뼈를 성형하고 가명을 사용하면서 숨어 살고 있는 유태인들뿐 아니라 일본 제국 정부의 고문 타고미, 독일 정보부원 루돌프 베게너, 게슈타포 암살자인 조등등, 소설 속의 인물들 모두에게 그 곳은 "어느 길을 선택"하고 무슨 일이 "일어난다 해도 비할 데 없는 악임에 틀림없"(p.362)는 세상이다. 그들은 저마다 "도덕적 모순"(p.281)과 "두려운 딜레마"(p.362)에 빠진 채 "우리는 눈먼 두더지다. 코끝의 감촉에 의지해 땅 속을 헤치고 돌아다니고 있다. 우리는 아무것도 모른다. (……) 우리는 어디로 가야 할지 모르겠다"(p.145)고 한탄한다.

그런데 극도의 불확실성 속에서 고비마다 주역의 점궤에나 의존하며 살아가는 이 소설의 인물들(또 다른 역사 속의 사람들)은 우리의 모습과 상반된다기보다는 오히려 우리 자신의 모습을 과장된 형태로 비춰보이고 있다. "우주에 있어서 나는 아무 의미도 없다. 우주는 나 같은 존재를 알지도 못한다. 나는 우주의 눈에 보이지 않는 존재로 살아간다"(p.65)는 부정할 수 없는 사실은 역사라는 거대한 흐름 속에 던져진 개인들에게 그대로 적용된다. 더욱이 역사에서 "중요한 점은 현재에 있지 않다", "그것은, 가정으로서의 미래 속에 있다. 여기서 일어난 일은 이후에 일어날 일에 따라 정당화되기도 하고 부정되기도 한다"(p.298). 하지만 우리 모두는 지금-여기에 묶여 있는 한시적인 존재가 아닌가? 그러니 소설 속의 인물들과 마찬가지로 우리 또한 "선택의 길이 확실히 보"이지 않는 "모호한 잿빛 혼합물"(p.363) 속에서, "왜 싸워야 하"고 "왜 선택"(p.362)해야 하는지 알지 못하는 채로 매 순간 선택하며 살지 않을 수 없다. 그것은 역사 속의 실존적 개인들이 직면하는 본질적인 딜레마가 아니겠는가?

실제로 『높은 성의 사나이』는 2차 세계대전에서 연합군이 승리한 세계(실제 역사)와 패전을 겪은 세계(대체 역사)를 유토피아/디스토피아와 같은 단순한 이분법으로 파악하지 않는다. 흥미롭게도 이 소설에는 소설 속의 소설, 또는 대체 역사 속의 대체 역사가 포함되어 있는데, 그것은 '만약에 2차 세계대전에서 연합군이 승리를 거두었다면'이라는 가정을 소설화한 허구적 작가 아벤젠('높은 성의 사나이'라 불리는)의 대체 역사 소설(『메뚜기 무겁게 가로눕다』)이다. 아벤젠의 소설은 우리의 실제 역사를 두 번 굴절시켜 반영하면서, 현실의 역사를 마치 대체 역사와도 같이 바라보게 하는 관점의 전환을 수행한다. "미국이 지금의 대동아 공영권같이" "태평양 지역을 차지"하고 "십여 년에 걸쳐서" "소련을 분할"(p.237)한다는 아벤젠의 대체 역사 시나리오는 결코 유토피아일 수 없는 우리의 실제 역사에 관한 아이러니한 진술이다. 아벤젠의 소설 『메뚜기 무겁게 가로눕다』에서 영국군의 맹공격을 받고 함락된 베를린의 광경은 다음과 같이 묘사된다.

아득히 멀어져버린, 일요일 아침의 평화로운 티어가르텐, 조용히 자동차가 오가는 거리를 걸었던 게 꿈이 아닐까? 다른 인생. 아이스크림, 그다음에는 절대 맛보지 못한 그 맛. 지금의 자신들은 초근목피에도 감격한다. 신이여, 하고 소년은 외쳤다. 끝나지 않는 것일까요? 거대한 영국군 전차가 다가왔다. 또 하나의 건물, 옛날에는 아파트였을지도, 점포였을지도, 학교나 사무실이었을지도 모른다. 그 폐가가 산산이 무너져 내렸다. 기와 밑에 이미 몇 명인가 묻혀 있다. 죽음의 소리조차 나지 않고. 죽음은 주변 일대에 일제히 퍼지고 있다. 생존자 위에도, 부상자 위에도, 겹겹이 쌓여 이미 썩기 시작한 시체 더미 위에도. 베를린 자체가, 악취를 뿜어 내는 시체이고, 눈먼 포탑이 여전히 우뚝 서서 예전에는 사람들이 긍지를 갖고 세웠을 이 이름 없는 건물처럼 항의의 외침조차 없이 사라져 간다. (중략) 이 전쟁에는 끝이 있을까? 소년은 누구에게라고 할 것 없이 물었

다. 만일 끝난다면 그 때부터는 어떻게 될까? 배불리 먹을 수 있는 날이
올까?                                                    (pp.186~187)

　아벤젠의 대체 역사 소설은 누가 승자가 됐든 전쟁은 참혹한 것이
며, 연합군이 승리를 거두었다 해도 전쟁의 폭력성이 정당화될 수 있
는 것은 아님을 암시한다. 더구나 아벤젠의 소설에서 연합군의 승리
는 결국 미국과 영국의 패권 다툼으로 인한 또 다른 전쟁으로 이어진
다. 처칠은 미국이 영국의 동남아 지배를 무력화시키기 위해 화교들
을 선동하고 있다고 믿고, ‘친미파’인 화교들을 감금하기 위해 강제
수용소(보호 억류지)를 만들기도 한다. 그 같은 “의심, 불안, 탐욕”이
곧 “국가의 본성”(p.237)이라는 조의 말은 의미심장하게 들린다. 아
벤젠의 소설은 역사 속 어디에도 유토피아는 없다는 사실을 역설적
으로 강조함으로써, 실제 역사(또는 소설 속 소설의 현실)와 대체 역사
(또는 소설 속 현실) 사이의 관계를 더욱 복합적으로 만들어준다.
　『높은 성의 사나이』에 삽입된 대체 역사 소설은 실제 역사와 대체
역사가 맺고 있는 관계를 자기반영적으로 지시하고, 대체 역사의 방
법을 자의식적으로 반성하는 메타적 장치이기도 하다. 아벤젠의 소
설을 둘러싼 여러 인물의 입장과 발언들은 대체 역사적 사고의 몇 가
지 유형을 그대로 예시한다. 칠단은 연합군의 승리를 가정한 아벤젠
의 소설이 틀림없이 “유대인과 공산주의가 지배하는 세계를” 묘사했
을 거라고 추측하면서 “그것을 읽으면 우리가 얼마나 운이 좋았는지
를 누구라도 이해할 수 있을 것”(p.178)이라고 생각한다. 독일과 일
본이 지배하는 ‘현재의’ 역사적 상황이 “겉보기에는 비참하지
만……. 사태가 더 나빴을 수도 있”으므로, “그 책에서 큰 도덕적 교
훈을 얻을 수 있”(같은 곳)으리라는 것이다. 이렇게 더 나쁜 상황을

가정해보면서 그나마 지금의 역사가 얼마나 다행스러운지를 확인하고 싶어 하는 욕망은 대체 역사가 빠지기 쉬운 전형적인 한 가지 유혹이다. 한편 "아벤젠은 마지막에 미국과 영국, 둘 중 어느 쪽이 이기는지가 마치 큰 문제라도 되는 듯 쓰고 있지. 허튼 수작이야! 그까짓 거 아무 가치도 없고 무슨 역사가 될 리도 없어. 어느 쪽이 이긴다 해도 거기서 거기야"(p.239)라는 조의 말은 대체 역사가 드러낼 수 있는 또 다른 한계, 즉 역사에 대한 회의주의적인 냉소를 대변하고 있다. 실제로『높은 성의 사나이』는 이 같은 한계들 사이에서 진동하고 있기도 한데, 그러면서도 이 소설은 소설 속의 소설과 그것에 대한 인물들의 서로 다른 생각들을 매개로 하여 대체 역사적 사유의 상투성과 한계를 저 스스로 경계하고 있다.

얼핏 보면 이 소설은 최악의 대체 역사 시나리오를 통해 기존의 세계 질서를 옹호하는 보수적이고 미국적인 이데올로기를 표방하는 것처럼 보인다. 하지만 메타적인 여러 장치들과 거기서 발생하는 노이즈들은 이 소설이 그 같은 단순 논리에 갇혀버리지 않을 수 있게 해준다.『높은 성의 사나이』는 역사가 다른 방향으로 흘러간다 해도 전쟁과 지배와 탐욕은 결코 끝나지 않겠지만, 그럼에도 불구하고 우리는 "좀 더 나"은 세계에 대한 "희망을 가질 수밖에 없다"(p.363)고 말한다. 선택의 결과나 그 최종적인 의미를 알 수는 없겠지만, "도망갈 필요도 없고 쫓아갈 필요도 없"이 "이 세계에 있는 건 무엇"(p.375)이든 정면으로 마주해야 한다고 하는 이 소설의 소박한 전언은 본질적으로 역사의 타자인 개개인의 실존적 상황과 그에 대한 대응의 노력을 암시하고 있다. "아벤젠이 이야기하고 있는 것(대체 역사 속의 대체 역사: 인용자)은 지금 이 세계(대체 역사: 인용자)에 대해서다"(p.366)라는 줄리아나의 말처럼 '필립 K. 딕이 이야기하고 있는 것(대체 역사)

은 지금 이 세계(우리의 실제 역사)에 대해서다'라고 말할 수 있다면, 그 이유는 바로 여기에 있을 것이다.

복거일의 『비명을 찾아서』는 여러 모로 『높은 성의 사나이』와 유사한 면들을 지니고 있다. 다른 나라의 식민 통치를 받고 있는 억압적인 상황에 대한 대체 역사적 가정도 그렇지만, 그런 현실 속에서 자아를 찾기 위해 암중모색하고 결단을 내리는 주인공들(『높은 성의 사나이』의 칠단과 줄리아나, 『비명을 찾아서』의 기노시다 히데요-박영세)의 모습에서도 두 소설의 공통점을 찾아볼 수 있다. 물론 『비명을 찾아서』의 대체 역사적 상황은 『높은 성의 사나이』와는 달리 실제로 있었던 식민지의 현실을 연장해놓은 것이기 때문에, 그 모순들이 잔존하는 실제의 현실과 더욱 복잡하고도 긴밀하게 얽혀 있다. 하지만 그 속에 던져진 인물의 구체적인 삶의 모습은 이 소설에서도 삶의 실존적 조건으로서의 역사의 의미, 역사와 개인의 관계 등에 대한 근본적인 성찰로 통하게 된다.

『비명을 찾아서』에서 제일 먼저 눈길을 끄는 것은 매 장마다 첨부된 에피그람들이다. 그것들은 대부분 가상의 역사적 기록들(사료들)과 같은 형식을 취하고 있는데, 이는 대체 역사의 가정을 '역사적으로' 단단히 뒷받침하여 마치 실제 역사인 듯이 느끼게 만드는 일종의 가공된 증기물들이다. 에피그람의 형태로 삽입된 사료들 또는 증거물들(소설 속 현실에 대한)은 '역사 다시 쓰기'에 대한 대체 역사의 자의식을 노출하면서, (대체 역사 속의 대체 역사 소설이 수행했던 것과 유사하게) 실제 역사와 대체 역사 사이의 경계를 교란하는 기능을 한다. 사실/거짓, 역사/허구, 현존/부재의 위계적인 이분법을 허무는 이런 장치는 실제의 역사를 무수한 가능 세계들 가운데 하나로 상대화하여 그 배타적인 권위를 의문에 부치는 대체 역사의 한 근본적인 지향을 대변해준다.

한편 소설의 첫 장과 마지막 장에 첨부된 에피그람은 대체 역사적 사유에 관한 이 소설의 메타적 관심을 직접 드러내보이고 있어 따로 주목할 만하다.

참새 한 마리가 떨어지는 것도 섭리라고 한다. 그럴지도 모른다. 상징적 의미에서가 아니라 실제로 그럴지도 모른다는 얘기다.

만일 사람의 눈에 뜨이는 길바닥에 떨어지게 된 참새 한 마리가 풀섶에 떨어지게 된다면, 이 세상은 어떻게 될까? 당신은 말할 것인가—"까짓것 때문에 무슨 일이 일어나겠소"라고? 만일 참새 한 마리가 딴 곳에 떨어지는 문제가 아니고, 국왕의 목에 겨눈 자객의 칼날이 한 자 옆으로 비끼어 떨어지는 문제라면?

어떤 이들은 말한다—"그것은 역사의 강물에 던져진 한 개 돌멩이일 뿐이다. 그러한 조그만 변이가 일으킨 파문들은 역사의 큰 흐름 속으로 곧 흡수되어, 아무 일도 없었던 것으로 된다"라고. 다른 이들은 말한다.—"만일 그런 일이 일어난다면, 사건의 연쇄 반응은 걷잡을 수 없이 퍼져 나갈 것이다. 이 세상의 피륙은 그 힘을 견디지 못하고 문득 날카로운 비명을 내며 찢어져서, 어느 먼 곳에 전혀 다른 세상이 생길 것이다"라고.　(p.17)

이 에피그람은 대체 역사의 사고 실험이 직면하는 근본 문제, 즉 한 가지 사건의 다른 결말이 역사의 흐름을 바꿔놓을 만큼 결정적인 영향력을 발휘할 수 있는지(1급 대체 역사) 아니면 그런 변이는 "역사의 큰 흐름 속으로 흡수되어" 이내 사라져버리고 마는 것인지(2급 대체 역사)에 대한 자의식적 질문을 담고 있다. 역사의 결정적인 분기점을 이루는 사건이 따로 있는 거라면, 그 같은 중요성은 어디에서 비롯되는가? 사건 자체의 (정치사적) 중요성인가, 아니면 "걷잡을 수 없이 퍼져 나"가는 예측할 수 없는 "연쇄 반응"인가? 너무나 사소해 보이는 사건 하나도 그런 연쇄 반응에 의해 "세상의 피륙"을 찢고 "전혀 다른 세상이 생"겨나게 하는 원인이 될 수 있을까? 그렇다면 역사의 흐름을 갈라놓는 것은 그저 알 수 없는 "섭리"인 것일까? 이런 질문들은 결국 개인의 선택과 행위가 역사에 미치는 영향과 그 의미에 대한 물음으로 이어진다. 소설의 마지막 에피그람을 읽어보자.

> 신도 과거는 바꾸지 못한다고 한다. 그럴지도 모른다. 그러나 모든 것은, 아마도 우주 그 자체를 빼놓고는, 자신보다 큰 체계의 한 부분을 이룬다. 그러므로 과거의 어느 것도 자신이 그 한 부분을 이룰 체계가 형성되어 가는 동안에는 확정되지 않은 것이다. 다만 가능성의 영역에 머무를 따름이다. 바로 그것이 '과거를 규정하는 것은 미래다'라는 명제가 뜻하는 것이다.
>
> 역사는 씌어지는 것이 아니다. 역사는 고쳐 씌어지는 것이다.　(p.508)

평범한 개인의 삶 하나하나가 역사라는 커다란 체계의 일부를 구성한다는 사실은, 한 사람의 의지나 행위가 역사를 좌우하지는 못할지라도, 긴밀하게 얽혀 있는 체계의 한 부분으로서 저마다 역사를 형성하는 데 참여하고 있다는 자각을 이끌어낸다. 역사적 과거의 의미는 미래에 의해 규정되므로 역사는 "다만 가능성의 영역에 머무를 따름"이라는 통찰 또한, 아직 완결되지 않은 체계의 일부분인 개인의 삶이 역사의 의미를 바꾸는 데 기여할 수 있다고 하는 긍정적인 깨달음을 동반한다. 거스를 수 없는 역사의 흐름에 휩쓸리고 그 힘에 휘둘린 주인공이 "도망자"가 아닌 "망명객"(p.509)으로서의 삶을 선택할 때, 그 개인적인 선택과 그로 인해 달라질 그의 개인적인 삶은 그 자신이 일부를 이루고 있는 역사 그 자체를 고쳐쓰는 일이 될 수도 있는 것이다. 이처럼 『비명을 찾아서』는 역사에 대한 개인의 관계를 보다 능동적으로 파악하는 관점을 보여준다. 이 소설은 역사를 고정불변의 실체로서가 아니라 일종의 가능성(잠재태)으로 파악하는 대체 역사적 사고가 상대주의나 회의주의를 거쳐서 도달할 수 있는 또 다른 지점을 시사해준다.

이 두 편의 소설에 비하면 〈2009 로스트 메모리즈〉(감독 이시명, 2001)나 〈한반도〉(감독 강우석, 2006)와 같은 대체 역사 영화들은 훨씬 단순하다. 『비명을 찾아서』의 기본 가정에서 모티프를 얻은 영화 〈2009 로스트 메모리즈〉는 식민지 상태가 지속되고 있는 대체 역사적 상황과 그렇지 않은 실제 역사를 디스토피아 대 유토피아라는 확고한 이분법에 따라 극단적으로 대비시킨다. 또한 고종이 가짜 국새를 만들어 을사조약에 날인했으며 진짜 국새는 어딘가에 숨겨져 있다고 하는 가정 아래 이야기가 전개되는 영화 〈한반도〉는 대체 역사를 통해 현실의 결핍을 보상하고 대리만족을 구하는 데 머물러 있다. 이런 한계는 (영화라는 매체의 제약 때문이라기보다는) 역사 자체나 대체 역사의 사유 방식에 대한 성찰이 결여된 데서 비롯된 것으로 보인다. 다른 역사물들도 그러하지만 특히 대체 역사 서사

영화 〈한반도〉 포스터

물은 최악의 경우 단지 무익한 게임이나 유희로 끝나는 것이 아니라 위험하고 해로운 관점을 주입하는 기만적인 조작이 될 수도 있다.[5]

## 3. 시간 여행 모티프와 대체 역사의 자의식

〈2009 로스트 메모리즈〉는 시간 여행 모티프와 결합된 대체 역사 서사물의 한 예이기도 하다. 영화의 후반부에 가면, 동아시아 일대가 일본 제국에 의해 대동아 공영권으로 통합된 2009년의 상황은 과거로 가는 문(천제를 올리던 고구려 시대의 제단 영고대)을 통해 1909년으로 되돌아간 한 일본인(이노우에)에 의해 '조작된' 역사였음이 밝혀진다. 원폭 피해와 패전을 겪은 일본이 과거의 역사를 뒤바꿔놓기 위해 이노우에를 역사의 중대한 분기점으로 돌려보냈고, 모든 것을 알고 있는 미래의 사람인 그는 안중근 의사의 저격을 손쉽게 저지할 수 있었다는 것이다. 그 후 역사는 일본의 의도대로 흘러가게 되었으며, 현재의 사람들은 '진짜' 역사의 기억을 잃어버린 채 '왜곡된' 역사를 그대로 믿으면서 살아가고 있다는 것이 이 영화의 전체 구도이다.

스토리상의 한 인물이 과거로 돌아가서 역사의 흐름을 수정한다고 하는 대체 역사의 변형된 구조는 대체 역사라는 서사 양식 자체

영화 〈2009 로스트 메모리즈〉 포스터

를 자기반영적으로 비추는 일종의 메타-대체 역사의 성격을 띤다. 그런데 이를 통해 드러나는 이 영화의 관점은 꽤나 보수적이고 상투적이다. (일본의 역사 왜곡을 극적으로 과장하고 이에 대한 분노를 표면에 노출하는 과격한 민족주의는 접어두고라도) 우리가 아는 실제 역사를 '원본'으로, 대체 역사를 날조된 '사본'으로 간주하는 단순한 시각은 대체 역사의 '다른' 관점이 지닌 사유의 전복성을 간단히 무화시켜버린다. 이노우에 재단에 빼앗긴 영고대를 되찾아 조작된 역사를 바로잡아야 한다는 후레이센진(不令鮮人)들의 사명감 또한 진짜 역사와 가짜 역사, 올바른 역사와 그릇된 역사라는 이분법의 흑백 논리에 종속되어 있다. 영화의 결말부에서 조선인 주인공 사카모토 마사유키(장동건 분)는 JBI(Japan Bureau of Investigation)와의 목숨을 건 사투 끝에 다시 한번 시간의 문을 통과하여 안중근 의사의 암살이 성공을 거두게 만드는데, 이로써 잘못된 역사를 수정하여 원래의 역사로 돌려놓는 일의 당위성은 한층 더 강화된다.

이렇듯 하나의 사건을 통제하는 것으로 정말 완전히 다른 역사가 만들어질 수 있는지(한 사건은 성공과 실패라는 대립된 두 가지 결말 이외에도 수많은 경우의 수들을 가능성으로 내포하고 있는 게 아닐까? 그 무수한 변수들에 따라서 역사도 두 갈래의 상반된 미래가 아닌 온갖 가능성들로 갈라지는 건 아닐까?), 미래에서 왔다는 이유만으로 한 개인이 역사의 진행 방향을 이처럼 완전히 제어할 수 있는 것인지 등에 관해, 이 영화는 아무 것도 묻지 않는다. 게다가 사카모토는 자신이 원래 속해 있던 2009년의 시간대로 돌아올 수 없음에도 불구하고, 아무런 갈등도 품지 않은 채 독립투사가 되어 과거의 시간대에서 행복하게 살아간다(그도 그럴 것이 사카모토가 꿈 속에서 만나곤 했던 미지의 여인은 신기하게도 과거의 역사 속에 존재하고 있었으며, 그는 과거로 와서야 비로소 운명적인 사

랑을 찾게 된다. 옳은 일을 했으니 당연히
만사형통이라는 식이다). 역사를 바로
잡는 일의 정당성을 조금도 의심하
지 않았던 것처럼, 이 영화는 한 실
존적 개인이 다른 시간대의 삶을 선
택하고 그 속에서 살아가는 문제에
대해 골치 아프게 고민하려 하지 않
는다.

시간 여행 모티프를 지닌 또 한
편의 영화 〈천군〉(감독 민준기, 2006)
의 경우에도 사정은 크게 다르지 않

영화 〈천군〉 포스터

다. 이 영화에서 공동으로 핵무기를 개발한 남북의 군인들은 행성의
주기와 관련된 이상 현상 탓에 433년 전의 과거 속으로 던져진다. 그
곳에서 무과에 낙방하여 방황하고 있던 '한량' 이순신(박중훈 분)을
만나게 된 그들은 역사 속의 영웅에게 자신의 본 모습을 깨우쳐주려
고 애쓰는 한편, 그에게 지나친 충격을 주어 역사의 흐름을 바꾸어버
리는 일이 일어나지 않도록 조심한다. 우여곡절 끝에 그들은 이순신
과 더불어 여진족과 싸우게 되고(현대적인 무기들까지 동원하여), 결국
에는 과거에 남아서 이순신 휘하의 군사들이 된다. 그런데 과거 역사
에 엄청난 변수들을 도입했을 그 모든 사건들은 결과적으로 역사의
흐름에 아무런 영향도 주지 않는다. 그들이 이순신을 만났거나 밀거
나간에(그들이 무슨 노력을 기울이고 어떤 실수를 범했든지 상관없이) 이순
신은 나라를 구한 장군이 될 것이었고, 그들은 모든 일이 역사에 기
록된 대로 착착 이루어지는 모습을 눈으로 확인할 뿐이다. 착오없이
제 갈 길을 가는 역사적 과거의 시간 속에서, 그들은 얼마든지 확신

과 여유를 가질 수 있다. 임진왜란의 한 전투에서 두려워 떨고 있는 병사에게 "걱정 마라, 우리가 이긴다"라고 말할 수 있을 정도로.

이처럼 이 영화는 역사적 과거를 안정되고 고정적인 실체로 간주한다. 그들이 과거의 시간대로 들어가는 경험을 하고 심지어 다시는 현재로 돌아오지 않았는데도, 핵무기를 미국측에 양도해야만 했던 현재의 상황에 전혀 변화가 생기지 않았다는 사실 또한 이 점을 증명한다. 이 영화는 대체 역사적 상상력을 형식의 차원에서만 차용했을 뿐, 역사 다시 쓰기에 대한 자의식을 보여주지 않는다. 따라서 역사의 유일무이한 실재성에 의문을 제기하거나, 잠재태로서의 다른 역사들을 통해 지금의 역사를 달리 바라보게 하는 인식의 전환을 유발하지도 못한다. 또한 역사의 흐름에 간여하는 개인의 존재에 관해서도 기존의 생각(영웅적인 인물이 역사를 결정한다는)을 답습할 뿐 별다른 문제를 제기하지 못한다.

이에 비하면 코니 윌리스(Connie Willis)의 『개는 말할 것도 없고』(*To Say Nothing of the Dog*)는 역사의 변수들과 분기점들을 한층 다각적으로 바라본다. 이 소설은 "시공 연속체"를 "모든 사건이 다른 사건들과 비선형적인 방식으로 정교하게 얽혀 있"는 "혼돈계"(p.56)로 이해한다. 이를 테면 어쩌다 '네트'를 통해 과거(19세기)에서 현재(시간 여행이 보편화된 21세기 중반)로 들어온 고양이 한 마리가 "인과 모순을 만들"어 "역사를 뒤바꿔 놓거나 (……) 우주 자체를 파괴할 수도 있"(같은 곳)는 것이다. 한편 고양이를 원래의 시공간으로 되돌려놓는 임무를 맡게 된 '역사 연구가' 네드는 임무 수행 중에 19세기 남녀 한쌍의 만남을 방해하는 실수를 저지르는데, 그의 '사소한' 실수는 복잡한 연쇄 반응을 거쳐 2차 세계대전에서 연합군의 승리를 불확실하게 만드는 엄청난 결과를 초래하게 된다.

그런데 이 소설에서 시공 연속체는 "완충 장치"(p.525)와 "자체 교정"(p.714) 능력 또한 지니고 있는 것으로 묘사된다. 그렇기 때문에 역사 연구가들의 실수로 인해 발생한 심각한 문제들은 그들이 좌충우돌하며 자꾸만 일을 복잡하게 만들고 있는 사이에, 그들이 전혀 예상하지 못했던 방식으로 점차 해결되어간다. 역사의 자체 교정 능력은 대체 역사적 사고가 직면하는 '참을 수 없는 역사의 가벼움'에 대한 이 소설의 방어 기제라 할 수 있다. "우리는 그랜드 디자인의 일부이기 때문에 그 전체를 파악할 수가 없었다. 우리는 단지 어쩌다 그것의 일부만을 엿볼 수 있을 뿐이었다"(p.716)는 네드의 깨달음은 역사에 대한 인간의 능동적인 역할이 지닌 한계를 지적하는 동시에, 혼돈계의 불확실성 속에서 살아가는 인간의 실존적인 불안감을 완화시켜주기도 한다.

이런 관점은 이 소설에서 자유의지와 결정론의 문제에 대한 성찰로도 이어진다. "만약 이것들이 자체 교정의 일부로서 역할을 했다면 자유의지의 개념이란 대체 무엇이란 말인가? 아니면 자유의지 역시 그랜드 디자인의 일부인 걸까?"(같은 곳)라는 그의 질문은 인간 실존의 근본 문제를 건드린다(특히 기독교 문화 안에서).[6] 『개는 말할 것도 없고』는 무척 낙관적이고 경쾌한 분위기의 소설이지만(내가 아는 가장 사랑스러운 대체 역사 소설이다), 그것이 제기하는 문제들은 결코 단순하지 않다. 역사 속의 우연과 필연, 역사에 작용하는 인간의 힘과 몰개성적인 힘의 관계 등에 주목하는 대체 역사는 결국 더 큰 질서 안에 놓인 인간이 자리와 인간의 존재 의미를 묻는 철학적인 질문들과 만나게 된다는 것을, 이 소설을 통해서도 확인할 수 있다.

복거일의 『역사 속의 나그네』는 아무런 '방어 기제'도 없이 이 같은 문제들과 대면하는 대체 역사적 자의식의 한 예를 보여준다. 이 소설은 백악기를 향해 떠났던 시낭(時囊)이 고장을 일으켜 좌초하면서 임진왜란을 몇 해 앞둔 16세기에 남겨진, 21세기의 한 사람 이언오의 삶을 그리고 있다. 이언오는 시간 줄기에 충격을 주어 21세기의 세계(아내와 곧 태어날 딸이 속해 있는)가 "가능성의 특이점"(1권, p.47)으로 사라져버리지 않게끔 하기 위해, 사람들과의 접촉을 최대한 피하고 착시물(21세기의 물건들)의 흔적 하나도 남기지 않으려고 애쓴다. 그에게 절박한 것은 원본으로서의 역사나 올바른 역사를 수호하는 일이 아니라[7] 21세기에 지금 살고 있는 사람들의 실존을 지키는 문제이다. "실존의 세계에서 문득 가능성의 세계로 바뀔 때, 그래서 단단한 시공에서 시공의 가능성으로 사라져갈 때, 사람들은 어떻게 될까?"(1권, p.40)라는 두려운 질문이 그를 사로잡고 놓아주지 않는다. 그는 "어쩔 수 없이 시간 줄기에 충격을 주게 될 경우가 생기면, 망설이지 말고 죽자"(1권, p.41)고 다짐하기도 한다.

그러나 예기치 못하게 과거의 사람들과 접촉하고 점차 그 세계에 동화되어가면서, 이언오는 자기가 가진 지식과 기술을 16세기의 사람들을 위해 사용하고 싶어진다. 그런다고 해서 현재의 21세기보다 더 "나은 역사가 나오리란 믿음"(1권, p.163) 때문은 결코 아니다. 오히려 그는 자신이 시간 줄기에 개입한 결과로 발생할 인류의 장래에 대해 그가 아무런 책임도 질 수 없음을 잘 알고 있다. 그는 다만, 당장 죽어가는 한 아이를 위해서 자기가 할 수 있는 일이 있는데도 그것을 해서는 안 된다는 사실에 고통을 느낀다. 그 고통은 어쩌다 자기가 발을 들여놓게 된 16세기 사람들의 실존이 "날 낳은 세상"(같은 곳)인 21세기 사람들의 실존보다 결코 가볍지 않다는 깨달음과 관련된다. "저렇게 아픈 아이 앞에서 시간 줄길 지킨다는 게 얼마나 허황된 것인가? 지금 존재하는 것은 저 아이의 목숨과 아픔이지, 아득한 시공 건너에 있는 어느 세상이, 어느 세상의 가능성이, 아니잖나? 저 단단한 실존 앞에 무엇이⋯⋯"(2권, p.22)라는 그의 생각은 "자신을 붙잡고 놓아주지 않는 21세기"의 "독선"과 "온 우주의 메스꺼운 질서"에 대한 "분노"(2권, p.26)로 이어진다. 이언오의 모습은 현존하는 세계라는 배타적 중심을 벗어나서 무수한 가능 세계들을 대등한 지평에서 바라보는 대체 역사의 시각이 우리의 인식을 어떻게 변화시킬 수 있는지를 단적으로 예시해준다.

시간이 흐름에 따라 이언오는 역사 속의 '이방인'에서 '귀화인'으로, 나아가 '혁명가'와 '모반자'로 점차 변모해간다. 하지만 그는 미래에서 온 사람이 지닌 특권에 기대어 역사 속의 영웅으로 남고자 하는 대신에, 자신이 "이 세상에 비집고 들어온 불청객이란 사실을" 끝내 "잊지 않"(3권, p.163)는다. 심지어 그는 시간 줄기를 수호하는 시간 순찰 요원들(미래에서 파견된)에게 쫓기는 신세로, 자신을 "찾아내서 목에 칼을 겨누"(3권, p.269)는 그들과 언제든 맞닥뜨리게 되리라는 불안한 예감 속에서 살아간다. 이언오는 또한 임진왜란이 발발할 것을 알고 있는 자로서 줄곧 가슴 아파하고 초조해하지만, 그 전쟁을 막기 위해(또는 그 전쟁에 대비하여) 자기가 할 수 있는 일이 무엇인지는 전혀 알지 못한다(소설은 전쟁이 일어나는 시점 이전에 마감된다).[8] 이는 역사의 수많은 변수들과 그것이 초래하는 예측하기 어려운 결과들, 그리고 역사에 작용하는 인간의 노력과 의지에 대한 이 소설의 신중하고 겸허한 태도를 암시하고 있다.

## 4. 역사 바깥에서 역사를 바라보기

아무래도 대체 역사적 사유가 궁극적으로 도달하는 지점은 (구체적인 역사적 사건과 상황들에 대한 해석과 평가를 넘어) 역사와 역사 속의 삶 일반에 관한 근본적인 통찰이라 해야 할 것이다. 이 같은 통찰은 우리 역사와 우리 자신을 마치 허구처럼 또는 타자처럼 바라보게 하는 대체 역사의 '다른 시각'으로부터 흘러나온다. 그것은 역사 바깥에서 역사를 바라보는 관점의 전환과도 관련되어 있다. 이 '바깥'의 시선이 지금-여기의 현실에 묶여 있는 우리의 삶을 자유롭게 만들어주진 못할 것이다. 오히려 이런 시선은 우리 역사와 실존적인 삶의 세계 '안'에서 본 시선과 양립 불가능한 충돌을 일으키면서 우리를 짓누를지 모른다. 아마도 바로 그럴 때에만, 대체 역사가 수행하는 관점의 전환은 우리 자신과 우리 역사에 대한 인식을 근본적으로 변화시킬 수 있는 게 아닐까.

# 제2부 낯선 논리적 질서 속으로

## : SF 서사물

# *5* 스팀펑크의 서사 담론

## 1. SF 장르의 분화와 스팀펑크의 출현

4장에서 다룬 대체 역사 서사물은 이미 역사물과 SF(science fiction)가 교차하는 지대에 놓여 있었다. 이 장에서 살펴볼 스팀펑크(Steampunk) 역시 마찬가지인데, 스팀펑크에서는 담론의 초점이 '역사'에서 '과학'으로 이동한다는 점에서 SF적인 특징이 한층 두드러진다. 스팀펑크 서사는 시간 여행 모티프가 스토리 구조에 포함되어 있지 않은 과거로의 시간 여행이자, 대체 역사의 기본 전제가 표면에 노출되어 있지 않은 대체 역사 이야기라고도 말할 수 있다. 먼저 SF 장르의 전반적인 성격과 흐름 안에서 스팀펑크가 놓인 자리부터 가늠해보자.

SF는 우선 다른 서사물들과는 구별되는 독특한 시공간을 지닌다. '그리 멀지 않은 미래'의 뉴욕이나 도쿄 등이 SF적인 시공간의 대표

적인 예이다. 따라서 SF는 '어느 먼 옛날', '어느 먼 마법의 나라' 등
과 같이 연대기적·지리적으로 지금-여기와 무관한 시공간을 배경으
로 삼는 이야기들과는 다소 성격을 달리한다. SF는 환상적인 미래
세계를 그려내면서도 마법담 판타지 류에 비해 우리의 현실과 보다
적극적으로 관련을 맺을 수 있는 조건을 지니고 있는 셈이다. 한편
SF는 시간의 이동이나 공간의 확장(우주나 심해로의 여행 등)을 통해 현
실의 문제를 다른 차원(낯선 논리적 질서)으로 옮겨 놓는다. SF의 독서
프로토콜(protocol)은 이 다른 차원을 '경험적'인 차원으로 번역해내
기보다는 다른 차원 자체를 '경험'하는 일과 관련된다. 이를 통해 SF
는 궁극적으로 인식의 전환 또는 확산을 경험하게 하는 것이다.[1]

이렇게 간략히 요약하긴 했지만, 사실 SF라는 서사 장르를 구획짓
고 정의하고 일반화하기가 그리 쉬운 일은 아니다. SF의 장르 개념
은 시대적으로 계속 변화해왔으며, 오늘날은 SF의 장(場) 자체가 다
양한 하위 장르들이 친족 유사성을 지닌 채로 공존하는 이질적인 공
간으로 변모했기 때문이다.[2] 1950년대 후반의 뉴 웨이브(New Wave)
는 과학적인 논리의 정합성을 중시하던 이전의 경향에서 탈피하여
인간의 내(內)우주를 탐색하고 초현실주의적인 내용과 전위적인 실
험을 추구함으로써 SF의 외연을 넓혀 놓았다. 1980년대 이후 활발
히 생산된 사이버펑크(Cyberpunk)[3]는 인간과 과학에 대한 부정적인
비전으로 디스토피아를 그려내고, 전자적·기계적·생물학적 체계의
통제 과정에서 발생하는 억압의 문제에 주목한다. 특히 신체의 테크
놀러지화, 기억과 정신의 전자정보화라는 테마를 통해 인간 존재의
정체성을 다시 묻는 이야기들은 사이버펑크적인 문제의식이 겨냥하
는 바를 뚜렷하게 예시한다.

1990년대 이후에 SF는 스팀펑크(Steampunk), 리보펑크

(Ribopunk), 슬립스트림(Slipstream) 등으로 분화된다. 스팀펑크는 근대적인 과학 기술의 시발점인 '증기기관의 시대'를 무대로 삼는 일종의 대체 역사 SF이고, 리보펑크는 첨단 유전공학과 생체공학의 문제에 집중하여 인간복제나 유전자 조작에 의한 신계급주의 사회의 모순을 그려내는 SF의 하위 장르이다. 슬립스트림은 주류소설 작가들이 SF 장르의 프로토콜을 차용해서 쓴 경계적인 작품들을 지칭하는 용어로, 장르소설과 주류소설의 경계가 와해되는 현상을 징후적으로 보여준다. 이 같은 흐름은 SF 서사가 최근에 이루어진 과학 기술의 비약적인 발전과 여기에서 비롯되는 새로운 문제들에 눈을 돌리고, 급변하는 시대적·문화적 감수성을 반영하면서 진화해온 과정으로 이해될 수 있다.

이 가운데 스팀펑크는 독특한 시간 구조 때문에 특히 관심을 끈다. 스팀펑크는 전형적인 SF 장르의 시간성을 이탈하여 18~9세기의 연대기적 과거를 스토리상의 현재로 설정한다. SF는 근미래를 배경으로 하든, 독자와 동시대적인 시간대를 현재로 삼든 간에, 고도로 발달한 과학 기술을 상상력의 핵심 모티프로 하기 때문에 미래적인 분위기를 드리우게 마련이다. SF 일반의 이런 미래적인 시간성이 스팀펑크에서는 증기기관 시대라는 연대기적 과거와 충돌하여 교착된다. 달리 말하면 스팀펑크는 현재의 과학 기술이 극도로 진보한 가상의 상황을 상상하는 대신에 증기기관 시대의 과학 기술이 현재를 추월하여 미래적으로 여겨질 만큼 고도화된 상황을 상정해보는 것이다. 이 과정에서 과거·현재·미래의 연속성이 파기되고 서로 다른 시간대가 하나로 뒤엉킨다.

스팀펑크가 유독 증기기관 시대를 문제삼는다는 사실도 의미심장하다. 여기에는 과학 기술과 기계 문명에 대한 근본적인 반성, 즉 오늘날 가시화된 문제들의 시발점으로 되돌아가서 처음부터 다시 생각해보려는 태도가 담겨 있다고 할 수 있다. 이는 어디서부터 잘못된 건지 따져보기 위해 과거로 거슬러올라가 상황을 되짚어보는 행위, 또는 "안 돼!"라고 외치며 시간을 되돌려 문제의 발단이 된 사건을 수정하고 싶은 욕망과도 무관하지 않다. 스팀펑크의 시간 구조는 1990년대 이후 SF적인 사유가 도달한 바로 이 같은 국면을 단적으로 암시하고 있는 것이다.

## 2. 시간성의 착종과 예언자적인 목소리

스팀펑크의 서사 구조와 담론을 구체적으로 살펴보기 위해서는 스팀펑크의 대표작이라 할 만한 일본 애니메이션 두 편, 〈스팀보이〉(*Steamboy*, 감독 오토모 가츠히로)와 〈신비한 바다의 나디아〉(*Nadia: The Secret of Blue Water*, 감독 안노 히데야키)[4]를 따라가보는 것이 좋을 듯하다. 제목이 시사하듯이 〈스팀보이〉가 스팀펑크의 장르적 관습에 고지식할 만큼 충실하다면, 〈신비한 바다의 나디아〉는 스팀펑크적 요소를 서사의 기본 골격으로 하면서도 SF의 전반적인 특징들을 풍부하게 보여주고 다른 장르(모험, 로맨스, 소년 소녀의 성장 드라마 등)와도 크로스오버 형식으로 결합되어 있어 스타일 면에

일본 애니메이션,
오토모 가츠히로의 〈스팀보이〉

서 한결 유연하고 개방적이다.[5] 〈스팀보이〉는 스팀펑크 장르의 전형을 정공법적으로 구현한다는 점에서, 〈신비한 바다의 나디아〉는 스팀펑크의 양식과 담론이 상투성을 탈피하여 새롭게 나아갈 수 있는 지점을 예시한다는 점에서 관심의 대상이 된다.[6]

〈스팀보이〉의 배경은 1866년의 영국 맨체스터로, 거대한 공장들과 매연에 둘러싸인 산업화된 도시의 전경이 전반부의 화면을 가득 메운다. 이보다 더욱 인상적인 것은 열기를 발산하며 뿜어져나오는 엄청난 증기(steam)의 이미지이다. 흥미롭게도 '스팀(Steam)'이란 성(姓)을 지닌 주인공 레이 스팀 일가는 발명가 집안으로, 오프닝 장면은 레이의 할아버지 로이드와 아버지 에디가 '스팀볼'(초고압 증기를 고밀도 상태로 압축한 동력원)을 연구하던 1863년 알래스카의 한 동굴을 보여준다. 여기저기서 증기가 새어나오는 숨막히는 동굴에서 아버지 에디는 실험 도중 초고압의 증기 속에 빠지는 사고를 당한다. 이어지는 시퀀스에서 아들 레이는 목숨을 걸고 방직공장의 고장난 엔진을 멈추어 증기가 폭발하는 대형 참사를 막아낸다. 이 같은 사건들은 증기기관으로 대표되는 근대 과학의 위험성을 암시하지만, 강력한 증기의 시각적인 이미지 자체는 그 파괴력조차도 경탄 어린 눈으로 바라보게 만드는 압도적인 매력을 지니고 있다.

스팀펑크의 세계는 이처럼 강렬한 증기의 아우라에 감싸여 있다. 〈스팀보이〉에서 역이나 항구로 진입하는 증기기관차와 증기선의 이미지는 육중하고 근대적인 기계에 대한 낭만적인 향수(鄕愁)의 정서를 자아낸다.[7] 한편 증기 병사(증기 동력 장치를 장착한 아머armor를 입고 싸우는 인간 병기)와 자이언트 디스페어(황무지 개량용으로 만든 자동 증기기관으로 레이의 집을 파괴한 오하라 재단의 무기), 스팀볼과 스팀성(城) 등과 같이 증기기관이 전기에 의해 대체되지 않고 끝없이 발전

했다는 가정 아래 상상할 수 있는 진기한 발명품들은 과거적이면서
도 미래적인 기묘한 인상을 불러일으킨다. 이런 방식으로, 스팀펑크
에서 과거와 미래는 착종된다. 이는 과거의 시점(時點)에서 미래과
학을 상상하는 하나의 시선과 현재의 관점에서 과거를 회고하는 또
하나의 시선이 중첩되고 교섭하면서 발생하는 효과이다. 이 같은 이
중적인 시간 감각은 스팀볼을 동력원으로 하여 조종되는 스팀성이
거대한 로켓처럼 증기를 내뿜으며 공중으로 날아오르는 장면에서
극에 달한다.

〈신비한 바다의 나디아〉에서도 이와 유사한 시간 구조의 이중성을
발견할 수 있다. 스토리의 현재가 1889년으로 되어 있는 이 애니메
이션에서 (초보적인 형태의) 비행기, 잠수함, 에스컬레이터, 냉방장
치 등 우리에게 친숙한 문명의 산물들은 시대를 앞서가는 발명품으
로 경탄의 대상이 된다. 번번이 "대발명이야!"(제4화 「만능잠수함 노틸
러스호」)를 외치고 "과학이 이렇게 발달한 시대에……"(제7화 「바벨
탑」)라고 큰 소리를 치는 인물들의 순진한 시선과 그 시대를 과학 문

〈스팀보이〉 중에서 스팀성이 하늘로 날아오르는 장면

 제2부 낯선 논리적 질서 속으로

명 초기의 아득한 옛날로 바라보는 수용자의 시선 사이에서 아이러
니가 발생한다. 다른 한편 "백만년이나 앞선 과학으로 만든 초과학
의 절정"(제15화 「노틸러스 최대의 위기」)인 노틸러스호를 포함하여 인
류의 한계를 넘어서는 아틀란티스의 과학력은 지금의 시점에서도 분
명히 미래적인 성격을 띤다. 과거 속의 미래인 동시에 미래 속의 과
거라고 할 만한 스팀펑크의 시간 구조는 이처럼 선조적인 시간성을
와해시키고 수용자의 시간 감각을 교란한다.

　〈신비한 바다의 나디아〉를 원작인 『해저 이만리』(쥘 베른)와 비교해
보면 스팀펑크의 특수성이 더 분명히 드러난다. 1869년에 발표된
『해저 이만리』는 1866년을 배경으로 한 SF 소설이다. 이 소설은 발
표 시기와 스토리-현재 사이에 별 차이가 없으므로 그 당시로서는
독자의 시대와 스토리의 시대가 일치하는 서사물이었다고 할 수 있
다. 『해저 이만리』는 미래의 과학 기술(잠수함의 기술력)이 당시의 현
재 시간 속에 구현되어 미래적인 인상을 주는, SF 서사의 한 전통적
인 형식에서 벗어나지 않는다. 물론 이 소설을 오늘날의 독자가 읽게
되면 출판 당시와의 시간적 간
격 때문에 과거적인 분위기를
느끼게 된다. 하지만 이 소설은
미래 독자의 시선을 의식할 수
없었으며, 당연히 과거를 돌아
보는 향수나 회고의 관점을 포
함하지 않는다. 이에 비해 〈신
비한 바다의 나디아〉는, 말하
자면 바로 지금 『해저 이만리』
를 읽는 그 미래 독자의 시선을

일본 애니메이션,
안노 이데야키의 〈신비한 바다의 나디아〉

텍스트 안에 통합시킨 것과 유사한 양상을 띤다고 할 수 있다.

〈신비한 바다의 나디아〉에서는 주인공들이 살던 시대 이후에 어떤 미래가 찾아올 것인지(혹은 찾아왔는지)를 '이미 알고 있는 자'(오늘날의 수용자)의 시선이 텍스트에 얽혀들어간다. 스팀펑크의 수용자는 자신들의 시대 안에 갇혀 있는 '순진한' 주인공들(쟝으로 대표되는)보다 정보량과 지식 면에서 우월한 지위를 점유하고 있다. 지금은 잘 알려진 과학적 지식이나 이론들이 마치 놀라운 선견지명처럼 묘사되는 것은 스팀펑크에서 종종 발견되는 장르적 관습 가운데 하나인데, 예를 들어 남극의 해안선 형태나 지구가 초록별이라는 사실 등이 밝혀질 때 주인공 쟝은 경이감을 감추지 못한다. 수용자는 이런 그를 초연한 거리를 두고 내려다볼 수 있으며, 여기에서 발생하는 아이러니가 스팀펑크 장르의 서사 담론을 구성한다.

반면에 자신들의 시대를 넘어선 주인공들(네모 선장으로 대표되는)의 경우에는 수용자와 대등하거나 또는 더 우월한 지위에서 발언할 수 있는 권위를 갖게 된다. 그들은 수용자와 마찬가지로 당대 사람들이 모르던 것을 '이미 알고 있는 자'일뿐 아니라 수용자가 아직 모르고 있는 것들(수용자의 현재를 추월하는 과학 기술과 그 외의 여러 가지 서사적 정보들)까지 '다 알고 있는 자'이기 때문이다. "19세기의 과학 기술로는 대륙이동설을 설명할 수 없"지만 "언젠가 지각의 부분이동이 발견되고 증명될 날이 있을 것"(제19화 「네모의 친구」)이라는 네모 선장의 말이나, "20세기가 되면 인간은 (……) 스스로의 손으로 이루어 낸 과학의 힘으로 여기(우주: 인용자)까지 오게 될 거"(제38화 「우주로……」)라는 한 승무원의 말은 수용자가 이미 알고 있는 사실을 정확히 예측한 것이기 때문에 의심의 여지가 없다. 이런 신뢰감에 힘입어, 과학과 문명과 인간에 대해 발언하는 그들의 증명되지 않은 말들 또한 예언자적인 권위를 지니게 되는 것이다. 이런 권위는 스팀펑크 특유의 심각하고 엄숙한 분위기를 조성하는 주된 요인이 된다.

〈신비한 바다의 나디아〉는 고대 아틀란티스 문명이 240만년 전 우주의 다른 별(M78 성운)에서 온 '우주인'[8]들에 의해 세워졌다거나 원숭이와 인간을 잇는 진화의 고리(미싱 링크)를 아틀란티스인들이 만들었다거나 하는 신화적인 상상력을 바탕으로 한다. 이런 비현실적인 설정들까지도 네모 선장과 그 일행에 의해 발설되면 진실을 폭로하는 듯한 묘한 권위를 지니게 된다. 스팀펑크 장르가 다른 대체 역사 판타지들과 구별되는 지점이 바로 여기에 있다. 스팀펑크는 일반적인 대체 역사물과 마찬가지로 '만일 ～라면'과 같은 철저한 가정의 상황에서 출발하면서도, 그 상상력이 경험적 현실을 이탈하는 정도와는 무관하게, 어딘지 우리의 실제 역사에 관한 숨겨진 비밀이나 진실을 누설하는 듯한 인상을 남기는 것이다.[9] '놀랍게도 알고 보니 ～였더라', '알고 보니 실은 ～였다더라'와 같은 식으로 말이다. 이런 현상은 스팀펑크 담론 속에 이미 '다 알고 있는 자'로 합의된 인물이나 서술자의 존재가 간여하는 데서 비롯된다. 이들에 의해 '순진했던' 주인공들은 수용자들과 대등한 지위에 올라 동일시될 수 있을 때까지 각성의 과정을 거치게 된다.

그들이 얻게 되는 가장 전형적인 깨달음은 과학 기술이 엄청난 파괴력을 지니고 있으며 인류의 파멸과 같은 무서운 결과를 초래할 수도 있다는 사실이다. 이는 수용자들이 이미 알고 있는 사실로서, 1·2차 세계대전은 그 단적인 증거이다. 〈신비한 바다의 나디아〉의 오프닝 나레이션은 이에 대한 스팀펑크의 문제의식을 명시적으로 보여준다.

때는 서기 1889년, 전세계 바다 위에서 선박의 조난 사건이 잇달아 일어났습니다. 사람들은 고대에서부터 바다 속에서 사는 괴물의 짓이라고 말들을 했고 여러나라의 수뇌들은 신무기에 의한 공격이라고 서로 비난하게 되어서 국제관계는 험악해지고 있었습니다. 그 무렵 산업혁명 이후 빠르게 산업과 과학이 발달하는 가운데 강대국들은 아시아와 아프리카의 식민지를 노리고 맞서서 충돌을 거듭하고 있었습니다. 19세기말 분별있는 사람들은 다가오는 세계대전의 공포의 그림자에 겁먹고 있었습니다.

이 나레이션은 19세기말이 "세계대전의 공포의 그림자"가 다가오던 시기였으며, 그 식민지 쟁탈전의 근본 원인은 "산업혁명 이후 빠르게" 발달한 "산업과 과학"에 있었다는 사후적인 인식을 토대로 한다. 그 사실을 미처 깨닫지 못했던 시대에 울려퍼지는 이러한 목소리는 그 자체로 선각자적인 성격을 띤다. 특히 그 시대가 막 태동한 근대 과학의 놀라운 힘에 매혹되어 그 무한한 가능성에 무조건적인 찬사를 보냈던 시기였음을 고려하면, 이 목소리는 세계대전을 거쳐간 미래(수용자의 현재)의 사람들이 과거(스토리의 현재)를 향해 발신하는 경고의 메시지라고도 할 수 있다. 〈스팀보이〉에서 "인간은 과학을 받아들일 마음의 준비가 안 됐어. 혼란과 전쟁이 세계를 지배하게 될 거다"라는 로이드의 말 또한 같은 맥락에 놓여 있다.

〈스팀보이〉와 〈신비한 바다의 나디아〉가 모두 만국박람회를 전면에 내세우고 있다는 사실도 주목할 만하다. 〈스팀보이〉는 제1회 런던 박람회장(실제로는 1851년에 개최되었던)을 스팀성 옆에 나란히 배치하며, 〈신비한 바다의 나디아〉는 1889년의 파리 박람회를 스토리의 출발점으로 설정한다. 각각 런던과 파리의 박람회장을 구경하는 레이와 쟝, 두 소년 발명가들의 감탄 어린 시선에는 과학 기술에 대한 그 시대의 순진한 믿음과 기대가 그대로 투영되어 있다. 그러나 〈스팀보이〉에서 런던 박람회장은 오하라 재단의 신무기를 판매하는 국제 시장으로 전락하고, 신무기의 위력을 시연해보이는 과정에서 대영제국 근대화의 상징인 수정궁은 무수한 유리파편으로 산산이 조각나 부서져내린다. 〈신비한 바다의 나디아〉에서도 파리박람회의 상징물로 제작되었던 에펠탑은 가공할 과학력을 지닌 네오아틀란티스의 폭격에 의해 무참히 파괴된다. 이런 장면들은 근대적인 과학 문명에 대한 그 시기의 장미빛 환상을 깨뜨리고 과학 기술의 위험성과 파괴력을 알리는 스팀펑크식의 경고라고 하겠다.

　스팀펑크에는 그 경고의 목소리를 듣는 자들, 이를테면 두 어린 발명가들의 너무 늦지 않은 각성이 그들의 미래, 그리고 우리의 현재와 미래를 변화시켜주기를 고대하는 듯한 기원의 어조가 감돌고 있다. "넌 스팀 가문의 후계자로서 사악한 사람들로부터 과학을, 미래를 지켜라"(〈스팀보이〉)라는 로이드의 절박한 당부, "네모는 너희들에게 미래를 맡기려고 한다. 그의 소망을 이루어주길 바란다"(〈신비한 바다의 나디아〉, 「네모의 친구」)는 이리온[10]의 부탁 등은 이를 분명하게 드러낸다. 스팀펑크는 이렇게 우리 시대를 과거의 시간대와 접속시켜 근대 과학이 걸어온 길을 교정하고자 한다. 이는 타임머신을 타고 과거로 돌아간 미래의 사람들이 과거 역사의 잘못된 부분을 수정함으로써 역사의 흐름을 바꾸어놓으려는 가상적인 시도와도 흡사할지 모른다. 이렇게 보면 스팀펑크적인 대체 역사의 허구적 설정은 좀 다른 의미에서 실제의 역사를 더 나은 것으로 대체하고자 하는 욕망의 반영일 수 있다. 스팀펑크에 나타나는 시간성의 착종은 형식적 장치로서의 성격을 넘어 스팀펑크의 문제의식을 구현하는 핵심 원리가 되는 것이다.

## 3. 양가적인 비전과 타자성의 개입

스팀펑크 담론을 내용 면에서 한 마디로 요약하자면 '과학 기술의 양면성'이라고 말할 수 있다. 이런 테마는 흔히 상반되는 입장을 지닌 인물들의 대립구도를 통해 서사화되는데, 〈스팀보이〉에서는 할아버지 로이드와 아버지 에디가 바로 그런 인물들이다. 로이드와 에디의 표면적인 입장 차이는 '진리 탐구로서의 과학의 순수성' 대 '과학 기술의 실용성'이다. 로이드는 "과학은 우주의 진리를 해명하기 위한 것"이며, "내 발명이 악용되는 걸 보느니 차라리 총 맞아 죽"는 게 났다고 말하는 순수 과학의 신봉자이다. 이에 대해 에디는 "과학은 연금술 같은 신비주의"도 아니고 "고귀한 인간들을 위해 궁전이나 교회에서 비밀리에 행해지는" 것도 아니라고 반박한다. 아들 레이를 향한 에디의 말, "과학은 현실에 존재하고 실제로 이용할 수 있어. 많은 사람들을 위해 써야만 한다. 과학의 혜택을 원하는 사람들이 무수히 많지", "과학은 힘들고 길었던 노동에서 인간을 해방시키고 자연재해까지도 막을 수 있어. 우린 이 강대한 과학의 힘을 널리 세계에 전해주려는 거야"라는 설득의 말은 인간의 삶에 영향을 미치고 세상을 변혁할 수 있는 과학의 힘과 그 실제적인 효용성에 대한 낙관적인 전망을 대변해준다.

그러나 에디의 전망은 "병기도 과학의 일부"이며 "과학의 압도적인 힘" 앞에 "전 세계가 굴복"하는 순간이 오게 되리라는 맹목적인 도취감을 동반하고 있어 실은 위험하고 불길한 것이다. 로이드는 이런 에디의 모습에서 "광기에 휩싸인" 무시무시한 "망령"의 모습을 본다. 과학 기술의 실용화에 대한 로이드의 반발은 자신의 연구가 "인간을 대량 살상하기 위한 악마의 발명품"으로 전락하는 데 대한 거부이자, "이념도 철학도 없는 발명은 저주를 낳을 뿐"이라는 인식에서 비롯된다. 그는 또한 과학 기술의 보급과 대중화 과정이 자본주의적인 상품화의 논리에 필연적으로 종속될 수밖에 없음을 알고 있다. 오하라 재단에 협력하기를 거절하는 그의 완강함은 "과학자의 혼을 자본가에게 팔아"넘길 수 없다는 의지의 표현이기도 하다. 이렇게 보면 로이드와 에디가 벌이는 논쟁은 그 시대를 넘어선 관점과 당대에 구속된 관점 사이의 좁혀지지 않는 간극을 암시하는 것으로, 이 논쟁의 과정은 그것을 지켜보는 다음 세대의 과학자 레이로 하여금 깨우침을 얻게 하는 계기가 된다.

이 외에도 〈스팀보이〉에는 또 하나의 대립구도, 즉 영국 왕실에 소속된 과학자 스티븐슨과 오하라 재단 사이의 갈등이 중첩되어 있다. 스티븐슨이 지휘하는 영국군은 오하라 "재단의 과학 기술이 영국에 위협"이 된다는 이유로 신무기의 성능시범 현장을 공격하여 실전을 벌인다. 이들간의 대결은 국가주의와 초국가적 자본주의 사이의 충돌로 해석될 수 있다.[11] 그러나 이 사건을 빌미로 "개발 예산을 벌려는" 스티븐슨의 의도와 스팀성의 "광고" 효과를 등에 업고 레이에게 "함께 회사를 열자"고 권유하는 그의 조수 데이빗의 속셈을 고려하면, 국가주의의 명분 안에 감추어진 자본주의의 뿌리 깊은 욕망을 확인할 수 있다. 따라서 오하라 재단의 야욕을 막기 위해 스티븐슨과 협력하고자 했던 로이드의 선택은 그릇된 것이었음이 밝혀지는데, 로이드의 이 같은 한계는 자본주의의 굴레로부터 벗어난 순수 과학이란 그 시대에도 오늘날에도 존재할 수 없음을 시사하는 것이기도 하다. 이로 인해 〈스팀보이〉의 대립구도는 단순화된 이분법을 탈피하여 복합성을 띠게 된다. 이 점에 주목한다면 로이드와 에디 사이의 첨예한 갈등은 과학의 본성 자체에 내재한 모순과 분열을 외면화하고 극화한 것이라고 말해도 좋을 것이다.

〈스팀보이〉는 근대 과학 안에 잠재된 위험성을 날카롭게 경고하면서도 동시에 과학 기술의 놀라운 위력을 그 자체로 긍정하는 양가적인 태도를 보여준다. 과학의 엄청난 힘에 대한 긍정의 시각은 스팀성이 폭발하고 런던 시가지가 얼음으로 뒤덮이는 장면을 어떠한 비판도 개입하지 못할 만큼 매혹적인 영상으로 처리한 데서도 잘 나타난다. "과학은 바로 힘이다. 스팀성은 과학의 궁극"이며 "이 모습이야말로 궁극의 아름다움"이라고 하는 에디의 말은 로이드의 설득력 있는 논변이나 스팀성의 파국적인 종말에 의해서도 묻혀버리지 않고 마지막 장면까지 여운을 남긴다. 또한 어린 소년이 무심코 건드린 얼음 조각이 도미노 효과를 일으키며 거대한 얼음의 숲을 부서지는 눈가루의 향연으로 만들 때, 이 애니메이션이 지닌 미래에 대한 낙관적인 기대는 화면 전체를 압도한다. 이런 경향을 두고 듀나는 "이 영화의 스펙터클은 종종 주제와 심하게 충돌합니다. 거의 위선적으로 보일 지경이에요"라고 말하면서 "'과학 기술의 위험성에 대한 경고'를 주제로 깔고 있을 때는" 시각적인 스펙터클이 "정도를 지키는 게 좋았을 것이라고 꼬집기도 했다. 영상미를 "침흘리며 구경하는" 동안 "진지하게 깔아놓은 드라마나 주제"가 그 "틈 사이로 빠져"나가 버린다는 것이다.[12]

하지만 영상 서사물, 특히 전적으로 시뮬라크르(simulacres)에 기초하는 애니메이션에서 영상이나 음향은 서사에 곧바로 종속되지 않고도 얼마든지 자율적으로 기능할 수 있다.[13] 애니메이션의 영상이 스토리라인이나 명시적인 주제와 때때로 균열을 일으키는 현상은 멀티미디어 양식의 서사물만이 가지는 독특한 성격으로서, 오히려 언어 서사물과는 좀 다른 방식으로 다성성(polyphony)을 구현하는 매체적 가능성으로 보아야 할 것이다. 텍스트의 모든 요소가 단 하나의 주제를 향해 목적론적으로 기여해야 한다는 전통적인 미학의 가치 기준을 여전히 유일한 평가의 잣대로 여기지 않는다면 말이다. 특히 과학의 위험성을 경계하면서도 동시에 "과학은 인간의 행복을 위해 있는 거"라는 믿음을 끝까지 유지하는 〈스팀보이〉의 경우에, 이 같은 영상은 과학 기술에 대한 이중적 비전과 양가적인 태도를 한층 부각시키는 효과를 낳는다. 하늘을 뒤덮은 얼음 가루의 장관을 응시하며 "과학의 시대는 지금 막 시작된 거야. 두 분은 꼭 돌아오실 거라고" 하며 결의에 찬 표정을 짓는 소년 과학자 레이는 과학 기술과 그 미래에 대한 이 애니메이션의 신뢰를 다시 한번 확인시켜준다.

〈스팀보이〉에 한계가 있다면, 그것은 하나의 목소리로 통합된 단일한 주제를 제시하지 못한다는 점이 아니라 근대 과학 자체를 전면적으로 회의하거나 그 바깥을 상상하지 않는다는 데 있다. 과학 기술에 대한 〈스팀보이〉의 양가적인 태도는 스팀펑크 담론의 전형을 모자람 없이 보여주지만, 여기에서 한 걸음도 더 나아가지 않는다. 〈스팀보이〉의 문제의식은 더 나은 미래를 위해 과학 기술을 어떻게 사용해야 할 것인가, 또는 과학자는 어떤 철학과 윤리를 지녀야 할 것인가 하는 질문을 던지는 데 머무른다. 스팀펑크가 우리에게는 더 이상 새로울 것이 없는 이런 문제를 반복적으로 제기하는 데 만족한다면, 너무 빨리 장르적인 매너리즘과 상투성에 빠지고 마는 결과를 초래할 것이다.

이런 관점에서 〈신비한 바다의 나디아〉는 좀더 주목할 만한 가치가 있다. 〈신비한 바다의 나디아〉 역시 과학 기술의 양면성에 대한 스팀펑크의 전형적인 인식을 표면에 내세우지만, 이를 넘어서서 문명의 타자(자연)와 인간의 타자(우주인)라는 외부의 시선을 통해 근대 과학을 바라본다. 또한 〈스팀보이〉에서는 레이의 각성이 수용자의 각성으로까지 나아가지 못하는 데 비해(레이는 각성의 과정을 거친 뒤에야 수용자와 동등한 수준에 이르게 된다) 〈신비한 바다의 나디아〉에서 쟝의 지속적인 깨달음과 성숙의 과정은 수용자 자신의 인식을 변화시키는 과정과도 만나게 된다. 이는 스팀펑크가 수용자들이 이미 알고 있는 뻔한 얘기를 반복하는 데 그치지 않고 새로운 담론과 문제의식을 향해 나아갈 수 있는 가능성을 보여준다는 점에서 의의를 갖는다.

우선 〈신비한 바다의 나디아〉에서 과학 기술의 이중성에 대한 인식은 주로 네모 선장의 발언을 통해 직접적으로 제시된다. 과학 기술을 "잘못 이용하면 지구를 송두리째 파괴하는 무기가 될 수 있다. 과학은 위대하다. 그러나 지혜의 열매를 따먹은 인간의 죄도 간직하고 있"는 것이다, 인간이 선한 마음과 악한 마음을 가지고 있듯이 "과학도 선과 악으로 갈라"(제11화 「노틸러스호의 신입생」)질 수 있다고 하는 네모 선장의 말에는 스팀펑크적인 인식이 압축적으로 담겨 있다. 이런 인식은 과학의 한계에 대한 겸허한 자각으로도 이어지는데, 노틸러스호는 "초과학의 절정"이지만 "전지전능한 신은 아니"(「노틸러스 최대의 위기」)라는 네모의 말은 이를 잘 대변해준다.

반면에 네오아틀란티스의 가고일은 "만물을 만들고 마음대로 없애버릴 수 있"으며 "자연의 섭리마저 조절"하는 과학의 힘에 의해 스스로 "신이 될 수 있"(「바벨탑」)다고 믿는다. 과학 기술을 맹신하고 그 힘에 도취되어 있는 가고일은 〈스팀보이〉의 에디와도 일면 유사한 모습을 보여준다. 또한 초과학 무기들을 이용한 네오아틀란티스의 세계 지배 야욕은 해양의 "통상 파괴"와 "무기 수출" 등을 통해 "전 세계 통화량"(제20화 「쟝의 실패」)을 좌지우지하는 자본주의적 전략과도 맞물려 있다는 점에서 에디와 오하라 재단의 결탁을 연상시키는 데가 있다. 네모와 가고일의 대립구도는 로이드와 에디의 대립구도와 어느 정도 상동성을 지닌다고 할 수 있는데, 특히 네모와 가고일의 관계 역시 단순한 선악의 이분법으로 규정될 수 없다는 점에서 그 유사성은 더욱 강조된다.

네모는 그가 타르테소스 왕국(아틀란티스인이 지구에 세운 국가)의 마지막 왕이었을 때, 바벨탑을 가동시켜 엄청난 살상무기로서의 힘을 과시하려는 가고일의 시도를 멈추기 위해 그 "제동장치인 블루워터를 뽑아내어 자폭"(제22화 「배신자 엘렉트라」)시켰던 과거를 지니고 있다. 그 결과로 무수한 타르테소스인들의 생명이 희생되었고, 네모는 그 죄의식을 짊어진 채 살아가고 있다. 그는 스팀성을 자신의 손으로 폭파시켜야 했던 로이드와 마찬가지로 과학의 무서운 파괴력에 대한 책임감과 죄의 굴레로부터 자유로울 수 없다. 그 굴레는 근대 과학 자체를 옭아매는 근원적인 속박이기 때문이다. '이미 알고 있는 자'들이 지닌 이런 한계는 권위 있는 인물의 발화가 명시적인 주제를 고스란히 대변할 때 나타나는 스팀펑크 장르의 일방적인 계몽성을 어느 정도 완화시켜주는 역할을 한다.

〈신비한 바다의 나디아〉에서 과학 기술에 대한 상이한 태도는 쟝과 나디아의 갈등으로도 구체화된다. 그들의 끊임 없는 말다툼과 의견 충돌은 과학에 대한 신뢰와 근본적인 불신이라는 두 관점 사이의 대립을 보여준다. "과학을 공부해서 세상에 이바지하고 싶"(「노틸러스호의 신입생」)나는 소방으로 가득한 쟝 앞에서 나디아는 "이래서 과학이란 건 믿을 게 못된다구"(제23화 「작은 표류자」)를 연발한다. 무인도에 표류한 뒤에도 쟝은 발명을 거듭하여 생활의 불편을 줄이고자 최선을 다하지만, 나디아는 "과학이니 문명이니 하는 것들과 일체 인연을 끊"고 "자연과 더불어 살아"(제24화 「링컨섬」)가겠다고 선언하기까지 한다. 나디아가 종종 고집불통에다 불평불만이 많은 미성숙한 소녀의 모습으로 그려지기는 하지만, 그녀의 존재는 과학의 필요성과 당위성 자체에 당돌하게 의문을 던지는 SF 바깥의 시선으로 작용한다. 특히 그녀가 동물들과 대화를 나누고 자연과 교감하는 능력을 지닌 인물이라는 데 유의하면, 나디아는 단순히 과학을 불신하는 의심 많은 소녀가 아니라 과학과 문명의 타자인 자연의 존재를 스팀펑크 안으로 끌어들이는 문제적인 인물이라 할 수 있다. 사람이 살기 위해서는 고기도 먹어야 한다고 주장하는 쟝에게(나디아는 채식주의자이다) 동물을 잡아먹으면서까지 살고 싶지는 않다고 말하는 나디아에게서는 소박하게나마 반(反)인간중심주의적인 태도가 엿보이기도 한다. 아무리 긍정적인 관점에서 바라본다 해도 과학이나 문명은 '인간에게나' 유익한 것이 아닌가?

쟝과 나디아가 서로를 이해하고 사랑하게 되는 과정은 서로의 상반되는 관점들을 수용하면서 성숙해가는 과정이기도 하다. 나디아가 "역시 자연 그 자체로 살아간다는 건 불가능"하다는 것을 인정하게 되는 것처럼, 쟝은 "과학의 힘을 너무 믿"으면 안 된다는 깨달음을 얻게 된다. 나디아를 통해 결국 쟝은 "자연과 인간이 서로 공존하기 위한 과학 기술을 발전시켜야"(「링컨섬」) 한다는 생각에 도달한다. 쟝의 깨달음은 "대륙이 가라앉고 (……) 섬이 생겨나고 하는 일은 인간에게는 큰 사건이지만 지구로 볼 때는 아주 조그만 사건에 지나지 않"으

〈신비한 바다의 나디아〉에서 나디아와 쟝

며 "이 지구는 우리들 인간 같은 존재는 상상도 할 수 없을 만큼 커다란 생물"(제27화 「마녀가 있는 섬」)이라는 생각과도 관련된다.[14] 이런 인식은 스팀펑크 장르로서는 확실히 한 걸음 진전된 것이라 할 수 있다. 특히 "사람으로 태어나서 사람으로 살아가려면 스스로의 손으로 뭔가를 만들지 않으면"(「링컨섬」) 안 되었고, 그렇기 때문에 과학이나 문명이 필요했던 거라는 쟝의 자각은 인간 존재의 어찌할 수 없는 조건으로서 최소한의 과학 문명을 인정하는 신중하고 겸허한 태도를 암시하는 것처럼 보인다.

이렇게 자연이라는 타자성의 개입은 인간중심적인 사유를 넘어서게 함으로써 과학에 대한 더 근본적인 성찰을 가능하게 한다. 이런 측면은 진화론과 결합된 대체 역사 판타지와도 맞물려 있다. 이 애니메이션은 2억년 전에 지구는 파충류의 전성시대였으며 "호모 다이나소니쿠스"라는 공룡은 "인류보다 먼저 문명을 이룩"하고 "지상에 제국을 세웠던"(「네모의 친구」) 지구의 원시 생물이라고 주장함으로써 문명의 기원에 관한 우리의 상식을 뒤엎는다. 이런 상상력은 "지능을 가진 생물은 인간만이 아니"라는 발상을 통해 인간의 자리를 상대화한다. 한편 호모 다이나 소니쿠스가 "멸종해버린 건 살아가기 좋은 조건으로 환경을 바꿔버"린 탓에 "수가 엄청나게 불어났기 때문"(「링컨섬」)이라는 설명 역시 오늘날의 인간과 과학에 대해 의미 있는 시사점을 던져준다. 그것은 인간이라는 종(種) 또한 무차별적으로 지구 환경을 변화시키게 되면 그 반작용으로 인해 멸종의 위기에 처할 수 있다는 사실이다. 이런 깨달음은 근대 과학 초기의 소년 과학자 쟝에게 소중한 교훈이 될 뿐 아니라 지금의 수용자들에게도 여전히 의미가 있다.

〈신비한 바다의 나디아〉에서 인간중심주의의 결정적인 전복은 아

틀란티스인과 인간의 관계로부터 파생된다. 인간의 이해력을 넘어서
는 외계의 지성적 존재를 상정한다는 사실부터가 인간 중심의 세계
관에 대한 도전이 되지만, 이 애니메이션에서 그 존재는 더구나 인간
의 창조주로 등장한다. "240만 년 전에 지구에 도착한 아틀란티스인
들은 충직한 하인을 만들려고" 원숭이를 이용하여 "인간의 유전자를
설계"(제37화 「네오황제」)했다는 것이다. 가고일이 "인간 박물관"에서
나디아에게 "고대 아틀란티스인이 만든 최초의 인간 아담"(첫 작품이
라서 작게 만들지 못했기 때문에, '아담'은 거인의 형상을 하고 있다)과 인간
을 만들다가 실패한 "기형의 샘플"들을 보여줄 때, 나디아와 마찬가
지로 수용자들은 큰 충격을 받게 된다. 기독교의 창조론을 진화론적
이고 유전공학적인 상상력으로 과격하게 전도(顚倒)시킨 이런 발상
은 과학을 통해 신의 경지를 넘보는 인간에게 스스로의 한계를 각인
시키는 강력한 경고일 것이다.
 이 외에도 인간의 존엄성과 우월성에 대한 믿음은 가고일의 발언
들 속에서 가차없이 무너진다.

 인간을 잘 보아라. 같은 인간들끼리도 자기가 싫어하는 자는 아무렇지
도 않게 차별하고 자신만을 지키려드는 야비한 속성을 지닌 동물을. (중
략) 인간에게는 개선의 여지가 없어. 그들은 아직 완전하지 않은 생물이
란 말이다. 단지 주인의 필요에 의해 만들어진 것이지. 게다가 나는 그런
가축들과 함께 사는 것에는 취미가 없어서 말이야.                （「네오황제」）

 첫째로 인간은 신용할 수 없는 결점 투성이 생물이다. 우리가 돌봐주지
않으면 어리석은 전쟁을 되풀이해서 이 별과 함께 멸망해버릴 뿐이다. 그
런 생물에게 미래는 없다.                                  （「우주로……」）

‘우주인’의 시선으로 바라본 인간은 “야비한 속성을 지닌 동물”, “완전하지 않은 생물”, “개선의 여지”도 없고 “미래”도 없는 “결점 투성이 생물”이며, 심지어 “가축들”에 불과한 존재들이다. 이를 근거로 가고일의 네오아틀란티스는 자신들의 세계 지배가 정당한 일이며 인간들은 여기에 절대 복종해야 한다고 주장한다. 반면에 구(舊)타르테소스 왕인 네모 선장은 인간과의 공존을 선택한다. 그는 가고일을 향해 “이 별은 이미 인간들의 것”이며 “인간은 네 놈이 생각하는 것만큼 어지석지 않다”(제39화 「별을 계승한 자」)고 역설한다. 그러나 네모의 이런 생각은 가고일이 보기에는 “헛점 투성이인 인간을 신뢰하”는 “나약한 아틀란티스인”의 “죄”(「우주로……」)일 뿐이다.

네모와 가고일의 상반되는 주장이 번갈아가며 울려퍼지면서, 〈신비한 바다의 나디아〉는 인간에 대해서도 이중적인 시선을 유지한다. 더욱 흥미로운 것은 최종회(제39화)에 가서야 가고일이 실은 인간이었다는 사실이 밝혀진다는 점이다. 이는 수용자뿐 아니라 가고일 자신도 모르고 있었던 사실로서, 그 동안 아틀란티스인의 관점이라 여겨졌던 가고일의 발언들은 모두 인간 자신의 목소리였던 셈이다.[15] 이 같은 폭로의 효과 또한 이중적이다. 한편으로는 가고일이라는 인물의 권위가 추락하고 그의 발언 전체가 모순적이고 허위적이었음이 드러나면서, 인간에 대한 그의 비난들도 기만적이고 믿을 수 없는 것으로 간주된다. 다른 한편으로는 그의 존재 자체가 인간의 거짓된 우월감을 증명하는 것이기에, 인간에 대한 믿음은 더욱 치명적으로 손상을 입는 것이다. 〈신비한 바다의 나디아〉는 상반되는 두 관점 사이에서 쉽사리 어느 한 쪽을 지지할 수 없게 만든다. 다만 인간에 대한 이 양가적인 시선과, 주체(인간)/타자(아틀란티스인)의 이분법을 전복하고 와해시키는 극적인 결말이 인간중심주의적 관점을 송두리째 뒤

흔들어놓는 것만은 분명하다고 하겠다.[16]

그럼에도 불구하고 〈신비한 바다의 나디아〉가 인간과 과학의 미래에 대한 한 가닥 희망을 끝까지 포기하지 않는 것은 참으로 스팀펑크다운 면모이다. 이 애니메이션은 인간의 '지성'과 '능력'을 믿는 대신에 '따뜻한 피'에 기대를 건다. 이런 관점은 "파충류의 피는 차갑지만 인간의 피는 따뜻하지. 나는 과학만이 아니라 과학을 창조한 인간을 믿고 싶어"(「링컨섬」)라는 쟝의 말에서 잘 드러난다. 가고일의 "제어 장치"에 의해 조종을 당하여 네모에게 총격을 가하는 나디아를 쟝이 끝내 쏘지 못할 때, 인간의 그 비합리적이고 "비과학적"인 측면은 인간만이 지닌 "장점"(「별을 계승한 자」)이자 가능성으로 묘사된다. 초지성을 지닌 아틀란티스의 과학력은 파멸을 불러왔으나 여리고 따뜻한 마음을 지닌 인간은 과학의 미래를 지켜낼 것이라는 믿음은 이 애니메이션이 과거를 향해, 그리고 우리 시대를 향해 보내는 기원의 메시지일 것이다.


## 4. 스팀펑크의 의의와 가능성

일반적인 SF가 과학 문명이 고도로 발달한 미래 사회의 모습을 그려내는 데 비해 스팀펑크는 근대 과학의 시발점인 18~9세기로 눈을 돌린다. 그럼으로써 스팀펑크는 오늘날 가시화된 과학 기술의 폐해를 그 출발점에서부터 되돌아보고 과학의 본성 안에 내재한 위험성을 근본적으로 성찰한다. 스팀펑크의 이런 성격은 SF 서사물이 우리 시대와 과학 문명에 대한 진지한 문제의식을 담고 있으며, 문제의 심각성에 대한 SF적인 인식은 오늘날 더욱 심화되고 있음을 확인시켜준다. 스팀펑크 서사는 과학 문명의 힘을 과신하고 그것에 도취되어 있던 지난날의 사람들에게 그 위험성과 한계를 깨우쳐주는 방식으로 과거의 시간대와 접속한다. 이를 통해 과학의 미래, 인간의 미래를 더 나은 방향으로 교정하고자 하는 것이 스팀펑크 장르의 본질적인 욕망이다.[17]

계몽적이고 복고적인 스팀펑크인 〈스팀보이〉에 비해 〈신비한 바다의 나디아〉는 서로 다른 관점들의 대화적인 공존 양상을 좀 더 확연하게 보여주는 텍스트이다. 이 점은 특히 쟝과 나디아의 관계를 통해 잘 드러난다. 나디아는 과학 문명의 타자인 자연을 스팀펑크 안으로 도입하는 역할을 하는 인물이다. 〈신비한 바다의 나디아〉는 또한 아틀란티스인이라는 '우주인'의 시각을 통해 인간의 문명을 바깥에서 바라보는, 스팀펑크로서는 매우 독특한 관점을 취하고 있다. 문명의 타자, 인간의 타자라는 외부적 시선의 등장은 이 애니메이션에서 과학의 본성에 대한 더욱 근본적인 성찰을 가능하게 한다. 〈신비한 바다의 나디아〉는 SF 장르의 전반적인 특징들을 다양하게 활용하고 여타 장르의 코드들을 개방적으로 수용함으로써 스팀펑크 담론이 상투적인 매너리즘에 빠지지 않고 폭과 깊이를 더해갈 수 있는 가능성을 보여준다. SF 장르가 그러하듯이, 스팀펑크도 이렇게 진화해갈 것이다.

# *6* SF 제패니메이션의 하이브리드화

## 1. 일본 SF 애니메이션의 독자성과 장르적 진화

SF 서사물이 그려내는 미래 사회는 미래에의 예측이기보다는 현재에 관한 특정한 관점의 해석인 경우가 많다. 기계와 인간이 전쟁을 벌이는 〈터미네이터〉(*The Terminator*, 1984)와 〈매트릭스〉(*The Matrix*, 1999)의 미래 세계는 과학 기술과 기계 문명의 놀라운 발전에 대한 우리 시대의 공포를 형상화한다. 〈A.I.〉(*Artificial Intelligence: A.I.*, 2001)와 〈공각기동대〉(*Ghost in the Shell*, 1995)에서 자신의 정체성을 묻는 로봇과 사이보그의 모습은 개인의 고유성과 진정성을 의심하는 오늘날의 인간 존재에 대한 해석적 논평을 담고 있다. SF 서사물이 우리의 현실과 적극적으로 관련을 맺을 수 있다면, 그것은 SF의 환상적 세계가 곧바로 현실의 상징이나 알레고리로 환원되기 때문이 아니라(만일 그렇다면 이런 서사물은 그다지 'SF적'이라고 말할 수 없을 것이다) 그 미래 사회가 다양한 방식으로 끊임없이 현재를 소환하기 때문이다.

전통적인 SF 서사물에서 지금-여기에 대한 이 같은 해석은 상반되는 두 가지 관점, 즉 과학문명의 발달을 바라보는 기술주의적인 낙관론과 기술공포증적인(technophobic) 비관론으로 양분되는 양상을 띤다. 과학 기술이 고도화된 미래 사회를 바람직한 유토피아로 찬양하거나 아니면 반대로 참담한 디스토피아로 그려내는 대조적인 두 경향[1]은 이런 양상을 잘 대변해준다. 과학기술이 자연을 완벽하게 지배함으로써 이루어지는 안전하고 풍요로운 미래 사회를 상상한다든지(프랜시스 베이컨의 『신아틀란티스』, 1627), 우주로까지 확장된 과학적 유토피아의 비전을 제시한다든지(허버트 조지 웰즈의 『모던 유토피아』, 1905)[2] 하는 것은 전자의 대표적인 예들이다. 반면에 디스토피아 서사물들은 '제국'의 절대권력과 '국가 과학'의 힘에 예속되어 복종 기계로 전락한 미래의 인간상들(예브게니 자먀틴의 『우리들』, 1920), 특히 유전학적 조작에 근거한 신계급주의 사회나 빈틈 없는 통제 사회(헉슬리의 『멋진 신세계』, 1932)의 모습을 반복적으로 그려보인다.[3] 과학 기술이나 기계 문명에 대한 반성과 문제의식이 확산되면서 SF 서사물에서 유토피아적인 낙관론은 점차 사라져가게 되었지만, 디스토피아적인 관점의 SF는 1980년대 이후 사이버펑크의 영향력 아래 더욱 활발히 생산되고 있다.

영화 〈매트릭스〉 포스터

　상대적으로 '덜 진지한' SF로 평가받는 메카물[4]과 스페이스 오페라(우주 활극) 류는 과학기술의 힘에 대한 매혹과 막연한 찬사에 뿌리를 둔다는 점에서 기본적으로 유토피아 계열과 친연성을 갖는다. 이 가운데서도 독특한 개성을 형성하며 진화해온 일본 애니메이션〔이후 제패니메이션(Japanimation)〕은 따로 주목할 만하다. SF 제패니메이션은 과학기술에 대한 이중적 태도와 현재를 바라보는 복합적인 시선 때문에 유토피아적인 관점의 순진성뿐 아니라 디스토피아적인 현실 비판의 상투성으로부터도 거리를 유지한다. 유사한 맥락에서 SF 제패니메이션은 모호하고 다중적인 텍스트로서의 미학적인 성격 또한 지니고 있는데, 이는 단순한 오락물과 진지한(미학적인) 텍스트 사이의 경계가 와해되는 문화적인 현상으로도 관심을 끈다.

　초기에 SF 제패니메이션은 상업적인 오락물과 아동물로서의 성격에서 크게 벗어나지 않았다. 〈철완아톰〉(1963)으로 출발한 제패니메이션은 〈마징가Z〉(1972), 〈게타로보〉(1974), 〈우주전함 야마토〉(1974) 등을 거치며 슈퍼로봇 메카물과 스페이스 오페라 류의 전성기를 구

일본 애니메이션
〈건담 시드〉

가한다. 이런 흐름은 1970년대 후반의 1차 '아니메 붐'으로 이어진다. 이들 서사물에서는 과학기술 강국을 향한 동경과 제국주의적 욕망의 잔상, 특히 경기 침체기에 일본을 사로잡았던 중공업 부흥기에의 향수 등을 읽어낼 수 있다.[5] 하지만 〈기동전사 건담〉 시리즈 (*Mobile Suit Gundam*, 1979년부터 20여년 간 연이어 제작됨) 이후의 리얼 로봇[6] 계열들은 선악의 대립구도와 전투의 당위성 자체를 의문에 부치면서 보다 복합적인 텍스트로 변화하기 시작한다.

〈신세기 에반게리온〉(*Neon Genesis Evangelion*, 1995)을 비롯한 1990년대 메카물(2차 '아니메 붐')에서 시각적인 이미지는 "아머를 입은 지극히 테크놀러지적인 신체"를 부각시키지만 "서사 자체는 놀라울 정도로 그 기계 내부에 있는 인간에 집중"된다.[7] 스페이스 오페라류의 메카물 역시 〈무책임 함장 테일러〉(*Irresponsible Captain Tylor*, 1993)와 〈기동전함 나데시코〉(*Martian Successor Nadesico*, 1996) 등에 이르면 인간의 내면과 일상적인 삶의 세계에 시선을 돌리고, '도대체 우리는 지금까지 무엇과 싸워왔던 것일까?'라는 존재론적인 차원의 질문을 던진다. 이 시기의 SF 제패니메이션은 또한 다른 장르의 코드들을 적극적으로 수용하면서 하이브리드 장르로 진화해가는 경향을 띤다.[8] 앞에서 〈신비한 바다의 나디아〉를 통해 확인해보았던 것처럼, 이런 경향은 SF적인 내러티브와 문제의식의 폭을 넓히고 텍스트의 개방성과 다중성을 심화시키는 결과를 낳는다.

이 장에서는 이 같은 관점에서 1998년에 방영된 〈카우보이 비밥〉(*Cowboy Bebop*, 1998)[9]의 서사적·의미론적 특성을 살펴보고자 한다. 〈카우보이 비밥〉은 〈신세기 에반게리온〉과 더불어[10] 마니아들 사이에서 가장 완성도 높은 제패니메이션으로 인정받고 있으며, 2000년 우리나라에서 방영(투니버스)된 뒤 큰 반향을 불러일으키기도 했다. 이 텍스트는 '하이브리드 아니메'로서의 성격을 가장 두드러지게 보여주는 한편, SF적인 미래 세계가 현재를 호명하는 매우 독특한 방식을 보여준다. 〈카우보이 비밥〉을 통해 1990년대 SF 제패니메이션이 만들어낸 혼종적이고 다중적인 내러티브와, 우리 시대를 바라보는 반성적 시선의 독특한 양상을 확인해보기로 하자.


## 2. 〈카우보이 비밥〉의 장르적 혼종성

〈카우보이 비밥〉은 인류가 우주의 여러 별들에 흩어져 살고 있는 2071년의 미래 사회를 배경으로 한다. 위성간 게이트 폭발 사고로 인류가 더 이상 지구에 살 수 없게 되었다는 기본 설정은 디스토피아적인 사이버펑크의 색채를 띠며, '비밥호'의 '스페이스 카우보이'들이 우주를 누비며 현상수배범을 잡으러 다닌다는 서사의 출발점은 스페이스 오페라의 성격을 띤다. 이처럼 〈카우보이 비밥〉은 서사의 기본 구도에서부터 하이테크 문명에 대한 비관적 전망과 선망 어린 매혹을 동시에 보여준다. 우주선이 위상차 공간 게이트를 통과하는 인상적인 장면을 비롯하여 수많은 행성들을 자유롭게 오가는 우주 시대의 시각적 이미지는 폐허 더미로 변해버린 지구의 모습과 대조를 이루면서 과학 문명에 대한 두 겹의 시선을 형성한다.

각 세션마다 독립성을 지니며 펼쳐지는 에피소드들 역시 서로 다른 두 시선 사이를 오고간다. 금성의 테라포밍(위상차 공간 게이트를 통해 다른 행성에 태양광을 보내거나 식물의 포자 등을 산포하여 생명체가 살기에 적합한 환경을 조성하는 미래의 과학기술)으로 인한 부작용에 시달리는 소녀의 모습(세션 #8 「비너스를 위한 왈츠」의 스텔라), 암살 능력을 극대

화하는 실험 도중 탈출하여 살인 기계로 돌변해버린 실험체의 모습
(세션 #20 「피에로의 진혼곡」의 통푸) 등은 사이버펑크적인 암울한 세계
관을 암시한다. 반면에 비밀 연구에 의해 놀라운 지능을 가지게 된
데이터견(세션 #2 「들개의 스트러트」) 아인이 총명하고 귀여운 친구로
묘사된다든지, 정체불명의 천재 해커 래디칼 에드워드(세션 #9 「재밍
위드 에드워드」)가 천진하고 자유로운 어린 아이 에드였다든지 하는
설정은 테크놀러지화된 신체와 전자 시대의 인간형에 대해 낙천적인
긍정의 시각을 보여준다.

　좀더 엄밀하게 말하면 개별 세션들 안에서도 단일한 시선이 유지
되는 것은 아니다. 「비너스를 위한 왈츠」의 어두운 테마는 정서적이
고 따뜻한 인간 관계와 왈츠 풍의 경쾌한 리듬에 의해 중화되며, 「피
에로의 진혼곡」의 비판적인 태도는 그로테스크하면서도 코믹한 분
위기 속에서 가벼운 터치로 표현된다. 이와 유사하게 "자연의 시스
템에서 일탈"한 인간은 "대자연 속의 버그 같은 존재"(세션 #4 「게이트
웨이 셔플」)라는 환경테러 조직(스페이스 워리어즈) 리더의 말은 사이버
펑크적인 비관론을 대변하지만, '몽키 비즈니스'라는 바이러스를 살
포하여 인간을 원숭이 상태로 되돌려놓겠다는 그들의 계획은 웃음을
자아낸다. 더구나 이 계획이 실패함으로써 정작 바이러스에 감염되
어 원숭이로 변하는 것은 조직의 리더 트윙클 마리아 머독이다. 그들
의 과격한 극단주의가 희화화됨에 따라 수용자는 이런 비관론으로부
터 아이러니한 거리를 유지하게 되는 것이다. 또한 정신을 디지털 데
이터로 카피하여 우주 네트 상에 재생함으로써 영혼뿐인 존재로 다
시 태어날 수 있다고 하는 '전자 이민 재단 스크래치' 교주의 말은
"완전히 SF"적인 망상으로 취급되지만(세션 #23 「브레인 스크래치」),
한편으로 이는 전자 시대의 인간 정신과 육체에 관한 의미 있는 질문

으로도 받아들여질 수 있다. 스크린에 비친 교주의 입에서 "TV는 정보를 통해 인간을 조종"하고 "현실감을 뺏"는 이 시대의 "종교"라는 말이 흘러나올 때,[11] 그 목소리는 더 이상 광신적인 사이비 종교 교주나 허무맹랑한 사기꾼의 것이 아니다.

이처럼 동시적으로 또는 번갈아가며 울리는 이질적이고 모호한 목소리들은 텍스트의 의미론적 두께를 두텁게 하는데, 이는 여러 장르의 코드들이 교차하고 중첩되면서 일어나는 효과이기도 하다. 〈카우보이 비밥〉에서는 메카물과 스페이스 오페라와 사이버펑크 같은 SF 하위 장르들이 교섭할 뿐 아니라 추리물과 스릴러, 갱스터와 필름 느와르, 호러와 미스터리, 멜로드라마, 코미디, 웨스턴 등의 이질적인 장르 코드들이 거침 없이 서로를 횡단한다. 여기에 개그적인 요소를 가미하여 전통적인 장르에 대한 수용자의 기대를 슬며시 뒤집거나 특정 장르를 자의식적으로 패러디하는 경우도 수시로 발견된다.

스파이크와 제트라는 두 명의 카우보이가 현상수배범을 쫓는 상황은 형사 스릴러[12]와 버디물[13]의 형식을 취하고 있으며, 과거에 스파이크가 속해 있었던 조직 '레드 드래곤'에 얽힌 스토리라인은 갱스터와 필름 누아르의 성격을 띤다. 공포 장르의 코드를 포함하는 에피소드만도 여러 개를 꼽을 수 있는데, 「악마를

일본 애니메이션 〈카우보이 비밥〉의 스파이크

위한 노래」(세션 #6)가 SF-미스터리-호러로 분류된다면 「피에로의 진혼곡」은 SF-호러-심리 스릴러라 할 만하고, 허무 개그로 끝나는 「심야의 헤비록」(세션 #11)은 미스터리-호러의 의도적인 패러디이다. 멜로드라마적인 성격은 스파이크와 줄리아의 운명적인 사랑이라는 한 중심 테마와 제트의 옛추억을 담은 「가니메데 비가」(세션 #10) 등에서 찾아볼 수 있다. 코미디의 요소가 유독 두드러진 에피소드는 「카우보이 펑크」(세션 #22)와 「머쉬룸 삼바」(세션 #17)이다. 앞의 것은 웨스턴 장르(말을 탄 진짜 카우보이 앤디의 등장)와 범죄 스릴러(폭발물 설치범 테디 바머의 역할)의 유쾌한 패러디이며, 뒤의 것은 마약과 환각이라는 펑크적인 소재를 개그의 감각으로 처리한 코미디이다.

이렇듯 온갖 장르 코드들과 여기에 결부된 특정한 태도·분위기·뉘앙스들이 서로 서로 뒤섞이고 이종교배를 되풀이하면서 〈카우보이 비밥〉은 하이브리드 아니메의 면모를 유감 없이 보여준다. 수많은 장르들 중 어느 하나가 나머지 것들을 지배하거나 최종적으로 포섭해들이는 대신에 저마다 끊어질 듯하면서도 다시 이어져가는 나름의 음색을 유지하기 때문에, 이 서사물은 비밥(bebop) 재즈[14]의 즉흥 연주(improvisations)와도 같은 노이즈를 상연한다. 테마가 곡 전체를 장악하지 못하고 연주의 출발점 역할만을 담당한다든지, 한 조성 내에서 모든 음들이 코드를 구성하는 데 사용되기 때문에 불안정한 인상과 긴장을 유발한다든지, 곡 전체의 느낌이 복잡해지는 대신 코드니 멜로디와의 연관성은 느슨해진다든지 하는 비밥 재즈의 특성[15]은 〈카우보이 비밥〉의 서사적 성격과 전반적인 스타일을 그대로 설명해준다.

〈카우보이 비밥〉의 이런 측면은 제패니메이션의 매체적 특수성을 최대한 활용한 것과도 관련이 있다. TV 시리즈로 제작·방영되는 제패니메이션들은 서사의 연속성을 어느 정도 유지하면서도 각각의 에 피소드들이 독립적·개별적으로 수용될 수 있는 조건을 지니고 있 다. 〈카우보이 비밥〉에서도 느와르-멜로드라마적 스토리라인(스파이 크를 중심으로 한)은 부분적으로나마 서사의 결합축과도 같은 기능을 담당하지만, 매 세션마다 펼쳐지는 모험담과 아기자기한 에피소드들 은 전체 스토리라인과 무관하게 얼마든지 향유될 수 있다. 이 같은 양상은 1990년대 제패니메이션이 채널 서핑 세대의 감수성과 기호 에 맞게 진화한 결과이기도 하다.[16] 〈카우보이 비밥〉은 서사적인 구 속력을 현저히 약화시킨 대신 개별 에피소드들의 자율성을 극대화함 으로써 1990년대 제패니메이션이 지닌 비선형적 성격을 과시적으로 보여준다. 이런 측면 때문에 이 애니메이션은 일관된 서사적 '플롯' 이 아닌 변화무쌍한 '리듬'으로, 권위 있는 최종적 시니피에가 아닌 시니피앙 조각들의 성좌로 이루어졌다는 인상을 준다.

한편 〈카우보이 비밥〉에서 개별 장르의 코드나 유사한 테마들은 일련의 계열들을 형성하는데, 수용자들은 개인적인 성향과 선호도에 따라 각기 다른 계열들에 반응하게 된다. 같은 맥락에서 서사와 영상 과 음향이라는 세 가지 요소들도 수용자가 선택적으로 결합하여 향 유할 수 있는 서로 다른 계열체를 이루고 있다. 서사와 영상과 음향 을 융합적으로 체험할 수도, 개별적으로 분리해서 향유할 수도 있는 유연성은 애니메이션이라는 멀티미디어 양식 자체가 지닌 매체적 특 성이기도 하다. 이는 영화에도 어느 정도 적용되는 말이지만, 애초부 터 시뮬라크르(simulacres)에 기초하는 애니메이션에서는 파상 실재 (hyper-real)에 의존하는 실사 영화에 비해 이들 요소의 독자성이 더 욱 강조되는 경향이 있다.[17] 애니메이션은 영상과 음향이 서사적 요 소에 종속되기보다는 좀더 자율적으로 기능할 수 있는 여지를 지니고 있는 셈인데, 〈카우보이 비밥〉은 이런 특성 또한 최대로 살려낸다. 우주시대의 매혹적인 영상 이미지들은 주인공의 지나온 삶이나 내면 세계와 같은 서사적 라인과 분리된 채로 강한 독자성을 지니고 있으며, 세션마다 흐르는 배경 음악과 음악의 제목으로 이루어진 세션 타이틀은 각 세션의 에피소드와 직접적인 연관을 맺기보다는 대등한 또 하나의 계열로서 병존하는 것이다.

〈카우보이 비밥〉에는 수용자마다 수많은 계열들 가운데 흥미 있는 것들을 선택하여 새로운 텍스트를 구성할 수 있는 가능성이 무한히 열려 있다. 그런 의미에서 〈카우보이 비밥〉은 수용자의 능동적 참여를 극대화하는 텍스트라고 말할 수 있다. 이 같은 특징은 이 애니메이션을 바르트(Roland Barthes)적 개념의 '쓰는 텍스트(le texte scriptible)'[18]로 바라보게 하는 근거가 된다. 차이들의 네트워크 안에서 끝없이 분산하며 텍스트의 복수성(pluralité)을 적극적으로 실현하고[19] 수용자에 의해 언제든 다시 씌어질 수 있는 텍스트로서, 〈카우보이 비밥〉은 미학적인 관점에서도 주목할 만한 가치를 지닌다고 하겠다.

## 3. 향수(鄕愁)와 미래지향성 사이의 긴장

SF 제패니메이션의 하이브리드화는 자연스럽게 테마와 소재의 확장으로 이어진다. 〈신세기 에반게리온〉 같은 하이브리드 아니메들은 테크놀러지와 기계문명이라는 SF적인 테마뿐 아니라 인간의 내면 세계와 복잡다단한 삶의 영역을 향해 스토리를 개방하는데, 〈카우보이 비밥〉에서도 이런 측면을 확인할 수 있다. 〈카우보이 비밥〉에는 현상수배범들을 비롯한 여러 주변인물들의 삶의 모습이 애정어린 시

〈카우보이 비밥〉의 스파이크와 비셔스

선으로 그려져 있다. 우주 화물을 운반하는 트럭운전수들(세션 #7 「헤비메탈 퀸」의 VT 등)의 투박한 삶이나 미워할 수 없는 어리숙한 잡범들(「비너스를 위한 왈츠」의 로코와 「가니메데 비가」의 린트 등)의 이런저런 사연에 대해 카우보이들이 보여주는 연민과 공감은 이 애니메이션의 주요 관심사들 중 하나를 분명하게 암시한다.

특히 〈카우보이 비밥〉은 스파이크와 제트를 중심으로 한 여러 인물들의 고독한 내면 세계를 비중 있게 다루고 있다. 스파이크는 사랑하는 여인 줄리아와 함께 조직을 떠나고자 했으나 동료이자 라이벌인 비셔스의 간계로 실패하고, 줄리아의 총에 맞아 3년 전 죽은 것으로 되어 있는 인물이다. 'ISSP' 소속 경찰이었던 제트는 지나치게 결벽하다는 이유로 동료 경찰에게 배반당해서 한쪽 팔을 잃고 기계 팔을 갖게 된 인물이다. 이들은 모두 조직 생활에 어울리지 않는 '자유인'들로서, 막막한 은하계를 떠도는 비밥호의 여정은 그들의 고독한 내면 세계를 탐사하는 여행이기도 하다. 한편 「주피터 재즈」 전·후편(세션 #12, 13)의 그렌이나 「보헤미안 랩소디」(세션 #14)의 체스마스터 헥스 같은 몇몇 현상수배범들, 스파이크의 숙적 비셔스(세션 #25, 26 「더 리얼 포크 블루스」 전·후편)와 제트를 배신한 옛동료 파드(「블랙독 세레나데」)까지도 지독하게 고독한 인물들이라는 점에서는 두 명의 카우보이들과 무척이나 닮아 있다.

나중에 비밥호에 동승하게 되는 다른 두 인물, 페이와 에드 역시 자유로운 삶의 방식을 지니고 있다. 하지만 "시대에 뒤처진"(세션 #1 「소행성 블루스」) "구식 인간"(세션 #3 「홍키 통크 위민」)인 스파이크나 제트와 달리 '미래형 인간'이라 할 수 있는 이들에게서 '고독'한 '내면' 세계를 발견하기는 어렵다. 페이는 콜드슬립(냉동수면) 상태로 54년을 보낸 뒤 이전의 모든 기억을 잃어버린 채로 깨어났지만 과거 따위에 연연하지 않고 행성들을 옮겨다니며 살아가는 인물이고,[20] 지구의 폐허 더미 위에서 즐겁게 혼자 지내는 천재 해커 에드는 광대한 네트의 세계 자체가 내면이고 기억인 인물이다. 이들에게는 훼손되지 않은 본래적 자아의 부름에 충실하고자 자유로운 삶의 방식을 지향한다고 하는, 근대적 의미의 '자유인'[21]이라는 이름은 별로 어울리지 않는다. '카우보이'라는 명칭이 시사하듯이[22] 스파이크와 제트가 '근대적' 인간형이라면 페이와 에드는 '탈근대적' 인간형을 대표한다고 보아도 좋을 것이다.

페이나 에드와는 대조적으로 스파이크와 제트라는 인물을 구성하는 가장 큰 부분은 과거의 기억이다. 스파이크는 "한쪽 눈으로는 과거를, 그리고 다른 한쪽으로는 현재를" 보면서[23] "깨지 않는 꿈이라도 꾸"(세션 #26 「더 리얼 포크 블루스」 후편)려는 듯 줄리아와 함께 했던 시간 속에서 살아간다. 제트는 알리사와의 추억을 담은 고장난 시계를 간직한 채 "멈추어버린 시간"(「가니메데 비가」) 속에서 살고 있다. 또한 그들은 지나간 시절의 보스나 농료들과의 관계, '의리'와 '명예' 등과 같은 가치가 지배하는 '사나이들의 세계'[24]로부터 아직 떠나오지 못했다. SF적인 미래 세계에서 펼쳐지는 그들의 모험담들과는 별개로, 좀 다른 차원에서 이 두 명의 카우보이들은 우리에게도 경험적으로나 관념적으로 익숙한 시간대를 살고 있는 것이다.

〈카우보이 비밥〉에서 세션들을 느슨하게나마 통시적으로 연결하
는 스토리라인은 이들 곁을 맴도는 과거의 기억들을 하나씩 되짚어
가는 과정을 통해 형성된다. 이 과정에서 시간 순서가 도치되는 플래
시백(flash back) 부분이 빈번하게 등장하는데, 이 같은 시간 구조는
서사적 현재(2071년의 미래 세계)와 과거 사이의 대화의 양상으로 주
목할 만하다. 〈카우보이 비밥〉의 서사적 과거는 위성간 게이트 폭발
사고가 일어났던 2022년 전후부터 줄리아가 스파이크를 처치하는
대신에 도망자로 살기를 선택했던 2068년 무렵에 집중되어 있다. 이
시기는 연대기적으로 보아 여전히 SF적인 미래의 시간에 속하지만,
회상을 통해 그려지는 이 시기의 모습은 대체로 우리와 동시대적이
거나 아니면 오히려 과거적이라는 인상을 준다.

〈카우보이 비밥〉의 서사적 과거는 낭만적인 사랑과 고독한 내면성
의 시대,[25] 아웃사이더로 살아가는 것이 내면의 욕구에 충실한 삶의
방식으로 받아들여지던 시대, 재즈와 같은 음악이 그 내면의 울림을
표현하던 시대,[26] 또한 성차와 성역할에 대한 고정관념이 완고하게
유지되고[27] 남성적인 가치들이 영향력을 발휘하던 시대이다. 이렇게
보면 〈카우보이 비밥〉은 서사적 과거를 통해 우리가 근대라고 부르
는 한 시대를 호명한다고 할 수 있는데, 우리에게 그것은 지나간 과
거이기도 하고 일면 여전히 현재적이기도 한 시간대이다. 결국 〈카
우보이 비밥〉의 플래시백 장면들은 우리의 현재와도 착종되어 있는
근대라는 한 시대를 SF적인 미래의 관점에서 돌아보는 서사물 내부
의 시선이라 할 수 있다.

이런 시선은 플래시백으로 처리된 시간 역전에서만이 아니라 다양
하고 흥미로운 방식들로 변주되어 나타난다. 일례로 우여곡절 끝에
과거로부터 날아온 아날로그 방식의 비디오 테이프와 옛 아시아의

지하 도시 박물관에 방치되어 있는 베타 데크는 "존재하는 게 기적"인 "좋았던 시절의 유물"(세션 #18「10년 후의 나에게」)로 표현된다. 비밥호의 인물들은 비디오 테이프와 비디오 데크가 무엇에 쓰는 물건인지 알지 못하는데, 이렇게 친숙한 물건들이 정체도 용도도 알 수 없는 괴상한 물체로 그려지는 장면에서 수용자는 우리의 현재가 이미 지나가버린 과거로 간주되어 낯설게 느껴지는 것을 경험하게 된다. 또한 스파이크에게 모노 레이서(소드피쉬)를 만들어주었던 두한은 기계를 사랑하는 완고한 메카닉으로, 컴퓨터에 의한 자동 조종을 불신하고 수동 조작 방식에 강한 애착을 보인다(세션 #19「야생마들」). 두한의 조수인 마일즈가 옛날 인공위성의 주파수를 통해 트랜지스터 라디오로 화성에서 야구 중계를 듣는 장면은 수용자들로 하여금 신기하고 반가운 마음마저 들게 한다. 베타 데크와 트랜지스터 같은 오래된 물건들은 단순하고 소박하며 고전적인 품격을 지닌 근대적인 기계의 이미지를 형상화한 것으로 보인다.[28]

"아름다운 것, 그런 건 아마도 오래 전에 잃어버렸지"(「비너스를 위한 왈츠」), "게이트 사고 전 지구는 아름다운 별이었지"(「재밍 위드 에드워드」) 등과 같은 말들에서 단적으로 암시되듯이, 〈카우보이 비밥〉이 미래의 시점에서 과거를 돌아보는 기본 태도는 향수 어린 동경의 시선이다. 그리고 여기에는 애수(哀愁)의 정서가 동반된다. 그것은 좀 더 단순하고 순수하며 낭만적이었던 시절에 대한 애도이자, 사라져가는 것들 안에 피편적으로 존재하는 아름다움과 덧없음(모노노아와레)을 자각하는 데서 오는 감정이다.[29] 〈카우보이 비밥〉에서는 낭만적 사랑과 고독한 내면 세계를 비롯한 근대의 표상들이 상실에 대한 우울과 향수의 그림자 사이로 하나씩 스쳐지나간다. 이런 시선은 일면 전통적인 가치관들에 대한 보수성을 드러내는 것이 사실이다. 하

〈카우보이 비밥〉의 스파이크와 줄리아

지만 한편으로 그것들을 미래의 관점에서 상대화·역사화함으로써 시대착오적인 낡은 것들로 그려내는 방식 때문에, 여기에는 좀더 복합적인 태도가 개입하게 된다.

스파이크의 최후와 관련된 에피소드들에서도 과거에 접근하는 〈카우보이 비밥〉의 태도는 양가적이다. 다시 만난 줄리아를 비셔스 일파와의 총격전에서 잃고 난 뒤 스파이크는 비셔스와 마지막 대결을 벌이기 위해 스스로 죽음의 장소를 찾아간다. 페이는 "죽은 여자를 위해 할 수 있는 일은 없"다며 그의 무모한 결단을 막으려 하지만, 스파이크는 "죽으러 가는 게 아냐. 내가 정말 살아있는지 확인하러 가는 거야"(「더 리얼 포크 블루스」 후편)라고 말하며 그녀의 만류를 뿌리친다. 이렇게 스파이크에게 과거는 존재의 전부라고 해도 좋을 만큼 의미있는 것이며, 너무도 강한 힘을 가졌기에 거역할 수 없는 그런 것이다. 그러나 한편으로 스파이크의 허무한 최후는 아무리 아름다운 추억일지라도 현재를 위협할 수 있다는 것, 과거에의 집착은 자기 파괴와 분열로 끝나버리는 허상일 수 있다는 것을 암시해준다. 이런 측면은 "깨지 않는 꿈이라도 꿀 작정이었는데 어느샌가 깨고 말았"다는 스파이크의 말에서도 잘 나타난다. SF적인 미래 세계와 근대적인 과거의 시간성이 이 서사물에서 불협화음을 일으키듯이, "영원한 정체 속에서 계속해서 꿈을 꾸려는 시도"[30]는 현재와의 불화와 환멸의 순간을 불러오기 때문이다.

〈카우보이 비밥〉은 향수 어린 집착 속에서 시간의 흐름을 붙잡고자 하는 꿈을 찬미하는 동시에 거부한다. 그 위험성에 대한 경고가 좀 더 표면화되어 있는 에피소드는 「악마를 위한 노래」이다. 천재 하모니카 연주자 웨인은 게이트 폭발 사고 때 송과체에 이상이 생겨 노화를 억제하는 멜라토닌이 과다 분비되면서 수십 년간 나이를 먹지 않은 소년의 몸으로 살고 있다. 그는 순진한 소년의 얼굴을 한 잔인한 '악마'로 그려지는데, 시간을 되돌리는 반지(이 반지에 장식된 돌은 폭발 당시 응축된 고도의 에너지를 포함하고 있다)에 의해 순식간에 끔찍한 형상으로 늙어버리는 그의 모습은 섬뜩하고 그로테스크한 느낌을 자아낸다. 한꺼번에 나이를 먹고 몸이 쭈그러들면서 "편안하다"고 말하고는 눈을 감는 웨인의 모습은 시간이 모든 것을 변화시키고 소멸하게 할지라도 이를 긍정하고 받아들이는 자세가 필요함을 강조한다. 이는 끝내 그렇게 하지 못하는 스파이크를 향해 이 서사물이 건네는 여러 겹의 목소리들 중 하나이기도 할 것이다.

스파이크의 모습을 거울처럼 반대로 비추는 인물은 페이이다. 페이는 몇 가지 계기들을 통해 결국 과거의 기억을 되살리게 되지만, 그녀가 찾아가본 옛날 집은 게이트 사고로 무너져서 이미 사라진 지 오래이다. "기억이 돌아왔는데 여기밖에 올 곳이 없었다"(「더 리얼 포크 블루스」 후편)고 말하며 비밥호에서의 삶을 선택한 그녀는 콜드슬립 이전의 시간을 과감히 떨쳐버리고 미래의 시간 속을 살아갈 것이다. 에드 역시 그런 인물이나. 에드는 잃어버렸던 아버지를 얼결에 다시 찾았지만, 그가 비밥호를 떠날 때 아버지에게로 가려는 것인지는 분명하지 않다. 에드의 아버지는 "혼란이 지배하는 지구에서 질서를 되찾기 위해"(세션 # 24 「하드럭 우먼」) 지도를 제작하는 '근대적 인간'인데, 수시로 운석이 떨어져 지형이 바뀔 때마다 운석을 따라

비밥호의 동승자들

지구를 돌고 있는 아버지를 에드가 다시 만날 수 있을는지도 의문이다. 아인과 함께 명랑하게 드넓은 바깥 세상으로 나가는 에드의 발걸음은 아마도 과거와 현재의 어떤 인연에도 얽매이지 않는 또 다른 미래를 향한 경쾌한 행보일 것이다.

이처럼 〈카우보이 비밥〉에서는 과거에 이끌리는 향수 어린 시선과 미래로 향하는 낙관적인 시선이 교섭하고 충돌하면서 긴장을 형성한다. 이런 현상 때문에 우리 시대를 해석하는 이 애니메이션의 관점은 더욱 복잡해지고 다의성을 띠게 된다. SF 제패니메이션이 대중적이고 상업적인 장르임에 분명하면서도 미학적·의미론적으로 매력과 가치를 지닐 수 있다면, 그것은 두 비전 사이의 이 같은 긴장과 그 균열의 틈새들로 비어져나오는 다성적(多聲的)인 목소리들 때문일 것이다.


## 4. 쓰는 텍스트, 〈카우보이 비밥〉


SF 서사물의 환상적인 미래 세계는 근대 과학과 기술 문명, 테크놀러지화된 신체와 전자 시대의 인간 존재 등에 관한 의미 있는 질문과 성찰들을 담고 있다. 그러므로 SF 서사물을 흥미 위주의 화려한 볼거리 정도로만 취급하는 견해는 장르 서사와 문학, 대중문화와 고급문화의 위계적인 이분법을 고수하는 데서 오는 편견일 것이다. 특히 1990년대 이후의 SF 제패니메이션들은 하이브리드 장르로 진화해가면서 문제의식의 범위를 확장시킨다. 〈카우보이 비밥〉은 그 좋은 예로서, 이 애니메이션은 과학 문명만이 아니라 근대세계 전반을 향해 반성적 시선을 던지고 있다. 개인의 내면성과 낭만적 사랑의 신화를 비롯하여 근대적인 가치체계를 되돌아보는 이 서사물의 관점은 양가적이고 복합적이다. 이런 관점은 과거(또는 현재)와 미래 사이의 대화적 소통이라는 차원에서, 단일하고 일방적인 시각이 지닌 한계를 넘어선다.

〈카우보이 비밥〉이 지닌 장르적 혼종성과 의미의 모호성은 수용자들이 자신의 취향과 체질에 맞게 이질적인 요소들을 선택적으로 결합하여 능동적으로 향유할 수 있도록 텍스트를 개방한다. 이런 이유 때문에 이 서사물은 바르트적 개념의 '쓰는 텍스트'가 될 수 있다. 바르트는 기존의 단성적인 읽기 방식에 이의를 제기하면서, 이미 굳어진 권위적인 해석들로 인해 이제는 더 이상 새로 씌어질 수 없는 문학적 고전들을 복수적인 텍스트, 쓰는 텍스트로 되살려내고자 했다. 그것은 오늘날 '문학'이 화석화된 과거적인 텍스트들의 박물관과도 같이 변해버린 상황에 대한 냉정한 진술이자 대응의 노력이었다.[31] 이를 통해 그는 최종적인 이름을 붙일 수 있는 '투명한 노이즈(bruit clair)'[32]만을 존중하는 기존의 문학적 해석 방식과, 텍스트의 모든 분편들이 궁극적으로 단일하고 지배적인 의미로 통합되게끔 '잘 짜여진' 텍스트가 지닌 한계를 우회적으로 드러낸다. 〈카우보이 비밥〉이 마지막 한 마디 말로 규정되기를 거부하는 쓰는 텍스트로서의 성격을 지닌다는 사실은 문학과 비문학을 가르는 경계와 여기에 개입하는 완고한 가치의 기준들을 전면적으로 의심해보게 한다. 〈카우보이

비밥〉의 모호성과 다중성은 고전적인 미학의 이데올로기를 해체하
는 우리 시대의 새로운 심미적 감수성을 대변한다는 점에서도 의의
를 지니고 있다.

# 7 슬립스트림, SF와 문학이 만날 때

## 1. 슬립스트림이라는 경계 지대

이 장에서 살펴볼 것은 슬립스트림(slipstream), 즉 주류소설 (mainstream fiction, 이후 MF)[1] 작가들이 SF의 프로토콜을 차용해서 쓴 경계 지대의 작품들이다.[2] 우리 소설 가운데에는 박민규, 서준환, 조하형, 백민석의 소설들[3]이 그 대표적인 예일 것이다. 슬립스트림은 최근 우리 소설의 새로운 한 징후로서도, 그리고 장르소설과 주류소설이 배타적인 경계를 넘어 서로 접근하고 교섭하는 문화 현상으로서도 주목할 만하다.

당연한 말이지만 이들 소설을 해석하고 평가하는 데는 기존의 비평적인 기준들뿐 아니라 SF 장르 자체에 대한 깊이 있는 이해가 필요하다. 그런데 MF의 장(場) 안에서 슬립스트림을 다루는 경우에는 SF 장르 전반과 구별되는 '문학적'인 특성을 강조함으로써 그 의의를 인정하는 태도가 일반화되어 있다.[4] 달리 말하면 슬립스트림의 SF적 속성을 부수적이거나 파생적인 것으로 간주하면서 그 작품의 진정한 의의는 장르문학의 성격을 넘어서는 지점에서 발생한다고 보는 것이다. 이는 고급문학/대중문학(장르문학)의 위계화된 이분법이 여전히 우리 사고를 지배하는 데서 비롯된 현상이라 할 수 있다. 여기에는 또한 MF의 일방적인 시각에서 SF 장르를 협소하고 단순하게 규정짓는 한계가 가로놓여 있다. SF 장르는 타임머신이나 외계인, 로봇이나 복제인간 등과 같은 소재를 다룬 '공상과학' 소설이라는 정도의 표피적인 이해를 토대로 슬립스트림 소설에 접근한다면, 그 속에 담긴 SF적인 에너지를 발견해낼 도리가 없는 것이다.

SF는 소재적인 내용이나 형식상의 디테일로는 환원되지 않는 고유의 논리와 프로토콜을 지니고 있는데, 이를 명확하게 정의하고 규정하기가 그리 쉬운 일은 아니다. 5장에서 살펴본 대로 SF의 장르 개념은 시대적으로 계속 변화해왔고, 뉴 웨이브와 사이버펑크 등을 거치며 SF의 장 자체가 다양한 하위 장르들이 공존하는 이질적인 공간으로 변화했기 때문이다. 한번 더 강조하자면, SF적인 상상력은 공간의 확장이나 시간의 이동 등을 통해 현실의 문제를 '다른 차원', 또는 낯선 논리적 질서 안으로 옮겨놓는다. 이렇게 하여 SF는 궁극적으로 새로운 인식, 또는 '인식의 전환'을 경험하게 한다. SF 장르의 본질을 "인지적 양가주망"[5]이나 사고 실험의 문학, 또는 사변소설(Speculative Fiction)로 정의하는 장르 내부인들의 견해는 이런 맥락에서 이해될 수 있다.

사변적인 SF는 우주론적이고 진화론적인 사유로써 우리가 유일하고 절대적이라고 여겨왔던 현실을 상대화·조건화하고, 지구와 인간 중심의 사고에서 벗어나 인식의 한계와 존재의 의미를 다른 각도에서 문제 삼는다. SF의 이 같은 측면은 MF가 SF와 접촉하고 포개져서 문학의 장을 변형하고 재구성할 수 있는 가능성의 지대를 암시해준다. 슬립스트림 소설들이 지닌 의의도 우선 여기에서 찾아져야 할 것이며, 그렇게 함으로써 (SF가 MF와의 교섭을 통해 SF 장르의 새로운 방향을 모색하고 있는 것과 마찬가지로) 문학은 장르문학 자체의 가능성으로부터 새로운 에너지원을 발견할 수 있을 것이다.

## 2. 외계의 상상력과 타자성의 형상화

'우주여행'이나 '외계인'이라는 SF의 전형적인 테마는 스펙터클한 우주 활극의 오락성만으로는 그 함의가 다 설명되지 않는다. 우리를 둘러싼 공간의 범위를 우주로 확장하고 인간의 이해력을 넘어서는 외계의 존재와의 만남을 가정함으로써 SF는 일련의 윤리적·인식론적·존재론적 질문들을 제기할 수 있다. 그 질문들이 이끌어내는 인식의 새로움이나 전복적인 성격의 정도에 따라 개별 작품의 SF로서의 의의를 가늠할 수 있고, 이는 곧 SF 장르의 문학적인 의의와도 직결된다.

우주적 상상력과 외계인이라는 소재를 즐겨 활용하는 MF 작가로는 제일 먼저 박민규를 떠올리게 되는데, 그의 소설에서 SF 장르의 특징들은 부분적으로나 단편적으로만 나타나는 경향이 있다(따라서 그의 소설을 SF적인 시각에서 평가하는 것 역시 제한적인 관점이 될 수밖에 없을 것이다). 이는 박민규의 소설에서 SF적인 요소들이 종종 상징이나 알레고리로 환원되는 것과 무관하지 않다. SF의 프로토콜과 MF의 프로토콜이 충돌하면서 공존하는 양상은 슬립스트림 소설에서 흔히 발견되며, 그러한 혼종성은 슬립스트림의 두드러진 특징 가운데 하나이기도 하다. 그러나 SF적인 것이 상징이나 알레고리로 남김 없이 번역되고 나면 SF 본래의 사유 가능성들이 다소 단순화되고 평면화되는 것도 사실이다. 자본주의 사회의 적(敵)인 '즐거움'을 추구하는 체제 외적 존재를 '너구리-외계인'에 비유한 「고마워, 과연 너구리야」나, 농촌 사회의 열악한 현실을 '외계인의 침공'이라는 편집증적·심리적 환상을 통해 풍자한 「코리언 스텐더즈」는 그 단적인 예라 할 수 있다. 이들 작품에서 SF적인 요소들은 MF 내부의 논리로 흡수·동화되어, MF의 장을 변화시킬 수 있는 역동적인 가능성으로까지 나아가지는 못한다.

　이에 비하면 「몰라 몰라, 개복치라니」에는 '우주여행'을 통해 지구 바깥의 시선을 도입하는 SF적인 특성이 상대적으로 부각되어 있다. "이 세계가, 너무//그렇고 그렇다"(p.99)는 생각에 "지구를 한번 떠나보자"(p.98)고 결심한 주인공은 "한 마리의 거대한 개복치" 모양을 한 납작한 지구와 그것이 쏟아내는 "3억 개의 알 앞에서 (……) 비로소 스스로를 긍휼히 여"(p.121)기게 된다. 이는 김영찬이 지적한 대로 "무한하고 광대한 어떤 것을 지금 이 순간의 일상에 견줌으로써 그 일상을 하찮고 사소한 것으로 과잉 상대화"하고, 그 결과 "왜소한 경험적 현실에 결코 얽매일 수 없는 자아의 가치"[6]를 재발견하려는 박민규 소설의 역설적인 전략이라 할 수 있다. 이 전략의 근거가 되는 것이 바로 SF의 프로토콜을 차용함으로써 가능해지는 우주적 체험의 엑스타시이다. 그러나 여기에서 비롯된 인식의 전환이 단지 지구의 현실을 사소하고 시시한 것으로 간주하면서 슬쩍 비켜가 버리는 데 머무른다면, 그 비약적인 자기 긍정의 전략은 개인적이고 심리적인 자기 위안의 방편으로 축소될 여지가 있다. 이 같은 문제는 박민규 소설이 지닌 SF적 사유의 한계인 동시에 그의 소설에 내재하는 근본적인 한계이기도 할 것이다.

박민규의 소설들과는 달리 서준환의 「파란 비닐인형 외계인」은 SF의 프로토콜을 보다 본격적으로 도입한 슬립스트림 작품이다. 이 소설은 출장에서 야근으로 이어지는 고단한 일상의 한 가운데서 주인공 '나'가 '휘파람별'로부터 날아온 비행접시와 외계인을 만나게 되는 사건으로부터 시작된다. 이 사건 이후로 펼쳐지는 일련의 상황들('나'를 비롯한 수많은 인간들이 휘파람별의 외계인으로 변해가는)이 단순히 '나'의 심리적 환상이나 무의식적 욕망의 표현으로 환원되지는 않기 때문에, 이 소설의 의미를 해명하기 위해서는 SF 장르의 전통과 프로토콜을 적극적으로 참조해야만 한다.

외계인이라는 타자를 의미화하는 SF의 방식은 대략 두 가지로 나뉠 수 있다. 외계인을 지구와 인간 세계에 위협을 가하는 악하고 두려운 존재로 그려내는 이야기들(웰즈의 『우주전쟁』, 하인라인의 『스타십 트루퍼스』 등)에서 낯설고 불가해한 타자의 이타성(異他性)은 인간중심적인 동일성의 논리에 따라 배제되고 추방된다. 반면에 인간이 오히려 외계인들에게 해악을 끼치는 존재로 묘사된다든지 초지성을 지닌 외계인과의 접촉을 인간 종(種)의 진화나 다른 종족과의 공생 가능성으로 바라보는 이야기들(보그트의 『괴물』, 브래드버리의 『화성 연대기』, 버틀러의

영화 〈우주전쟁〉 포스터

「블러드 차일드」, 클라크의 『2001 스페이스 오디세이』, 안노 히데야키의 〈신비
한 바다의 나디아〉 등)은 인간중심주의를 전복하고 "우주적인 관점에서
인간의 위상을 재정립하게 한다".[7] 이런 두 번째 유형의 이야기들은
SF가 지향하는 인식의 전환이 어떠한 방향으로 우리를 이끄는지를
분명하게 예시해준다.

　서준환의 「파란 비닐인형 외계인」은 휘파람별 외계인들과의 접촉
을 "지구 정복과 개조"를 목표로 하는 "외계인들의 침공"(p.43)으로
보아야 할 것인지, 아니면 인간 존재의 정화(淨化)와 전화(轉化) 가
능성에 대한 사유의 모험으로 받아들여야 할 것인지 사이에서 한 동
안 머뭇거리게 한다.

　　그 파란 괴물들은 이 지구의 정기를 앗아가서는 자기네 행성의 대체 에
　너지 자원과 개발동력으로 다시 쓰려는 겁니다. 그러니 깨어 있어야 해
　요. 인간 본연의 감각과 의지와 욕구와 감정을 되찾아야만 합니다. 그래
　서 이 지구가 복원되도록 인간다운 생기로 연대해야 합니다. 저희 저항군
　측은 우리가 그래도 인간이라면 그 파란 괴물 외계인들이 지배하기 좋도
　록 변해가서는 안 된다고 믿습니다. 하지만 지금 엄청난 수의 지구인들은
　이미 그들이 원하는 대로 변했고 변해가고 있어요. 　　　　　　　(p.43)

　　조금만 지나면 지금까지 당신을 사로잡고 있던 온갖 감각들과 기분들
　그리고 의지나 의욕 따위에서 풀려나와 아주 평안해지실 수 있을 겁니
　다…… 그건 모두 더러운 찌꺼기들이거든요. 저희가 여기 와 있는 건 그
　런 걸 거둬가기 위해서죠. 저희는 당신의 몸과 마음에서 그런 찌꺼기들을
　송두리째 뽑아내서는 티끌 하나 남기지 않고 모조리 우주소각장에서 태
　워 없애려고 해요. 　　　　　　　　　　　　　　　　　　　　(p.29)

이 두 가지 주장이 충돌하면서 발생하는 노이즈 자체가 흥미롭기도 하지만, 이를 통해 이 소설은 우리가 휴머니즘적인 관점에서 지상(至上)의 가치로 여겨왔던 "인간 본연의 감각과 의지와 욕구와 감정"이 어쩌면 우주의 "더러운 찌꺼기"일 수도 있다는 생각을 해보게 한다. 만약 이런 상반되는 주장 사이의 간극이 우리에게 익숙한 사고 유형인 '외계인의 음모'가 아니라 당황스럽게도 "저항군 측"의 음모를 누설하는 것이라면? 외계인을 "파란 괴물"로 단정하면서 그들로부터 '정상적'인 인간 세상을 방어하려는 저항군의 완강한 태도가 타자의 존재에 대한 일방적인 부정과 배타성을 암시하는 것이라면? 더구나 그 정상적이고 "인간다"운 세상이 "피로감"(p.10)과 "짜증"(p.11)에 짓눌려 쫓기듯 자신을 몰아세움으로써만 간신히 지탱되는 허구적인 안정과 질서였다면? 이 소설에서 외계인이라는 타자의 개입은 이런 질문들을 던지게 함으로써 인간적인 현실과 가치들을 근본에서 회의하게 만든다.

나아가 소설의 결말에서 '나'는 "내가 애초부터 외계인이었을 뿐만 아니라 이 별도 실은 지구가 아니라 원래 휘파람별이었다는 사실을 깨"(p.51)닫는다.[8] 이는 인간이라는 주체의 절대성을 우주적인 관점에서 상대화·역사화하고 인간의 자기동일성이 붕괴되기까지 타자성의 틈입을 허락하는 사고의 실험이라 할 수 있다. 실제로 우주의 관점에서 본다면 인간이라는 종을 지키는 것이 그리 대단할 문제일 수는 없지 않은가? 「파란 비닐인형 외계인」은, "우리가 지구에서 가지고 있는 것이 진정 무엇인지" 그 소중함을 깨닫고 재확인하기 위해 한번쯤 "지구를 떠나보"(박민규, 「몰라 몰라, 개복치라니」, p.100)는 데 그치지 않고, 지구의 가치들이 전면적으로 부정되고 그리하여 무엇을 되찾거나 새로 얻을 수 있을는지 아무것도 확신하지 못하게 되는 지점으로까지 외계의 상상력을 밀고나간다. 이 같은 사고의 모험은 기존의 문학이 이제껏 시도하지 못했던 것으로서, SF와의 교섭에 의해 MF의 장에서 새롭게 열린 가능성의 영역일 것이다.

서준환의 「파란 비닐인형 외계인」은 슬립스트림 소설이 문학의 장에 미칠 수 있는 영향력이 무엇인지 시사해준다. 문학은 외계와의 접촉이라는 테마를 직접 도입하는 슬립스트림의 다양한 변주들을 통해 이전의 문학이 접근하지 못했던 새로운 인식의 영역을 탐사할 수 있으며, 그렇게 넓혀진 사유의 장 안에서 (반드시 SF적인 방식이 아니더라도) 인간중심주의와 자기동일성의 이데올로기를 넘어 타자성을 형상화하는 소설적 탐구를 보다 활발하게 수행할 수 있을 것이다. 우리가 슬립스트림의 우주적 상상력에 관심을 갖는 것은 이런 가능성에 기대를 걸기 때문이다.


## 3. 진화론적 상상력과 개체성의 초월

조하형의 『키메라의 아침』과 백민석의 『러셔』는 사이버펑크적인 상상력으로 생태 지옥의 디스토피아를 그려낸다는 점에서 함께 논의될 만하다. 이들 소설이 첨단 테크놀러지 시대의 사회 문제들에 보다 적극적으로 개입하면서 현실 비판적인 시선을 유지하고 있는 것은 사이버펑크에서 유독 분명하게 나타나는 SF 장르의 한 경향이라 할 수 있다.

『키메라의 아침』은 하늘을 나는 '조인(鳥人)'들과 기형의 날개를 달고 태어난 변종 인간들을 비롯하여 "트랜스제닉 동식물들"(p.39)이 통제 불능으로 양산되는 끔찍한 미래 사회를 그려보인다. 리보펑크(Ribopunk)로도 하위분류되는 이 소설은 조인의 탄생을 "거대한 시장의 생성"(p.70)을 노린 "불황기 자본의 음모"(p.75)와 연결시키고, 경제공황의 원인을 "출산률 감소와 노인 인구 증대에 따른 인구 구조 격변"(p.69)에서 찾고 있다. 이렇게 하여 이 소설은 SF적인 '차원의 이동'이 궁극적으로 후기자본주의적인 지금의 현실을 겨냥하고 있음을 분명히 한다.

한편 이 "미친, 새로운 세계"가 "소화하지 못하고 토해낸 것들"은 '노인촌'이라는 상징적 공간으로 "흘러와 퇴적"(p.86)된다. 노인촌은 변종 인간들과 잡종 동물들을 포함하여 이 세계의 부적응자·낙오자들이 자본주의 사회의 잉여 존재를 대표하는 '노인'이라는 이름으로 명명되어 집단 거주하는 지역이다. 부패한 '복개천'에서 스며나오는 '가스'와 '안개', 노인들의 귓속에 들끓는 '구더기' 등은 노인촌의 "음산한 폐허"(p.86)를 감각적으로 형상화한다. 자본주의 사회의 계급구조를 이처럼 생태 환경의 차등에 따른 공간의 분할로써 제시하는 것 또한 사이버펑크적인 SF 서사물들(《원더플 데이즈》나 〈내추럴 시티〉 등)에서 흔히 발견되는 상상력이다.

『키메라의 아침』이 '알레고리적'으로 느껴진다면, 그것은 이 소설이 현실 문제를 구체적으로 환기하기 때문이라기보다는 SF적인 '차원의 이동'이 상대적으로 현저하지 않기 때문일 수 있다. 이는 『키메라의 아침』이 "모든 것이 가능"하고 "무슨 일이든 일어날 수 있"(p.78)는 "신화공학 실험실"(p.42)을 만늘어낸 뒤, 그 속에서 벌어지는 사건과 상황들을 '경험'하게 하기보다는 그 낯선 논리적 질서를 '설명'하는 데 치중하고 있는 것과 무관하지 않다. 더욱이 "불구의 날개"(p.84)를 단 변종 인간들과 날개는 있으되 날지 못하는 '닭'의 관계를 유비적으로 설정하고, 닭의 '비행연습'을 통해서 "미친, 새로운 세계를 넘어 (……) 전혀 다른 아침을 불러"(p.181)오려는 저항의 의지를 표출할 때, SF적인 낯선 세계는 익숙하고 상투적인 사고의 패턴(관습적인 문학의 모티프들)으로 회귀하는 경향이 있다. 추락하여 아스팔트 위에 처박힌 닭과도 같이 전 존재를 걸고 "죽음과 닮은 데가 있"는 "비상(飛上)"을 "달성"(p.322)하려는 인물들의 노력은 절박하긴 해도 전복적이지는 않다. 이런 식의 해결 방식이 결국 현실 문제에 대한 비판적 사유의 한계로도 귀결된다는 점을 고려하면, 슬립스트림의 SF적인 취약성은 문학적인 한계와도 분리되지 않는다고 말할 수 있을 것이다.

『키메라의 아침』에서 보다 주목할 만한 점은 진화론적·유전학적 상상력이 정보학적·생화학적 사고와 결합하면서 발생하는 인식의 전환이다.

두뇌는 일종의, 모니터에 불과해. 기억은 시냅스 형성을 매체로 삼지만, 뇌 세포에 각인되는 것도 아니고 단백질 기억분자 형태로 저장되는 것도 아냐. 그건 오직, 개별적이면서도 우주적 규모로 통합된 정보장에, 접혀진 채로 보존된다. 그런 걸 쉽게, '마음'이라고 부를 수도 있겠지. 너의 마음 속에는, 태초의 별에서부터 46억 년 전 지구에 이르기까지, 최초의 단세포 생명체에서 호모 사피엔스에 이르기까지, 모든 마음들이 누적되어 있다. 너는 그것을 근거로 변할 수 있고, 너의 변화는 다시 거기에 축적된다 : 본유종자(本有種子)와 신훈종자(新熏種子). 그러므로, 가변성 유전이 전혀 근거 없는 이야기는 아냐. 물론 획득형질 자체가 직접 DNA에 변이를 일으킬 수는 없어. 다만 정보장을 통해, 다음 세대의 유전인자에 영향을 미칠 수는 있다는 얘기야.　　　　　　　(pp.180~181)

한 마리 닭의 비행연습으로부터 세상의 변혁 가능성을 이끌어내고
"태양을 바꾸기 위해/심장을 (……) 바"(p.322)꾸어야 한다고 말하
는 논리의 비약은 개체의 변화가 "우주적 규모로 통합된 정보장"에
누적적으로 기입된다는 정보공학적 상상력에 의해 뒷받침된다. 이런
발상은 모든 미립자와 시공간까지도 궁극적으로는 정보에 불과하며
정보의 작용은 물질이나 에너지를 제어하므로, 고밀도로 집적된 정
보의 작용은 시공간과 우주 전체를 새롭게 창조해낼 수 있다고 하는
그레그 베어(Greg Bear)의 『블러드 뮤직』(*Blood Music*)을 연상시킨다
(이 소설에 대해서는 다음 장에서 자세히 살펴보기로 하자). 여기에는 인간
이라는 종과 개인이라는 개체를 진화론적·생태적 시스템의 한 구성
요소로 바라보는 인식의 전환이 기본 전제로 깔려 있는데, 그 거대
시스템 속에서 인간 종이나 인간 개체는 더 이상 절대적이지도 독립
적이지도 않다. 리보펑크가 부각시키는 진화공학과 유전공학의 관점
자체가 종과 종, 개체와 개체 사이에서 이루어지는 변형과 가공을 문
제삼음으로써 그 임의성과 가변성에 대한 인식으로 우리를 이끌지
않는가? 이 같은 인식은 이 소설에서 원자론적 사유와도 연결되어
있다.

우리 몸은 언제나 흐르고 있어. 원자 수준에서 보면 피부는 6주마다, 간
은 8주마다 새것으로 교체되지. 딱딱한 뼈조차도 석 달마다 새로 만들어
지고, 1년이면 몸을 구성하는 원자 대부분이 교체돼. (중략) 게다가, 우리
몸을 순환하는 원자들은 공간적으로, 다른 종(種)의 몸을 순환했던 것이
고 시간적으로, 고구려 광개토대왕의 몸을 순환했던 것일 수 있어. 우린
매일같이 자기 몸의 일부를 방출하고, 다른 몸의 일부를 받아들이고 있는
셈이지. 우린 다른 사람들, 다른 생물과 몸을 공유하고 있는 셈이야. 따라

서, 있는 것은 오직, 하나의 몸이라고 할 수 있어. 모든 곳에 편재해 있는.

(p.165)

끊임없는 원자의 순환 속에서 인간은 "다른 사람들, 다른 생물과 몸을 공유하"는 무한한 '흐름'의 일부가 된다.[9] '생명'이나 '우주'라고도 부를 수 있는, "모든 곳에 편재해 있는" 거대한 "하나의 몸"[10]을 상상할 때, 인간의 고유성과 개인의 개체성은 허구적 신념에 불과한 것처럼 보인다. "이 곱사등이 몸은 전체에서 잠시 떨어져 나와 응결되어 있는, 한시적인 덩어리에 불과하다는 자각. 우주의 역사에서 잠정적인 생화학적 사건에 불과하다는 자각"(p.201) 또한 이런 맥락에서 이해된다. 『키메라의 아침』은 이 같은 인식을 서사적으로 구체화하는 면에서는 다소 아쉬움을 남기지만, SF적인 상상력이 인간성과 개체성의 차원을 넘어서는 인식의 확장에 기여할 수 있음을 시사적으로 보여준다. 그리고 그것은 곧 전통적인 MF의 장(인간과 개인의 문제에 종속된)이 확장될 수 있는 가능성을 의미하는 것이기도 하다.

한편 백민석의 『러셔』가 주목하는 현실 문제는 환경 오염과 첨단 테크놀러지의 통제 사회이다. 『러셔』에서 이런 문제의식은, "환경 재앙"으로 "에코 데미지가 극에 달한" 시점에 '호흡구체'들과 이를 통제 관리하는 '호흡중추'를 건설하여 "더는 숨쉬기 위험해진 도시의 대기를 정화"(p.71)하고 있는, 사이버펑크적인 미래 사회의 모습 속에 새겨져 있다. 호흡구체가 정화하고 남은 오염물질은 '차원 생성기'에 의해 만들어진 '샘 샌드 듄'이라는 가상 공간에 버려진다. "질량도 부피도 갖지 않는 사실상 없는 공간"(p.38)인 가상 차원의 사막에 쓰레기와 같은 '실재'가 들어갈 수 있다고 하는 설정은 과학적인 논리의 정합성과는 무관하게 실재/가상의 이분법이 완전히 무화된 또 다른 인식의 차원을 경험하게 한다. '샘 샌드 듄'에서 자생적으로 번식하는 "폴립 군체 덤불"(수수께끼의 환경생명체)이 "실재 차원을 넘보는 (……) 위험"(p.25)한 존재로 등장하는 것도 이 '또 다른 차원'의 SF적인 핍진성을 더하게 한다. '폴립군체'는 환경 재난의 위기와 '가상-실재'의 인식론적 위기를 동시에 구현하는 징후적 존재라고 할 수 있겠다.

『러셔』가 그려내는 디스토피아에는 정보 독점에 의한 체제의 억압과 펑크적인 저항이 공존하고 있다. 『러셔』의 미래 사회는 초월자·능력자·기술자·노동자라는 새로운 계급구조로 이루어져 있는데, '초월자 계급'은 "시 전체를 통제하고 제어할 중추 시스템의 밑그림"을 설계하고 "프로그래밍 언어를 독점한 지배계급"(p.178)이다. 주인공 모비와 메꽃은 '신경력'과 '체력' 면에서 다른 두 계급에 비해 우월한 '능력자 계급'으로, 테러 조직인 한 '길드'(에어 독)의 '러셔'들(전투에 참여하는 행동요원들)이다. 환경 원리주의자·무정부주의자·반(反)네트주의자 등이 조직한 분산적인 길드들은 시위와 테러를 통해 시의 방위체계를 교란하면서 통제 사회의 억압에 대항하는 세력들이다. 이들의 존재는 테크놀러지 시대의 신낭만주의적 저항이라는 사이버펑크의 감수성을 대변해준다.

시의 대기정화 프로젝트가 임시방편에 불과함을 폭로하기 위해 호흡중추를 파괴하려는 '에어 독'의 러시는 "단지 경고 한번 하려는 것인데도 목숨을 놓고 배팅을 해야"(p.123) 하는 무모한 모험이다. 그 싸움이 최종적인 승리나 혁명에의 비전과는 무관하다는 점에서, 이 소설은 현실의 변혁을 모색하고 있기보다는 그 '비전 없음' 자체, 디스토피아의 암담한 세계인식 자체를 보여주는 데 주력한다. 특히 "성공했든 못 했든 생존자가 있든 없든 그런 따위에 관계 없이, 생의

일본애니메이션
〈공각기동대〉

어느 한순간의 끝을 봤다는 게 소중"(p.138)하다고 생각하는 메꽃이
나, 길드 조직에서 이탈하여 단독 행동을 하는 모비("난 그 친구들이 거
기에서 뭘 봤는지, 그게 궁금해", p.142)에게는 목숨을 건 테러가 대의명
분과는 상관 없는 실존적인 내면 탐색의 성격을 띤다. 바로 이 지점
에서 『러셔』는 〈공각기동대〉나 〈블레이드 러너〉(*Blade Runner*, 1982)
류의 사이버펑크적인 정체성 문제와 만나게 된다.

환경 재난은 곧 생태적·유전적 시스템의 교란을 의미하고, 이는
과학 기술의 놀라운 발전이 자극한 생체공학적 상상력과 결합하여
탈인간화된 변종 인간의 이미지를 낳는다. 유전적인 신경-신체 능
력의 차등화에 따라 신계급구조가 형성된다는 발상도 그렇고, "신체
리모델링"(p.75)과 "이식인간"(p.98)의 모티프도 그러하지만, 가속화
된 기술 문명의 속도에 맞춰 생체리듬이 초고속으로 변해버린[11] 『러
셔』의 인간들(20대 후반이면 은퇴를 고려하고 40대에 노인이 되는)은 이미
변종의 존재들이라 할 수 있다. 이 가운데서도 모비는 "신경 관련 수
치가 갈수록 상승"(p.59)하면서 "능력자에서 초월자로의 진화"(p.61)
과정을 겪고 있다. 그가 직면한 정체성의 혼란은 인간 종의 순수성과
고유성이 의문시되는 상황 속에서 존재의 의미를 다시 묻는 일이기

도 한데, 이는 가장 SF적이고도 문학적인 테마라고 말할 수 있을 것
이다.

이런 테마는 『러셔』에서 진화론과 생태학의 상상력으로부터 출발
하여 신화적이고 초현실적인 뉴 웨이브의 상상력으로 마무리된다.


둘러보았지만 메꽃의 모습은 보이지 않았다. 갑자기, 바람에 나뭇잎 쓸
리는 소리가 커다랗게 그의 귓전을 때렸다. 이런, 메꽃이군. 그는 고개를
끄덕였다. 메꽃이 날 재촉하고 있어. 넌 벌써 나무의 일부가 됐구나. 그는
질의 물음에 답을 했다. 그는 짧고 분명하게, 고개를 끄덕였다.

"내가 초월자가?"

그의 머리카락들로부터 몇 가닥, 두터운 전광이 뻗어나왔다. 질의 이마
위에서 보았던 바로 그 전광이었다. 그는 이제 자신이, 초월의 나무의 일
부가 되는 것이라고 생각했다. 중추신경 없는 말단신경, 즉 독립신경이
되는 것이라고 생각했다. 그는 자신이 세계가 되는 것이라고 생각했다.
그리고 그 생각들은, 빠르게 사라졌다. 어떤 것에 대한 완벽한 확신은, 그
것에 대해 더 이상 생각하지 않는 것이다. 생각이 사라짐과 동시에, 그는
광휘가 됐다. 광휘 한 줄기가 됐다. 메꽃,

러시!                                                    (p.180)


"기둥줄기도 뿌리도 없는, 가지와 잎만 있는. 중추 없이 말단만 있
는"(pp.178- 179) "초월의 나무"는 우주적인 통일체, 비유기체적이고
추상적인 '거대한 몸'을 연상시킨다. 이런 광경은 '숭고'의 감정마저
불러일으키지 않는가? "초월의 나무"는 인류의 진화와 새로운 존재
로의 이행이라는 SF적 사유가 문학적 상상력과 만나서 만들어내는
인상적인 한 장면이라 할 만하다. '초월자'로의 진화란 바로 이 "나

무의 일부"가 되는 것이었고, 그럼으로써 결국 개체성의 울타리를
초월하는 것이었다. 한 개체로서의 독립된 주체와 이를 전제로 하는
정체성에 대한 고민은 이제 더 이상 문제가 되지 않는다. 대신에 그
자신이 세계"인 거대한 "신경"의 망, 우주적 정신의 무한한 연대가
존재할 뿐이다. 〈공각기동대〉와 〈신세기 에반게리온〉(극장판)의 결말
을 떠올리게 하는 이런 결말은 자기 존재의 한계점("생의 어느 한순간
의 끝")을 향한 돌진이었던 그들의 "러시"가 도달하게 된 궁극의 지점
일 것이다. 백민석의 『러셔』는 슬립스트림 소설이 문학의 장 안에서
개체성 너머의 사유, 혹은 탈존(ex-sistence)에의 사유를 자극하고 활
성화할 수 있음을 보여주는 좋은 예라고 하겠다.


## 4. SF와 문학의 역동적 관계

지금까지 살펴본 슬립스트림 소설들은 SF로서의 혁신적인 성취를
보여주는 것은 아닐 수 있다. 서준환의 「파란 비닐인형 외계인」은 인
간이 화성인의 숙주로 자신을 제공함으로써 성숙과 진화를 이루게
된다고 하는 「블러드 차일드」의 상상력에 비하면 온건한 것일지 모
르고, 백민석의 『러셔』는 관점에 따라 클라크(Arthur C. Clarke)의
『유년기의 끝』(Childhood's End)이나 베어의 『블러드 뮤직』에서 더
나아간 지점이 없다고도 말할 수 있을 것이다. 슬립스트림은 SF 장
르의 관점에서 보면 게토적인 하드 SF가 연성화되고 대중화되는 경
향으로도 이해될 수 있으며,[12] 오히려 바로 그런 측면에서 SF 장르
의 새로운 모색이라고 보아야 할 것이다.

한편 문학의 관점에서 슬립스트림은 SF 장르 안에서 이루어진 사

고의 전환이 문학장 안으로 수용됨으로써 일어나는 효과들로 인해 문제적이다. 문학은 SF로부터 새로운 소재나 형식상의 디테일을 차용할 뿐 아니라 휴머니즘과 주체 중심의 세계관에 대한 전복의 에너지를 발견할 수 있다.

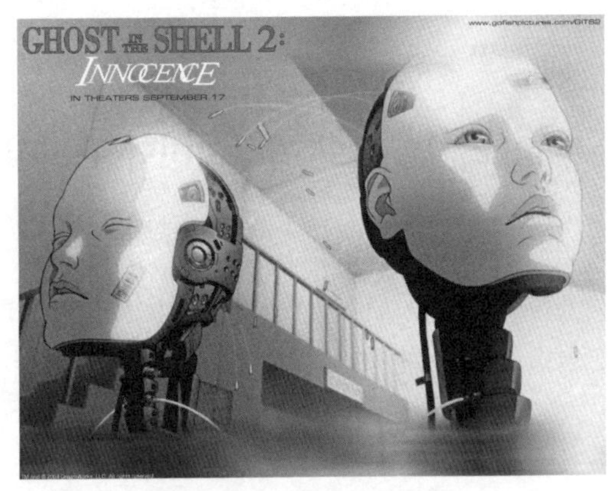


일본 애니메이션 〈공각기동대 2: 이노센스〉

자기동일화의 자기장 바깥에 존재하는 타자성의 형상화, 자아와 개체성을 넘어서는 탈존에의 사유 등은 오늘날 문학이 감당해야 할 새로운 영역들이다. SF와 문학이 활발하게 교섭하고 상상력과 에너지를 상호 교환할 때, 문학은 이 새로운 사유의 영역을 보다 적극적으로 탐사할 수 있을 것이다.

그러기 위해서는 우선 장르문학이라는 타자를 바라보는 문학의 시선이 좀 더 유연하고 개방적으로 변화해야 할 필요가 있다. (SF의 '외계인들'에 관해 이야기하면서 언급했던 것과 마찬가지로) 장르문학과의 접촉은 문학의 배타적인 영역을 위협하고 오염시키는 불길한 현상이 아니라 문학장의 확산과 문학적 상상력의 전화를 이끌어낼 역동적인 가능성이 될 수 있기 때문이다. 오시이 마모루의 애니메이션 〈이노센스〉(Innocence, 2004)에서 암시된 대로 오늘날 인간 종이 더 이상 '순종'일 수 없듯이, 고유하고 순수한 '문학', 배타적이고 동질적인 영역으로서의 '문학'이란 사실상 존재하지 않을는지 모른다.

# *8* 리보펑크의 리얼리티와 윤리적 쟁점들

## 1. 리보펑크의 리얼리티 또는 리보펑크적인 현실

리보펑크(Ribopunk)는 사이버펑크의 문제의식이 생명공학 분야와
만나 이루어진 SF의 한 갈래이다. 화석 연료에 의존하던 산업시대
의 종언 이후[1] 컴퓨터를 중심으로 하는 정보과학은 인간과 세계를
바라보는 우리의 관점에 획기적인 변화를 일으켰고, 이를 집중적으
로 테마화한 것이 1980년대에 등장한 사이버펑크였다. 지금은 정보
공학과 생명공학이 하나로 융합되어〔생명공학은 방대한 유전자 정보를
해독·관리·조직하는 컴퓨터에 의존하지 않을 수 없으며, 생물정보학
(bioinformatics)이나 생물 데이터 은행(biological data bank), DNA 칩 등은
두 분야의 밀접한 관련성을 단적으로 예시한다〕, 인간을 포함한 생물의 정
의와 자연에 대한 가정들을 놀랄 만한 속도로 변화시키고 있는 시대
이다. 리보펑크는 사이버펑크의 세계관과 문제의식을 이어받아, 생

명공학 시대에 직면한 새로운 쟁점들에 대한 서사적 대응을 모색하고 있다. 생명공학의 발전을 두려운 재앙으로 바라보는 디스토피아적인 비전이나, 그 속에서 인간 존재의 의미를 다시 묻는 질문의 방식 등은 사이버펑크와의 연속성을 분명하게 보여준다.

하지만 불행하게도(!) 리보펑크가 다루는 문제들은 SF의 다른 어떤 쟁점들보다도 '현실적'이라는 점을 지적하지 않을 수 없다. 리보펑크가 그려내는 충격적인 세계는 '사고의 실험'이기 이전에 바로 지금 실험실에서 행해지고 있는 '실제의 실험'일 수 있기 때문이다. 가축 개량, 약품과 화학물질의 생산, 인간의 질병 치료 등을 목적으로 하여, 현재 수많은 유전자 이식 동물과 키메라〔유전적으로 다른 세포가 혼합되어 만들어진 개체, 이조직 공생체(異組織 共生體)〕와 복제 동물들이 전세계 실험실에서 만들어지고 있다.[2] 염소와 양의 배(胚)세포를 융합시킨 양-염소 키메라가 태어난 것이 1984년의 일이고, 1990년대에는 닭의 유전자를 돼지의 배(胚)에 삽입하여 어깨살이 큰 돼지를 만드는 실험, 쥐의 유전 암호 속에 인간 염색체(유전자를 천 개 가량 포함하는)를 통째로 이식하여 인간의 항체를 생산해내게 하는 실험 등이 실제로 행해졌다.

동물 배의 생식세포 계열에 인간 유전자를 삽입하는 방식을 통해 가능해진 장기의 이종 이식(xenotransplant)은 미국에서 이미 10여년 전에 합법적으로 승인되었다. 과학자들은 질병에 대한 저항력을 높이기 위해 감자에 병아리 유전자를 삽입하고, 냉해를 줄이기 위해 넙치류에서 추출한 부동(不凍) 단백질 유전자를 토마토에 삽입한다. 이렇듯 역사상 전례를 찾아볼 수 없는 '대책 없는' 실험들이 앞다투어(특허를 따내기 위해) 진행되고 있는 이 같은 상황에서, 트랜스제닉 동식물들이 통제 불능으로 양산되는 『키메라의 아침』이나 반인반수

영화 〈가타카〉 포스터

(半人半獸)의 괴물들이 들끓는 〈닥터 모로의 DNA〉(*The Island of Dr. Moreau*, 1996)를 우리는 정말 현실과는 '다른 차원'의 '낯선 논리적 질서'라고 부를 수 있을까?

그뿐이 아니다. 영화 〈가타카〉(*Gattaca*, 1998)가 문제삼은 '유전자 낙인'에 의한 차별 역시 오늘날 이미 벌어지고 있는 현실이다. 보험회사와 입양기관, 고용주들이 대상자의 유전자 데이터를 참조하고 그것에 의존하는 비중은 점점 더 늘어나고 있다. 유전적으로 특정 질환에 걸릴 '확률이 높은' 사람들이 보험 가입을 거부당하거나 실제로 발병했을 때 비용 지급을 받지 못한 일(그 병이 원래부터 있었다는 논리로), 유전병이 '발병할 가능성'이 있는 사람이 정상아를 입양하는 것을 거부당한 일, 유전자 검사 결과가 '위험하다'는 이유로 근로자가 해고당한 일 등등, 유전자 차별의 사례들은 얼마든지 찾아볼 수 있다.[3] '흥분하는 성질'과 관련된 유전자, '심한 불안감'의 소인이 되는 유전자, 동성애나 알콜중독 성향을 나타내는 유전자 등을 발견했다는 연구보고서들이 쏟아져 나오고 있는 현실을 감안하면,[4] '유전자판 주홍글씨'가 유전적 질병의 영역을 넘어 점점 더 확장될 가능성도 생각해보지 않을 수 없다.

〈가타카〉에 묘사된 '맞춤형 아기'의 생산은 또 어떤가? 태아 검사를 통해 아직 태어나지 않은 아기의 유전병이나 '결함'을 찾아내는 일이 일반화되어 있고, 시험관 아기의 경우에는 자궁 이식 전에 결함 유전자를 가진 배를 버리는 일이 당연시되고 있는 지금, 부모에 의한 자녀의 우생학적 개량은 이미 시작되었다고 말해야 하지 않을까? 1996년에 개발된 DNA 칩은 개인의 게놈 구성을 상세히 조사·판독하여 정서적·정신적·육체적 건강을 예측할 수 있게 해주며, 궁극적으로는 특정 유전자의 기능을 자유롭게 'ON/OFF'하는 것을 목표로 하고 있다.[5] 현재에도 다양한 질병들에 유전자 치료법이 활용되고 있으니, 수정 전이나 수정 후 배세포 단계에서 아기의 유전자를 선택하거나 변경하는 일이 현실화되는 것은 아마도 시간 문제일 것이다. 생명공학의 급격한 발전 속도를 감안하면 '가까운 미래'라는 이 영화의 시간 배경이 그저 SF의 장르적 관습으로만 받아들여질 수는 없을 것 같다. 우리는 과연 언제까지 영화 〈가타카〉의 세계를 SF적이라고 느낄 수 있을는지?

생명공학의 문제를 지속적으로 테마화하고 있는 로빈 쿡(Robin Cook)의 소설들이 이미 SF가 아니라 의학소설이나 메디컬 스릴러라는 이름으로 출판되고 있는 것도 납득할 만한 일이다. 암을 유발하는 유전자를 지닌 가입자를 '제거'하는 헬스케어 회사의 범죄를 소재로 한 『마커』(Marker, 2005)는 물론이고, 불임 클리닉에서 행해지는 불법적인 난자 채취와 인간 복제 실험을 다룬 『복제인간』(Shock, 2001)마저도, 바로 지금 어디선가 벌어지고 있거나 충분히 벌어질 수 있는 일처럼 느껴지는 것이 사실이니 말이다. 기증된 정자와 난자를 인공 자궁에서 배양하여 탄생한 한 소년의 갈등과 방황을 그린 샤를로테 케르너(Charlotte Kerner)의 『1999년생』(Geboren 1999, 1989) 역시 이제는 SF적이기보다는 차라리 전통적인 성장소설에 가까워 보인다.

인공자궁 내에서 머리가 없는 인간 복제물을 자라게 하여 복제 세포 제공자가 그 신체 각 부분을 필요할 때 사용할 수 있게 한다는 발상은 어떤가? 이 정도면 SF답다고 생각될지 모르지만, 이런 발상은

SF물에 나오는 얘기가 아니라, 한 과학자가 1995년에 『사이언티픽 아메리칸』(*Scientific American*)지(紙)에서 제안했던 내용이다. 1997년에 유전자 조작을 통해 실제로 머리가 없는 개구리를 만들어낸 또 다른 연구팀은 인간에게도 동일한 방법이 적용될 수 있다고 주장하면서, 여성의 자궁 내에서라면 윤리적으로 문제가 있겠지만 인공자궁 안에서라면 큰 문제가 없을 거라고 말하기도 했다.[6] 이런 논리에 길들여져가고 있는 우리의 현실이야말로 더할 나위없이 SF적이지 않은가? 어쩌면 장기 이식을 위해 복제인간을 주문·제작하는 〈아일랜드〉(*The Island*, 2005)의 이야기(이 영화에서는 복제인간을 인공 자궁에서 '식물인간' 상태로 자라게 하는 일은 합법적으로 허용되고 있으나, '효율성'을 높이기 위해 비밀리에 '정상적'인 복제인간을 만든 것이 문제가 된다)가 지금과는 전혀 다른 리얼리티 감각으로 받아들여지는 날이 올는지도 모른다. 조르쥬 멜리에(George Méliès)의 '옛날 SF' 영화 〈뢴트겐 광선〉(1897)[7]이나 〈달나라 여행〉(1902)[8]을 바라보는 아이러니한 감정으로 〈아일랜드〉 같은 리보펑크들을 감상하게 되는 날이 온다면? 생각만 해도 오싹해진다.

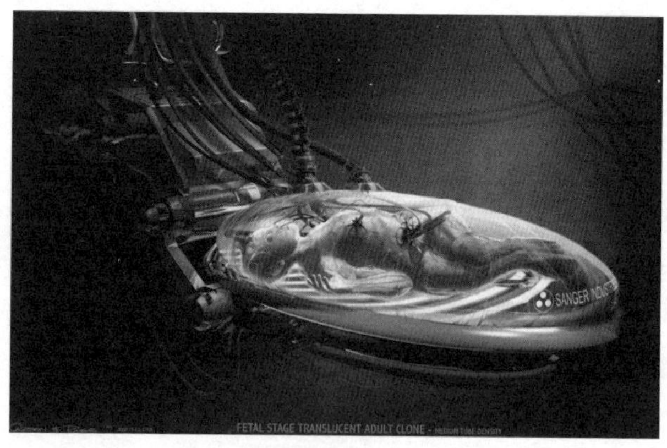

영화 〈아일랜드〉 중에서

## 2. 대재난의 공포와 종말론적 상상력

생명공학은 인간의 자연 지배를 극단적으로 확장하고 강화시켰다. 생명의 '설계도'에 접근하여 그것을 인간의 뜻대로 제어할 수 있다고 하는 생명공학의 비전은 자연을 우리 자신의 이미지대로 다시 만들고 인간을 위해 이용하고자 하는 근대적 욕망의 극치이다.[9] 자연을 보다 철저히 식민화하기 위해 인간이 발명한 유전공학의 기술은 가공할 능력을 지니고 있다. 하지만 문제는, 우리가 실험하고 있는 생물권(biosphere)의 복잡한 작용에 대해서 우리는 너무 조금밖에 알지 못한다는 사실이다. 지금도 유전자 조작된 동식물과 바이러스들이 무수히 자연 환경 속으로 방출되고 있지만,[10] 개방된 환경 속에서 일어날 수 있는 이식 유전자들의 이탈과 흐름(genetic flow)과 재변형에 관해서는 사실상 예측이나 통제가 불가능하다. 또한 조작된 유전자가 염색체에 정착하는 위치나 과정은 무작위적이기 때문에, 이식 유전자가 숙주동물이나 환자 본래의 유전자를 혼란시켜 세포의 다른 기능을 파괴할 가능성은 항상 잠재되어 있다. 우리는 지금 우리 자신을 포함한 생물들과 생태계를 대상으로 '룰렛 게임'[11]을 벌이고 있는 것이다.

그러니 SF 가운데서도 특히 리보펑크가 종종 공포물과 결합되어 나타나는 것은 무척이나 당연한 일이다. 지금의 관점에서 보면 최초의 리보펑그였다고도 말할 수 있는 메리 셸리(Mary Shelley)의 『프랑켄슈타인』(1818) 역시 고딕소설의 영향을 받은 공포물이 아니었던가. 리보펑크에 등장하는 유전자 조작 괴물(〈닥터 모로의 DNA〉, 〈레지던트 이블〉, 〈28일 후〉 등)과 악마들(로빈 쿡의 『돌연변이』, 〈갓센드〉 등)이 형상화하고 있는 것은 생명공학의 눈부신 발전에 따른 우리 자신의

영화 〈28일 후〉 포스터

공포와 억압된 죄의식에 다름 아니다.

이 같은 공포는 유전공학의 '체르노빌' 사건을 다룬 리보펑크들에서는 전지구적인 유전자 오염으로 인한 인류의 대재난으로 묘사된다. 〈레지던트 이블〉(*Resident Evil*, 2002)은 라쿤 시티 지하의 비밀 연구소 하이브에서 치사적인 'T-바이러스'(유전자 조작된 생화학 무기)가 유출되면서 벌어지는 참사를 그려내고, 〈28일 후〉(*28 Days Later*, 2003)는 영국의 한 영장류 연구 시설에 잠입한 동물 권리 운동가들이 '분노 바이러스'에 감염된 동물들을 탈출시킨 뒤 영국 전체가 무력화되고 황폐화되는 광경을 보여준다. 〈바이러스 전쟁〉(*Do or Die*, 2003)은 그랜틴 사가 개발한 '급속 노화 바이러스'의 유출로 인해 인류가 '감염자'와 '클린'으로 양분되는 또 다른 계급사회의 악몽을 펼쳐보인다. 이는 세균전에 대한 방어 목적이나 의료 실험용이라는 명분 아래 유전자 조작을 통한 슈퍼 병원균의 개발이 허용되고 있는 우리의 현실에 대한 절박한 경고일 것이다.[12]

이렇듯 대부분의 리보펑크는 생명공학의 문제에 대한 직접적인 발언의 성격을 띠고 있는데, 이 문제는 (생명공학적 사고에서 단적으로 드러나는) 인간의 오만함이나 이기심, 멈출 줄 모르는 지배욕 등에 대한 비판적 통찰과도 맞물려 있다. 〈28일 후〉에서 분노 바이러스 감염자들을 피해 탈출한 주인공들이 '정상인'들을 보호하고 국가를 재건하겠다고 주장하는 군인들 속에서 경험하게 되는 폭력은 그 좋은 예이다. 쾌락을 위해서 살육과 폭행을 저지르는가 하면 감염자를 '실험용'으로 살려두고 조롱하는 군인들의 폭력은, 그저 생존하기 위해 인간을 '물어뜯는' 감염자-괴물들의 폭력보다 훨씬 더 잔인하다. 인간의 본성과 인간 사회의 본질에 대한 이 영화의 비판적 시선은 "바이러스가 퍼지기 전에도 우리 인간들은 끊임없이 살육을 자행해왔지. 그에 비춰보면 지금도 정상이야"라는 말을 통해 냉소적으로 표현되기도 하지만, "지구 역사를 돌아켜보면 우리 인간은 아주 잠시 동안 존재해왔어. 다시 말해서 인류의 멸망은 정상으로의 회귀를 뜻하지"에서와 같이 인간의 유한성에 대한 자각으로도 이어진다. 생태계의 일원이자 무수한 종들 가운데 하나로 인간을 상대화하는 이런 시선은 생명공학을 통해 극단적으로 표출된 인간중심주의를 회의하고 전복하는 기능을 한다.

그레그 베어(Greg Bear)의 『블러드 뮤직』(*Blood Music*, 1985)[13]은 이런 관점에서 특히 주목할 만한 소설이다. 바이오 칩을 연구하던 유전공학자 버질 울람은 자신의 백혈구 유전자를 조작하여 지적인 능력을 지닌 세포 '누우사이트'를 개발한다. 연구소 측에서 이 실험 결과물을 폐기하라는 압력을 가하자, 그는 임시방편으로 누우사이트를 자신의 체내에 주입한다. 누우사이트는 증식과 "자기유도에 의한 발전"(p.145)을 거듭하면서 버질의 신체를 적극적으로 변형시키고, 결국 그는 인간의 형체를 잃어버린다. 해체되어 흘러나간 그의 몸(무정형의 덩어리)을 매개로 하여 북미 전체의 사람들과 생물들은 유전자 레벨의 거대한 덩이리로 용해된다. 이렇게 이 소설은 유전공학이 초래할 수 있는 생물학적 오염의 대재난을 종말론의 비전으로 조명하는데, 이 같은 파국은 아니러니하게도 "인간적이지는 않"(p.311)지만

"참기 어려울 정도로 아름다"(p.287)운 일로 묘사된다. "특정한 나를 잃어버"(p.279)리는 일은 격렬한 저항을 불러일으키지만, 그 "대변혁의 공포"(p.308)와 "고통"(p.277)은 동시에 "불가사의하고 놀라운(……) 새로운 생명 형태"(p.237), 또는 거대한 "사고 우주"(p.282)에의 합류와 동화를 의미한다는 것이다.

이 같은 사유는 리차드 도킨스(Richard Dokins)의 『이기적 유전자』(*The Selfish Gene*, 1976)로 대표되는, 진화론과 유전학의 새로운 해석들로부터 촉발된 것처럼 보인다.[14] 진화의 단위는 개체나 종이 아니라 '유전자'이며, 개체는 자기 복제자(주인 분자)인 유전자의 '운반자'(탈 것)일 뿐이라는 리차드 도킨스의 견해는 개체의 존엄성과 독자성을 위협하는 충격적인 발상으로 받아들여졌다. 그의 이론은 존재의 형식을 생명 있는 유기체로부터 유전자 단위로 옮겨놓음으로써, (그의 의도와는 무관하게) 생명공학의 윤리적 부담을 덜어주는 데 기여하기도 했다. 하지만 다른 한편으로 이런 관점은 (그가 의도했던 바대로) "어떤 종이 다른 종보다 우월하다는 객관적인 증거는 아무 것도 없"으며, 인간 역시 "우리 종이 생각하고 싶은 만큼 그렇게 예외적"인 것은 "아니라"[15]는 자각을 이끌어낼 수도 있다.

『블러드 뮤직』은 '이기적 유전자'론이 지닌 양가성에 대해 복합적인 반응을 보여주고 있다. 누우사이트에 의해 고도의 지적 능력을 지니게 되어 "더 이상 우리 인간에게 의존할 필요가 없어"(p.91)진 유전자가 자신들의 숙주인 인간 개체를 분해시켜버린다고 하는 상상은 이기적 유전자론이 유발한 두려움과 거부감의 표현이다. 반면에 "공존과 변신이라고 하는 새로운 종류의 삶"(p.139)에 대한 이 소설의 매혹은 개체나 인간 종 중심의 익숙한 시각을 넘어 유전자와 같은 극미(極微)의 존재들로 이루어진 생물권의 거대한 네트워크 속에서 인간을 바라보는 관점의 전환을 유도한다. 이 같은 관점은 "매 시간시간마다 미생물, 박테리아 같은 수억의 무수한 자연계의 농경자들이 태어나고 죽는다. 그 미생물들의 엄청난 숫자와 양을 제외하곤 누구도 그것을 대수롭게 생각하지 않는다", 그러나 "미생물처럼 작은 것이나 인간처럼 큰 것이나 모든 창조물은 '살아 움직인다'라는 면에서 똑같이 중요하다"(p.5)고 하는 이 소설의 프롤로그 부분에서도 분명하게 드러난다. 신체의 변환 과정 중에 있는 한 인물에게 누우사이트가 했던 말("여기서 *배우고* *적응*하세요", p.156)처럼, 이제는 그 거시적인 네트워크 안에서 인간이 배우고 적응해야 할 때다.


## 3. 휴머니즘을 넘어서

오늘날 '유전자'는 강력한 상징이자 문화적인 아이콘으로 떠올랐다.[16] 폭력 유전자, 범죄 유전자, 쾌락 추구 유전자 등과 같은 말들이 대중문화와 일상 언어들 속에 자연스럽게 등장하고 있다. 여기에는, 예전 같으면 '천성'이나 '운명'이라고 불렀을, 인간의 힘으로 제어할 수 없는 부분들을 유전자의 몫으로 돌리는 무의식적 태도가 반영되어 있다. 이런 사고 방식이 유전공학적인 사고와 결합된 결과는 자명하다. 이제 인간은 '제한된 존재'로서의 자신의 본질을 초월하여 자기 운명을 스스로 설계하고 디자인할 수 있다는 것이다. 이 같은 과신과 과욕에 대한 비판적 성찰은 인간의 한계를 자각하고 받아들이는 겸허한 태도에서 출발할 수밖에 없다. 그렇다면, 유전공학적인 세계관에 저항하는 방법으로 인간 정신과 의지의 힘을 강조하는 리보펑크들은 근본적인 모순이나 혼동을 내재한다고 보아야 할 것이다.

앞에서도 언급했던 〈가타카〉가 바로 그런 예라 할 수 있다. 이 영화가 그려낸 디스토피아는 유전자 선별에 의해 우성 아기를 생산하는 일이 일반화된 시대의 신계급주의 사회(선택받은 유전자로 구성된 '유전자 귀족' 대 자연 탄생한 '유전자 평민')이다. 그런데 이에 대한 반발로써 이 영화가 내세우는 주장은 '열성 인간이라도 끝없는 노력과 불굴의 의지만 있다면 운명을 바꿀 수 있다'는 것이다. "인간의 정신을 결정하는 유전자는 없다(There Is No Gene for the Human Spirit)"고 하는 이 영화의 모토는 유전자 결정론이라는 단순한 환원주의의 오류를 확인시켜 줄 수는 있어도 유전공학적 세계관의 근본 문제를 짚어내지는 못한다. 이는 오히려 그 세계관 안에 투영된 인간 능력에의 무조건적인 신뢰를 더욱 강화하고 부추기는 결과를 낳지 않을까?

생명공학의 맹목적인 질주를 추동하는 자본주의의 메커니즘이 자신의 본 모습을 숨긴 채 우리를 설득하는 명분은 바로 휴머니즘이다. 불치병에 걸린 사람을 살릴 수 있는 유전공학적 치료법이 있는데도 윤리적인 문제를 내세우며 실용화를 금지한다면 그것이야말로 비윤리적인 일이 아니겠느냐고, 생명공학은 우리를 다그친다. 태아가 지닌 심각한 유전자 이상을 제거하는 데 유전자 조작의 신기술을 이용하지 않는 것은 잔인하고 무책임한 일이 아니냐고, 굶주리는 사람들을 먹여 살리기 위해 새로운 동식물을 대량생산하는 일이 왜 비난을 받아야 하느냐고 말이다. 실제로 그리 간단하게 반박할 수만은 없는 이런 주장들에 맞서 우리가 다시 휴머니즘의 논리를 들고 나온다면, 논쟁은 문제의 핵심을 비껴나 제자리에서 헛돌게 되고 말 것이다.

복제인간의 정체성 문제를 통해 생명공학의 위험성을 경고하는 리보펑크들은 아쉽게도 종종 이 같은 한계를 드러내 보인다. 〈아일랜드〉의 경우, 생명공학의 폭력성이 가시화되는 지점은 복제인간도 우

리와 다름 없는 인간이라는 데 있다. 도너(복제 세포 기증자, 원본 인간)
와 너무도 똑같은 복제인간의 모습은 '그들(복제인간)도 인간이다'라
는 메시지를 강력하게 발신하는데, 여기에는 생명공학의 윤리적 쟁
점을 휴머니즘의 테두리 안에 묶어두는 인간 중심적 관점이 내재해
있다. 도너와의 대결에서 승리한 복제인간이 도너를 대치하여 '인
간'으로 인정받는 결말이 단적으로 암시하듯이, 이 영화는 복제인간
의 타자성을 승인하기보다는 그것을 자기동일화의 논리 안으로 포섭
해 들이는 데 주력하기도 한다. 이에 비하면 〈블레이드 러너〉(*Blade
Runner*, 1982)는 수명이 4년으로 제한된 리플리컨트(복제인간)들을
통해 '죽음 앞의 존재'로서의 인간의 본질을 일깨우고, '우리가 바로
복제인간이다'("하긴 누군 영원히 사나?")라는 인식의 전환을 이끌어낸
다는 점에서, 〈아일랜드〉의 문제의식을 넘어서고 있다.

　〈6번째 날〉(*The 6th Day*, 2000)은 '죽음 앞의 존재'라는 근원적인

영화 〈블레이드 러너〉(左)와 〈6번째 날〉(右) 포스터.

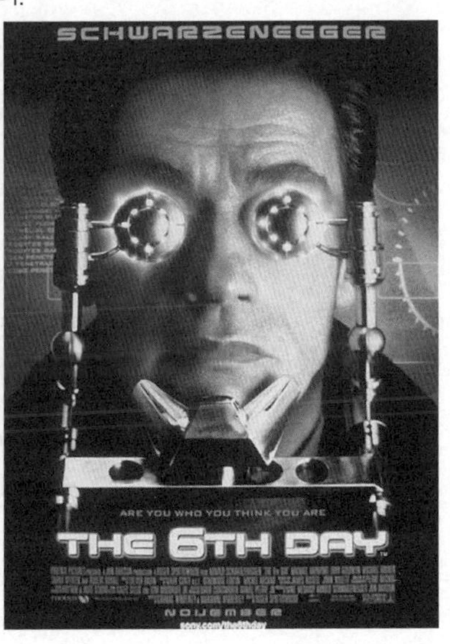

한계마저 극복하고자 하는 생명공학의 궁극적인 욕망(인간의 자연 지배 욕망이 가닿는 마지막 영역)이 지닌 무모함과 공허함을 포착해낸다. 〈6번째 날〉은 신체를 복제한 뒤 '신코딩' 기술로 기억까지 복사하여 복제인간에게 이식한다면,[17] 인간은 "죽음을 완전히 정복할 수 있"을 거라는 흥미로운 상상력을 바탕으로 한다. 이 같은 신기술에 의해 몇 번을 죽어도 얼마든지 다시 살아나는 이 영화 속 인간들은, 그러나 더 이상 "인간이 아니"다. 인간 복제 기술을 지닌 위어 박사에 의해 수차례 되살아난 그의 아내가 이제는 그만 죽고 싶다고 애원하는 장면은 무척 인상적이다.[18]

한편 이 영화에서 원본 아담과 복제인간 아담이 서로를 "친구"라 부르며 협력하는 모습은 둘 중 하나가 제거되어야만 다른 하나가 살아남을 수 있는 〈아일랜드〉의 세계(우리에게 익숙하고 상식적인 논리)와는 대조를 이룬다. 이를 통해 우리는, 인간(개인)의 고유성과 독자성이 우리 자신의 존재 근거를 이룬다고 하는 오랜 믿음에 대해 근본적으로 다시 생각해보게 된다. 〈6번째 날〉은 이런 의미 있는 질문과 통찰들을 담고 있지만, 여전히 휴머니즘의 관점 안에 머물러 있는 영화이기도 하다. "내가 영혼을 지닌 진짜 인간이야?"라는 복제인간 아담의 질문과 "자네가 인간이 아니면 누가 인간이겠나?"라는 원본 아담의 대답은 다른 존재와 구별되는 고유한 '인간성'을 가치의 절대 기준으로 신비화하는 측면이 있다. '인간성'이 과연 무엇인지에 대해서는 두고두고 생각해보아야 하겠지만, 그것을 불가침의 영역으로 특권화하는 휴머니즘의 신화는 마땅히 붕괴되어야만 한다. 더구나 지금같은 생명공학의 시대에는 말이다.

아라카미 신지 감독의 애니메이션 〈애플 시드〉(*Apple Seed*, 2004)는 이런 한계를 극복하고 생명공학적 사고에 대한 비판을 더 멀리까지 밀고 나간다. 이 애니메이션은 세계를 파멸시킨 비핵대전 이후, 인류가 건설한 최후의 유토피아 '올림퍼스'를 무대로 한다. 올림퍼스는 거대한 컴퓨터 '가이아'(!)와 그것을 설계한 원로 과학자들〔칠현로(七賢老)라 불리는〕의 대화를 통해 통제되는 사회이다. 올림퍼스 인구의 절반은 우량종 복제인간 '바이오로이드'로 구성되어 있는데, 그들은 "아무리 해도 다투는 것을 멈추지 않는" 인간들 사이의 '완충제' 역할을 담당하고 있다. 인간은 바이오로이드에 대한 방어 장치로 그들의 수명을 제한하고(바이오로이드는 정기적으로 수명을 늘이는 '연령 처리'를 해주어야만 살아갈 수 있다) 생식 기능을 억제해 놓았다. 그럼에도 불구하고 올림퍼스의 군부(軍部)를 맡고 있는 인간들(우라노스 장군과 하데스 등)은 바이오로이드가 "인간을 자신들의 지배하에 두려고 한다"면서, "인간의 손에 인간 세상을 되돌"려 놓기 위해 '케어 센터'를 습격하여 연령 처리용 'DNA 오리지날'을 불태운다. 끝없이 "욕망을 뒤쫓"고 자신의 지배욕을 타자에게 투사하는 올림퍼스 인간들의 모습은 우리 자신의 모습 그대로이다.

'애플 시드'는 바이오로이드의 라이프 사이클을 정상화하고 그들을 가성화(可性化)하는 장치인데, 애플 시드를 놓고 벌어지는 인간들 사이의 갈등과 전쟁이 이 애니메이션의 중심 스토리를 이루고 있다. 결국 애플 시드를 손에 넣은 칠현로는 바이오로이드의 생식 기능을 부활시킨 뒤, '바이러스 D 탱크'를 개방하여 인간의 생식 기능을 제거하는 방법으로 인간을 '안락사'시키려 한다. "증오와 분노"에 사로잡혀 있으며 "자신 이외의 종족을 꺼려하고 미워하는 인간"은 더 이상 "이 별을 유지해갈 힘이 없다"는 것이다. 그것이 '가이아'의 의지라는 칠현로의 주장은 우리에게도 설득력을 발휘하지 않는가? 아이러니하게도, 이에 반대하여 인간의 종말을 막기 위해 나선 자들은 다름 아닌 바이오로이드들(아테네와 히토미 등)이다. 그들은 인간을 대체하는 '신인류'가 되는 대신에 인간과 공존하기를 소망한다. 우리가 잃어버린 공존의 감각, 다른 종을 이용하고 소비하기 위해 인간이 단절해버린 감정이입적 동화의 감각을 지니고 있는 그들은, 분명 '가이아'가 원하는 종이었을 것이다.

"인간은 반드시 지구를 멸망시킬 거다. 돌아갈 낙원은 없다"는 칠현로의 마지막 말에, 바이오로이드의 편에 선 주인공 듀난은 "낙원이 아니라도 살아남아 보이겠다"고 대답한다. 그 결심을 실현해 보이고 싶다면 인간은, 자연을 인간의 낙원으로 '개조'하겠다는 무모한 발상을 버리고 지구와 생물권 전체를 공생적인 혈연관계, 상호의존적인 네트워크로 바라보는 관점(가이아 이론이 제안하는)[19]을 회복해야 할 것이다. 인간과 함께 지구를 공유하는 다른 생물들과 '유지 가능한' 관계를 맺지 않는 한, 인간 종은 살아남지 못할지도 모른다. 인간이 "지구와 함께 멸망"(칠현로)하는 대재난에 비하면, 인간 종의 소멸이 '가이아'의 관점에서는 훨씬 더 나은 선택일 테니까 말이다. 〈애플 시드〉가 우리에게 전해주는 것은 바로 이 같은 경고와 호소의 메시지이다.


## 4. 리보펑크의 윤리와 인간의 윤리

리보펑크의 미래 세계는 기계와 인간의 전면전을 다룬 이야기들(〈터미네이터〉와 〈매트릭스〉 등)이나, 로봇 아이를 입양하고(〈A.I.〉) 로봇과 사랑에 빠지는(〈바이센테니얼 맨〉 등) 이야기들과는 또 다른 층위의 구체적인 현실성을 지니고 있기 때문에, 다른 어떤 SF물보다도 윤리적이고 실천적인 문제와 깊숙이 연루되어 있다. 리보펑크의 윤리는 '복제인간도 인간으로 인정받을 수 있는가', 또는 '원본 인간을 위해 복제인간을 희생시켜도 좋은가' 등과 같은 인간 세계 내부의 관점에만 머물러 있을 순 없다. 리보펑크는 인간을 대상으로 한 실험이 인간성을 훼손하고 인간의 정체성을 위협하는 게 아닌가 하는 물음을 던지기에 앞서, 생명공학이 "우리의 동료인 다른 생물의 고유한 본성이나 존재성을 모독하"[20]고 있지는 않은지 질문해 보아야 할 것이다. 또한 '실패한 실험'이 초래하는 위험한 결과 못지않게 '성공한 실험' 안에 잠재된 공포를 일깨울 수 있어야 할 것이다.

개별 종을 개량하고 진보시키겠다는 생각은 생물학적 과정을 선형적인 맥락에서 이해하는 단순한 시각에서 비롯된다. 지금은 이런 좁은 시각을 벗어나 생물권 전체를 의식하고 이에 맞추어 사고하는 통합적인 관점이 절박하게 요구되는 시점이다. 리보펑크가 그려 보이는 미래 세계는 이 같은 관점의 전환을 이끌어내는 적극적인 사고의 실험이 되어야 한다. 이를 위해 리보펑크는 유전자 조작 괴물이나 변종 바이러스 자체와 싸우기보다는, 아마도 그들과 협력하여[21] 휴머니즘과 인간중심주의의 신화에 맞서 싸워야 할 것이다. 그것이 리보펑크의 윤리이자, 생명공학의 시대를 사는 인간의 윤리가 아니겠는가.

# 제3부 타자성의 서사화

## : 공포 서사물

# *9* 괴물 영화들, 주체의 타자성과 대면하기

## 1. 우리 자신보다 더 우리와 닮은 괴물들

SF 서사물을 다루는 동안 우리는 이미 타자의 담론 속으로 깊숙이 들어왔다. 주체/타자의 위계적인 이분법에 종속된 문명/자연, 인간/인간 바깥의 존재들(외계인, 복제인간, 유전공학 괴물 등)[1]과 같은 이항대립은 SF 안에서 다양한 방식으로 역전되고 해체되고 있었다. 이제 우리는 더 많은 인간의 타자들, 온갖 종류의 괴물들과 시체들과 귀신들이 출몰하는 공포 서사물을 통해 억압된 타자성이 폭발적으로 분출하는 카니발적인 공간으로 진입하게 된다.

타자의 층위는 사회적 약자로서의 개별적 주체에서부터 비주류 문화와 같은 문화 현상이나 금기시되는 관습들, 그리고 내 안에 나와 함께 있는 승인할 수 없는 이질성 등으로까지 폭넓게 펼쳐져 있다.[2] 공포 서사물에 등장하는 괴물과 귀신과 살인마 등은 이 모든 층위의 타자성과 두루 연결되지만, 특히 정신/육체, 의식/무의식, 이성/광기, 삶/죽음 등과 같은 전통적인 이분법을 무너뜨리면서 주체 안에 새겨진 타자의 흔적들을 강렬하게 환기시킨다. 이 가운데 이 장에서는 괴물과의 대결을 다룬 공포영화들을 통해서 주체가 자기 바깥으로 몰아낸 낯설고 이질적인 힘들이 어떻게 되돌아와 우리 자신을 집어삼키는지 살펴보게 될 것이다.

8장에서는 괴물 프랑켄슈타인이 구현하는 과학(특히 생명공학)에의 공포에 관해 잠시 언급한 적이 있다. 그런데 달리 생각하면 그 괴물에게는 또한 보편적인 인간 조건이 그대로 투영되어 있다.[3] 프랑켄슈타인 박사가 시체들의 신체 부분들을 서투르게 꿰매어 만든 괴물 프랑켄슈타인처럼, 우리는 모두 조상들로부터 물려받은 여러 물질의 조합체이며 누덕누덕 기워진 존재들이다. 괴물의 흉측한 외모와 몇 가지 탁월한 재능들이 그 자신에게조차 수수께끼였듯이, 우리는 알 수 없는 힘과 사람들에 의해 주어진 신체적 조건과 성향과 기질 등을 타고났다. 우리는 아무도 자기 부모를 스스로 선택하지 못하며, 우리에게 강한 영향력을 행사하는 유전적·태생적 요인들을 통제하기는커녕 제대로 이해하지도 못한다. 괴물 프랑켄슈타인이 자신의 의지와는 상관 없이 적대적이고 불친절한 세상에 던져졌듯이, 우리 자신 또한 본의 아니게 이 차갑고 각박한 세계에 내던져진 존재들〔사르트르(J. P. Sartre)와 같은 실존주의 철학자들이 지적한 대로〕이다. 우리는 모두 우리가 왜, 어디에서 왔는지 알지 못하는 채로 존재의 의미를 찾아 헤맨다. 우리는 근본적으로 자기 자신에게 낯선 타자이며, 괴물은 바로 우리 자신인 것이다. 그러니 공포 서사물 속의 괴물들이 너무나도 두렵고 끔찍하다면 그것은 "그들이 우리와 다르기 때문이 아니라 사실은 우리들 자신보다 더 우리와 닮았기 때문"[4]일지 모른다.

일본의 원폭 체험으로부터 나온 괴물 '고지라'(〈고지라〉 시리즈)나 화염병을 던져 대항해야 하는 미제국주의 괴물(〈괴물〉, 감독 봉준호, 2006)처럼, 사회학적 분석에 유독 잘 들어맞는(또는 그것으로 그 의미가 남김없이 해석되는) 괴물들도 물론 있다. 하지만 더욱 공포스럽고도 더욱 매혹적인 괴물들은 아마도 우리 자신의 타자성과 대면하게 해주는 '형언할 수 없는' 괴물들일 것이다. 그것들은 종종 '외계'에서 온 침입자로 나타나지만(그런 측면에서 이들 영화는 유전자 조작 괴물 영화들과 더불어 SF와 공포물의 경계 지대를 이룬다), 이는 괴물의 기원을 저 멀고 먼 미지의 세계로 설정함으로써 우리 내면의 이질성을 외부로 투사하는 전형적인 회피 전략이다. 이런 심리적 방어의 메커니즘에도 불구하고, 근사한 괴물 영화들은 종종 그 괴물이 결코 떼어버릴 수 없는 우리 자신의 일부임을 인상적으로 폭로한다. 저항할 수 없을 만큼 우리를 사로잡는 영화 〈에이리언〉(*Alien*) 시리즈에서처럼 말이다.


## 2. 우리 내부의 에이리언

〈에이리언〉 시리즈는 리들리 스콧(Ridley Scott)(〈에이리언〉, 1979), 제임스 카메론(James Cameron)(〈에이리언 2〉, 1986), 데이비드 핀처(David Fincher)(〈에이리언 3〉, 1992), 장 피에르 주네(Jean-Pierre Jounet)(〈에이리언 4〉, 1997)가 각각 감독한 네 편의 영화들로 이루어져 있다. 이들 영화는 각기 스타일이 다른 거장들에 의해 만들어졌지만, 스토리와 문제의식 등에서 시리즈로서의 긴밀한 연속성을 유지하고 있다. 이를 가능하게 한 것은 리들리 스콧의 〈에이리언〉에 내재한 복합적이고도 강렬한 에너지였을 것이다. 특히 스타크래프트의

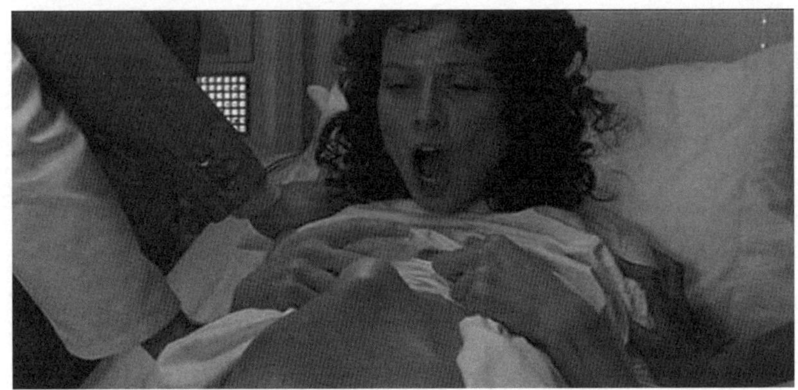

〈에이리언 2〉에서 리플리의 악몽

히드라를 닮은 괴물 에이리언이 맨 처음 노스트로모호의 승무원 케인의 가슴을 찢고 튀어나오는 광경은 "SF 영화 장면 가운데 가장 유명하고 놀라운 장면"[5]으로 기억된다. 살아 있는 인간 숙주에 알을 낳는 괴물 에이리언은 인간을 공격하는 정체불명의 외계 생명체인 동시에 인간 안에서 뛰쳐나온 '혈육 같은 타자'인 것이다.

리들리 스콧의 〈에이리언〉에서부터 괴물은 "케인의 아들"이라 불린다. 참담한 혈투 끝에 노스트로모호를 탈출한 유일한 생존자(고양이 존지를 제외하고)인 리플리는 57년간 냉동수면 상태로 우주를 떠돌다가 무사히 구조되지만, 에이리언이 자기 가슴을 뚫고 나오는 악몽을 떨쳐내지 못한다(〈에이리언 2〉). 그녀가 자신을 고용했던 '회사'의 제안(이제는 우주 식민지가 된 별 'LV-426'으로 돌아가서 식민지 개척자들을 구하고 에이리언을 처치하는 데 동참하라는)을 끝내 거절하지 못하는 것은 그 괴물이 이미 그녀 자신의 일부이기 때문이다. 에이리언이 결국 리플리의 몸에 알을 낳자, 그녀는 몸 속에 퀸 에이리언을 담은 채로 괴물들과 싸운다(〈에이리언 3〉). 그녀는 "무서워 마. 난 네 가족이야"라고 말하며 에이리언을 어르고, 에이리언들 또한 자기 가족을 잉태한 그녀를 직접 공격하지 않는다. 그녀가 자신의 몸을 파괴하지 않는 한, 괴물은 결코 제거될 수 없다. 그녀가 용광로 안으로 자신의 몸을 던지는 순간 가슴에서 튀어나온 에이리언을 그녀는 마치 갓난아기처럼 품에 안은 채 최후를 맞이한다.

〈에이리언 4〉에 이르면 연방군 의학팀은 리플리가 죽은 지 200년 후에 그녀를 복제해낸 뒤 가슴을 절개하여 에이리언을 산 채로 꺼내는 데 성공한다. 하지만 리플리와 에이리언 사이의 연대는 더욱 긴밀해졌으며, 그들의 정체성은 이미 분리 불가능하게 상호교환되고 융합된 뒤이다. 리플리는 산성의 피와 놀라운 상처 치유력 등 에이리언의 속성들을 지니게 되었고, 퀸 에이리언은 리플리로부터 "인간의 재생산 시스템"을 물려받아 "체내에 생식기를 만들어 숙주도 알도 없이 자궁 속에서 새끼"를 길러낸다. 냉혹한 복제인간 전사 리플리의 외모가 점점 더 에이리언을 닮아가는 것처럼, 퀸의 자궁에서 태어난 에이리언은 인간의 형상과 흡사해져 있다. 의학 탐사선의 과학자들은 공공연히 그녀를 "에이리언의 어미"라고 부르고, 인간을 닮은 괴물 에이리언을 "그대의 아름다운 아기"라 칭한다. 퀸 에이리언의 품에 안긴 리플리의 평온한 모습이나 리플리를 핥고 어루만지는 인간-에일리언의 모습 등은 그들 사이의 근원적인 친연성을 확인시켜준다.

이처럼 〈에이리언〉 시리즈는

영화 〈에이리언3〉 포스터

가장 낯설고 이질적인 것 속에서 가장 친근한 것을 발견하는 방식으로, 주체와 타자를 가르는 완강한 장벽을 허문다. 수많은 SF-공포 서사물에서 인간을 공격하는 외계 괴물이 '악'의 화신으로 등장하는 것은 그 괴물이 우리의 자기동일성을 위협하는 이타성(異他性)의 표상이기 때문이다. 우리가 악이라 불러온 것은 흔히 형태 없는 두려움(formless dread)의 감정, 곧 "자아가 붕괴될지 모른다는 두려움"[6]의 체험과 결부되어 있다(태풍이나 지진해일 같은 자연재해가 자연발생적인 악으로 느껴지고, 인류의 존속을 위태롭게 할지도 모를 동성애나 근친상간 등이 도덕적 악으로 간주돼온 것 또한 이런 맥락에서다). 〈에이리언〉 시리즈는 자기동일성을 위협하는 존재를 악으로 규정하고 이에 대한 두려움을 외부로 투사하는 전형적인 방어 메커니즘을 교란하면서, 유동적·다중적·비동일적 자아의 이미지를 통해 단일 주체의 환영을 부숴버린다.

이 과정은 인간과 에이리언의 대결에서 선/악의 이분법이 전도되는 양상과도 맞물려 있다. 인간의 몸에 알을 낳고 그 새끼가 세상에 나올 때 인간 숙주를 처참하게 희생시키는 에이리언은 확실히 끔찍한 괴물이다. 하지만 그들이 인간에게 저지르는 일은 그저 자기 종(種)의 번식을 위한 것이다. 그런 의미에서 그들의 폭력은 차라리 순수하다(그들에게 인간은 다른 종이며, 인간은 인간 이외의 종에게 그들보다 훨씬 더한 일도 한다).[7] 하지만 인간이 에이리언에게, 그리고 같은 종인 다른 인간들에게 한 일은 어떠한가. 인간은 에이리언을 이용하여 치명적인 생화학무기를 개발하겠다는 욕심으로 그들의 별을 침범했다(그러니 진짜 '침입자'는 에이리언이 아니라 인간들이다). 신무기 개발로 얻게 될 이익을 위해 '회사'는 승무원들과 식민지 개척자들과 군인들을 속여 사지로 내몰고 그들 전체의 희생도 불사했다. 함께 탑승한 동료를 숙주로 삼아 검역소를 통과하려는 술책을 꾀하는가 하면(《에이리언 2)), 이를 은폐하기 위해 "에이리언이 아니라 목격자"(《에이리언 3》)들을 살해하려 하기도 했다. 회사 직원 버크에게 "저 괴물도 당신만큼 악랄하진 않을 거예요"(《에이리언 2》)라고 말하는 리플리의 심정에 우리도 공감할 수밖에 없지 않은가?

〈에이리언〉 시리즈는 "죽음과 파괴의 근원적 원천은 인류의 권력에의 의지"이며 "에이리언을 만들어내고 (……) 희생양으로 바꾸는 것은 우리 인간들"[8]임을 폭로한다. 외계 괴물보다 더 무서운 것은 우리 내부의 에이리언, 결코 승인할 수도 떨쳐버릴 수도 없는 인간들 자신의 욕망인 것이다.


## 3. 몸 또는 제어할 수 없는 물질 덩어리

〈에이리언〉 시리즈는 또한 인간 존재 안에 숨겨진 자연성과 물질성이 폭발하는 장(場)이기도 하다. 근대적인 사유 체계 안에서 정신이 자아의 중심이자 주체로 인식된 데 비해 육체는 자아의 외부이자 타자로 간주되어 왔다. 〈에이리언〉 시리즈는 정신의 감옥으로부터 풀려난 몸의 폭주를 통해, 물질성을 '저급한 질료'로 배제하고 억압하는 자기동일성의 논리에 대항한다.

특히 이 시리즈가 전면에 부각시키고 있는 것은 몸의 생식력에 내재한 공포와 희열의 양가성이다. 끈적끈적하고 미끈거리는 액체를 흘리며 입을 벌리면 컴컴한 구멍 속에서 이빨이 달린 길다란 막대 모양의 입이 또 하나 튀어나오는 에이리언의 형상은 여성의 성기와 남성의 성기를 한꺼번에 연상시킨다. 거대한 퀸 에이리언이 알을 낳는 광경이나 알이 벌어지며 새끼가 튀어나와 인간 숙주에 들러붙는 장면, 가슴을 찢고 솟구쳐나오는 에이리언과 끈끈이 속에 산 채로 포획된 인간 고치 등이 환기시키는 것도 임신-출산과 관련된 인간의 육체성이다. 자궁-나팔관 모양을 하고 있는 우주선 노스트로모호는 그 자체로 삶과 죽음, 자궁과 무덤이 융합된 카니발적인 공간이라 할 수 있다. 이 같은 이미지들을 통해 〈에이리언〉 시리즈는 우리 자신의 육체성(성적 차이, 성기 삽입, 임신, 출산, 출생과 죽음 등과 같은)에 대한 공포 어린 충동을 형상화하고, 금욕과 배제의 논리 위에 세워진 정신의 제국을 탈영토화한다.

한편 에이리언이 흘리고 다니는 점액질과 성장 과정에서 벗어버리는 축축한 허물 등은 신체의 분비물과 배설물을 떠올리게 한다. 살아 있는 동안 우리 몸에서 끝없이 발산되는 이 오물들은 우리가 "가까스로 힘겹게 죽음을 떠받치고 삶을 유지하도록 하는 조건"[9]이다. 오물들 중에서도 가장 역겨운 오물인 시체들(파열되고 피범벅이 된)과 더불어, 그것들은 우리 삶의 조건의 한계를 드러낸다. 이 한계와 대면하여 우리는 혐오감을 느끼고 구역질을 하지만, 그것들을 우리 바깥으로 밀어내려는 시도는 헛되고 부질없다. 그 한계들 없이 우리는 존재할 수 없으며, 그것들은 곧 우리 자신과 다름없기 때문이다. 〈에이리언〉 시리즈는 연약하고 얄팍한 외피 안에 우리가 감추고 있는 원지적(原地的) 자연성[10]을 끄집어내고, 주체/타자의 구분에 선행하는 원초적 혼돈의 공간[크리스테바(Julia Kristeva)가 '코라'라고 명명한]을 우리 눈 앞에 펼쳐보인다.

이런 양상은 외계에서 온 괴물이 등장하는 또 다른 영화, 존 카펜터(John Carpenter)의 〈괴물〉(*The Thing*, 1982)에서도 찾아볼 수 있다. 이 영화에서도 외계 괴물은 인간(또는 다른 생명체)의 몸을 찢고 튀어나오는데, 거미 같은 갑충류의 다리와 무수한 촉수들로 이루어진 이 괴물의 형상은 '에이리언' 이상으로 기괴하고 징그럽다. 더구나 이 괴물은 자기가 잡아먹은 동물을 소화하는 과정에서 그것과 똑같은 모습으로 스스로를 변형하기 때문에, "백만 개의 항성에서 백만 개의 생물체를 모방"할 수 있다. 평소에는 마지막으로 복제한 생명체의 형상으로 숨어 지내지만 위급한 상황에는 세포 조직 안에 누적된 온갖 생명체들의 형태를 동시에 발현시키기도 한다. 몸

존 카펜터의 영화 〈괴물〉 포스터

의 각 부분들이 저마다 다른 동물들의 형상을 하고 비명을 질러대는 괴물의 모습은 끔찍하기 이를 데 없다. 신체의 일부가 독립적인 개체의 역할을 수행할 수 있기 때문에, 활동력 있는 세포 조직이 조금이라도 남아 있으면, 이 괴물은 죽었다가도 얼마든지 다시 살아난다. 의사가 괴물의 시체를 해부하려고 배를 가르자 배에서 입이 튀어나와 의사의 손을 물어뜯어 버리기도 한다.

무어라 이름 붙일 수 없는 이 괴물 앞에서 우리가 경험하는 메스꺼움은 단일하고 확고부동한 주체란 한낱 환상에 지나지 않음을 감지하는 데서 오는 격렬한 거부 반응일 것이다. 자기동일성을 강요하는 단일 주체의 논리에 대해 이 영화는 변태와 복제와 자기증식을 통한 다중 자아의 이미지, 자유롭게 분절·해체·접합되어 재구성되는 가변적인 주체의 이미지를 대질시킨다.[11] 그 제어할 수 없는 물질 덩어리는 이제 "우리가 되려고 한다". 영화의 마지막 장면에서 차일드와 맥, 두 주인공은 이런 대화를 주고받는다. "어떻게 해야 살아남지?"

/ "살아남긴 어려워." / "우린 어떡하지?" / "기다려보자. 무슨 일이 일어나는지." 그들이 마지막으로 지켜보게 될 것은 그들 자신인 괴물의 모습일 것이다. 우리의 정체성을 위협하는 혐오스러운 실재, 주체의 근본적인 타자성 안에서 우리가 결국 발견하게 되는 것도 바로 우리 자신의 모습이다.

라캉(Jacques Lacan)이나 그의 포스트모던한 해설자 지젝(Slavoj Žižek)이라면 틀림없이 이 괴물을 '사물(das Ding)'(이 영화의 원제목은 흥미롭게도 '사물'의 영어 표현인 'the Thing'이다), 또는 '대상 소문자 a(object petit a)'라고 불렀을 것이다. 그것은 상징화에 저항하는 잉여이자, 상징계의 벌어진 상처(구멍)이다. 괴물은 주체들 사이를 돌아다니면서 자신이 순간적으로 점유한 대상을 더럽히는 물질적 잔존물이며, 전존재론적(preontological)이고 무정형적인 실재계의 덩어리이다.[12] 이 괴물에게 노출되는 것은 치명적이다. 괴물이 자신들 바로 곁에 있음을 깨달은 영화 속 인물들이 발작적인 공포에 사로잡히는 광경은 '사물'과 너무 가까이 근접하게 된 주체의 공황 상태를 보여준다. 괴물이 등장하면서부터 이상하게도 통신과 운송 수단이 전부 고장나서 남극의 기지에 고립되는 그들의 상황은 '사물'의 실체를 목격한 자가 겪게 되는 운명, 즉 공동체적인 삶의 질서로부터의 추방과 단절을 암시한다.

그런데 "실재계와의 만남"은 주체화의 대항점일 뿐 아니라 궁극적으로는 "주체에 대한 방어 메커니즘"[13]이라고 했던 지젝의 말을 기억하는가? 다소 모순되게 느껴지는 이 국면을 더 구체적으로 시사해주는, 또 다른 신체 강탈자들과 접촉해 보기로 하자.

## 4. 주체라는 텅 빈 공백

잭 피니(Jack Finney)의 소설 『바디 스내처』(*The Body Snatchers*, 1954)는 1956년 돈 시겔(Don Siegel) 감독에 의해 〈신체 강탈자의 침입〉(*Invasion of the Body Snatchers*)으로 영화화된 이후,[14] 1978년과 1993년에 각각 필립 카우프만(Philip Kaufman)(원제는 〈*Invasion of the Body Snatchers*〉이고 한국어판 제목은 〈외계의 침입자〉이다)과 아벨 페라라(Abel Ferrara)의 영화(원제는 〈*Body Snatchers*〉, 한국어판 제목은 〈바디 에이리언〉)로 리메이크되었다. 이 이야기들에는 자기가 살던 별이 사멸하자 몇만 년 동안 우주공간을 표류하다가 우연히 지구에 내려앉게 된, 식물 포자 형태의 외계 생명체가 등장한다. 그것들은 어떤 생명체와 조우하든지 간에 자신들의 구조를 변경하고 재구성해서 해당 생명체를 완벽하게 복제해낼 수 있는 능력을 지니고 있다. 존 카펜터의 괴물과 유사하게, 그것들은 지금 "지구 환경에 적합한 생명체를 탈취해서, 세포 단위로 복제하고, 그 생명체로 변신하"[15]는 과정 중에 있다.

이 이야기들이 주는 공포는 일단 가장 친숙한 것 속에서 가장 낯선 것을 발견하는 방식(〈에이리언〉 류와는 상반되는 방식)으로부터 나온다. 주인공들은 저마다 남편이나 엄마 등과 같이 자신과 가장 친밀한 존재가 어느 날부터인가 전혀 다른 사람으로 변해 있는 것을 발견한다. 그

영화 〈바디 에이리언〉 포스터

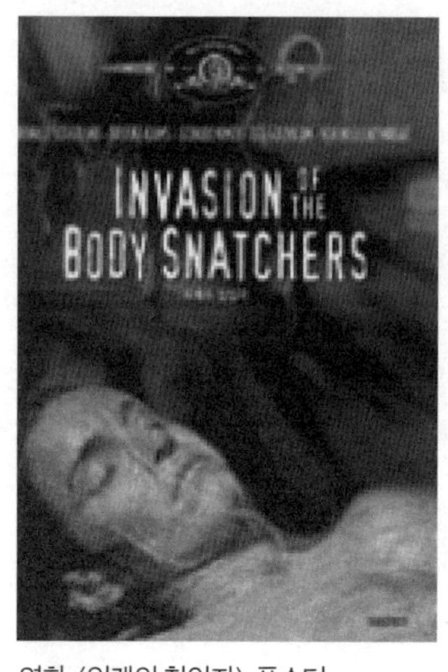

영화 〈외계의 침입자〉 포스터

다른 존재들은 사랑하는 가족의 모습과 흉터 하나, 터럭 하나까지 똑같이 닮았지만 자기가 알던 그 사람이 아니다. 이 이야기는 가족의 붕괴나 인간 관계의 근원적인 단절, 또는 소시민적인 일상 속에 숨겨진 공포를 가시화한 것으로 해석될 수도 있을 것이다(지젝이라면 이런 독법은 구태의연한 '모더니즘적인 독해'라고 평했을 게 분명하다). 하지만 특히 필립 카우프만과 아벨 페라라의 영화가 부각시키고 있는 것은 자기와 꼭 닮은 괴물, '또 다른 나'를 낯선 타자로 대면하는 데서 오는 공포이다(이런 관점에서 나는 영화의 완성도나 미학적 특질과는 좀 다른 차원에서 이 두 영화에 더욱 관심이 있다).

외계에서 날아온 포자는 알 모양의 꼬투리를 만들고 거기에서 촉수를 뻗어 복제 대상을 휘감은 뒤 또 하나의 복제 생명체를 키워낸다. 그것들은 〈외계의 침입자〉에서는 흰 털이 친친 감긴 고치 인간의 형태로 성장하고, 〈바디 에이리언〉에서는 알 속에서 태아와 유사한 형상으로 자라나 점액질에 둘러싸인 채로 분만된다. 잠들어 있는 동안 자기도 모르는 새 신체를 복제당했던 주인공들이 잠에서 깨어나 거의 완성 단계에 도달한 또 하나의 자신을 목격하고 경악하는 모습은 이들 영화에서 가장 섬뜩하고 그로테스크한 장면들이다. 이런 장면들이 환기시키는 것은 공포 영화의 오랜 테마인 우리 자신의 거울 이미지, 낯설어진 쌍둥이(도플갱어) 모티프이다. 이는 타자화된 자신의 모습과 대면하는 공포, 자기동일성이 와해되는 순간의 체험을 그려보이는 것이 아니겠는가.

외계의 침입자가 우리의 신체를 강탈해 간다고 하는 발상에는 정신(주체)의 거주지이자 소유물인 육체를 이질적인 존재에게 점령당한다는 생각, 곧 정신의 지배력에 대항하여 타자성을 극단적으로 표출하는 육체의 반란에 대한 우리의 잠재된 두려움이 투영되어 있다. "잠들지 마라, 잠들지 마라"를 주문처럼 외우는 〈바디 에이리언〉에서는 특히 각성 상태가 느슨하게 풀어지면서 정신의 지배력이 무력화되는 상황에 대한 경계의 메시지가 표면화된다. 각성제를 먹으면서 필사적으로 졸음을 이겨내고, 이미 가족과 연인과 친구의 모습으로 변신한 신체 강탈자들과 최후까지 사투를 벌이는 인물들의 모습은 육체의 타자성과 주체의 타자화에 대한 격렬한 저항을 암시하고 있다.

그런데 더욱 흥미로운 것은 외계 생명체에게 신체를 빼앗기는 것이 결코 '죽음'을 의미하지는 않는다는 점이다. 복제가 완료되면 또 다른 몸이 활동을 개시함과 동시에 본래의 몸은 허물만 남아 풀썩 무너져내리고 말지만, 이는 '죽는 것'이 아니라 '다시 태어나는 것'으로 묘사된다. 자기 몸을 지키기 위해 끝까지 싸웠던 이들도 막상 다시 태어나게 되면 "겁내지 마요, 정말 편안해요"(《외계의 침입자》)라고 말하며 옛 친구와 애인을 설득한다. 다시 태어난 자들은 또한 원래의 인간과 모든 면에서 똑같지만 어딘가 '비어 있는' 존재, 뭔가가 '결여된' 존재로 묘사된다. 그 공허하게 텅 빈 존재늘은 그들끼리 체계적이고 조직적인 사회를 이루어 생산과 분배와 재생산의 시스템에 일사분란하게 참여한다.

이들의 모습은 욕망과 개인적 관심과 신념으로 충만한 인간(man)으로부터 모든 특수성이 소거된 추상적 존재, 곧 '주체'의 형상에 다름 아니다. 주체화는 "실체적인 인격(person)으로서의 인간을 근본적으로 비워내는 (……) 진공화" 과정을 수반하며, 주체란 바로 실체성을 이루는 "내용"이 박탈된 "뒤에 남는 진공(void)"을 가리키는 이름이기 때문이다.[16] 그러므로 무의미한 물질 덩어리인 '사물'과 접촉함으로써 그들이 빠져드는 혼돈 상태는 주체의 순간적인 일식(eclipse)일 순 있어도 주체의 죽음을 의미하진 않는다. 신체 강탈자들 앞에서 그들이 감행하는 도주와 반항과 투쟁은 '사물'의 시원적인 억압에 의해서만, '사물'과 일정한 거리를 유지하며 빙빙 도는 공전(公轉) 운동으로서만 존재하는 주체라는 텅 빈 공백을 회피하고 부인하고 거절하는 방식이라 할 수 있다. 혐오스러운 실재, '사물'과의 대면보다 우리에게 더욱 두려운 것은 주체가 그 자체로 공허한 진공임을 인정하는 일일 것이다. 이에 대한 단호하고 절박한 거절을 통해서, 진정 우리는 주체로 다시 태어난다. 자신의 모습을 한 식물-인간과 마주쳐서, 또는 마지막까지 함께 도망쳤던 동료의 변신에 직면하여 주인공들이 질러대는 날카로운 비명은, 그런 의미에서 오히려 "주체성의 차원이 개시되는 몸짓"[17]일 수 있는 것이다.


## 5. 괴물-신체 강탈자들과 함께 살아가기

잭 피니의 『바디 스내처』는 마지막까지 "결코 항복하지 않"은 주인공들로 인해 "이 행성이, 이곳에 살고 있는 이 조그만 종이, 자신들을 결코 받아들이지 않으리라는 사실을"(p.339) 깨달은 외계 생명체들이 지구를 떠나는 광경("거대한 꼬투리들이 계속 하늘로 날아올라가는 광경", p.336)으로 마무리된다. 이런 결말은 결국, 쳐들어오는 외부의

적들에 대한 히스테리컬한 공포와 인류의 비장한 저항을 그려내고 이를 통해 휴머니즘의 승리를 표방하는 이야기들 속에 이 소설을 배치하게 만드는 요인이 된다. 하지만 필립 카우프만과 아벨 페라라의 영화에서는 상황이 달라진다. 〈외계의 침입자〉에서는 영화의 두 주인공 매튜와 엘리자벳은 물론 친구들 중 최후의 한 사람인 낸시까지도, 도시를 완전히 장악한 신체 강탈자들로부터 벗어날 수 없다. 〈바디 에이리언〉에서는 "당신 방에서 일어난 일은 단독적인 사건이 아니에요. 모든 곳에서 벌어지고 있죠. 그럼 어디로 갈 거죠? 어디로 도망치죠? 어디에 숨죠? 아무 데도 못 가요"라는 캐롤의 말대로, 한 쌍의 주인공 마티와 팀이 도시 전체를 불태우고 탈출해도 신체 강탈자들은 이미 어느 곳에서든 그들을 기다리고 있다. 이렇게 하여 이들 영화는 그들의 이야기를 인간의 근원적인 존재 조건과 주체의 필연적인 상황으로 이해할 수 있게 해준다.

정말로 우리를 사로잡는 괴물―신체 강탈자들은 아무리 죽여도 되살아나고 아무리 쫓아내도 "언제나 우리와 함께"(〈에이리언 3〉) 있다. 그들은, 우리가 누구인지를 우리 자신은 알지 못하며 주체는 결코 온전히 자기 자신이 될 수 없다는 사실을 말해주기 위해서, 그렇게 자꾸만 되돌아오는지 모른다. 리처드 커니(Richard Kearney)가 지적했듯이 그들이 있기 때문에 우리는, 자신이 "우리가 알고 있는 존재가 아니"라는 것을 안다.[18] 아직 형성되는 과정 중에 있는 자기 육체를 목격해야 했던 어떤 주인공들처럼, 그들과의 조우를 통해 때때로 우리는 주체의 전사(prehistory)로서의 구성 과정을 지켜보는 아찔한 시간 착오에 빠져들기도 한다. 그들과 더불어 우리는 또한, 자기 상실에 대한 극도의 공포가 어느 순간 주체의 근본적인 존립 근거로 치환되는 극적인 역전을 경험하기도 한다. 외계의 침입자는 실은 주체의 내적인 방해물이었으며, 주체의 자기 실현을 방해하는 것처럼 느껴지던 그 무엇(주체의 텅 빈 자리)은 곧 주체 자신(텅 빈 공백으로서의 주체)이었음을 깨닫는, 머리가 멍해지는 체험 말이다. 그러니 괴물-신체 강탈자들과 싸워 이기는 일보다 우리에게 더욱 중요한 것은 그들과 함께 살아가는 법을 배우는 일이 아닐까.

# **10** 공포 스릴러에 나타난 선악과 신성의 문제

## 1. 공포 스릴러의 사회문화적 의미

이 장에서는 공포 서사물의 또 다른 괴물, 광기 어린 살인마들에 대해 이야기해 보려고 한다. 외국 공포 스릴러 영화들을 대상으로 그 사회문화적 의미와 윤리적 쟁점들을 검토하면서, 공포영화의 하위 장르 개념들도 이 기회에 정리해 두기로 한다. 공포 스릴러 장르는 1장에서 살펴본 팩션-역사 스릴러물과도 깊은 관련이 있으므로, 두 장을 비교해서 읽어도 흥미로울 것 같다.

공포 스릴러는 소마조마한 감정(thrilling)과 긴박감(suspense)을 주는 스릴러물 일반의 특징(서사적)과 공포물의 슬래셔, 스플래터, 고어적인 특징(영상적)이 만나서 이루어진 대중 서사물이다. '난도질하다(slash)'라는 단어에서 나온 슬래셔(slasher) 무비는 살인마가 칼이나 도끼와 같은 무기로 살인을 저지르는 공포영화들을 지칭한다. '(피

가) 튀다'라는 뜻의 스플래터(splatter)에서는 무자비한 대량 학살의 성격이 더욱 강조된다. '엉긴 피', '선지 피'라는 의미의 고어(gore)는 절단된 신체 부위나 내장 등을 클로즈업하여 보여줌으로써 잔혹성을 극단적으로 부각시킨다. 이런 특징들은 한 편의 영화에도 서로 뒤섞여 나타나는 것이 보통이라서, 엄밀한 장르적 구분이라기보다는 공포 스릴러 영화들 각각의 지배적인 인상을 강조하여 부르는 말들로 생각하면 좋을 것이다.

서사적인 측면에서 공포 스릴러는 주로 미치광이 살인마를 중심으로 펼쳐지는 도착과 위반의 세계를 그려낸다. 이를 통해 공동체의 질서를 위태롭게 하는 타자성을 형상화하고, 이에 대한 불안과 두려움을 제의적으로 해소한다. 다른 스릴러물들(범죄 스릴러, 형사 스릴러, 심리 스릴러 등)에 비해 공포 스릴러에서는 범인의 정체를 추적하고 사건의 실체를 밝혀내는 서사적인 탐색의 과정보다는 살인마가 날뛰는 공포의 현장 자체가 부각되고, '정의는 승리한다'거나 '안정된 질서가 회복된다'고 하는 전형적인 스릴러물의 상투적 결말은 찾아보기 어렵다. 하지만 살인마를 처치하는 데 성공했는가의 여부와 상관없이 피가 낭자한 한판의 살육극이 끝나고 객석에 불이 켜지면, 관객들은 현실에 내재하는 공포를 현실 바깥(스크린 속)으로 몰아냄으로써 생기는 안도감을 얻는다. 미국을 중심으로 폭발적으로 생산된 공포 스릴러 영화에는 범죄와 테러 등에 대한 점증하는 사회적 불안과 "안전에 대한 미칠 것 같은 필요"[1]가 투영되어 있는 것처럼 보인다.

공포 스릴러가 살인마를 사회적·정신적인 약자로 처리하는 것은 타자성에의 공포를 중화시키는 일반적인 관습이다. 살인마는 〈텍사스 전기톱 연쇄살인사건〉(*The Texas Chainsaw Massacre*), 〈할로윈〉(*Holloween*), 〈스크림〉(*Scream*) 등에서처럼 광기 어린 인간 범죄자로 설정되기도 하고, 〈데드 얼라이브〉(*Dead Alive*), 〈나이트 메어〉(*A Night Mare on Elm Street*), 〈13일의 금요일〉(*Friday the 13th*) 등에서처럼 좀비나 악몽 속의 괴물이나 죽은 자의 화신과 같은 초자연적 존재로 등장하기도 한다. 살인마가 인간인 경우에 공포 스릴러는 그들을 사회의 부적응자나 정신질환자로 묘사함으로써 살인을 저지른 심리적·병적 동인을 정신분석의 논리로 설명하곤 한다.

영화 〈텍사스 전기톱 연쇄살인사건 0 (Zero)〉

〈텍사스 전기톱 연쇄살인사건〉, 〈아이덴티티〉(*Identity*), 〈테이킹 라이브즈〉(*Taking Lives*) 등에서 살인마는 성도착증이나 정체성 장애 환자들로, 사회적으로 인정받거나 사랑받지 못한 상처는 그들의 범죄에 근본적인 원인을 제공한다. 살인마가 인간이 아닐 때에도 그들은 복수극을 펼치는 원한 맺힌 약자로 그려지는 경우가 많다. 〈13일의 금요일〉 시리즈에서는 누구의 도움도 받지 못하고 야영장에서 물에 빠져 죽었던 한 소년의 화신이 그곳에 캠핑 온 젊은이들을 잔인하게 살해하고, 〈나이트 메어〉에서는 아이들을 유괴한 죄로 화형 당했던 범죄자의 화신이 그 마을 사람들에게 가혹한 복수를 한다.

이처럼 대체로 공포 스릴러에는 끔찍한 살인 행각의 동기를 '납득할 만하게' 제시하려고 하는 지향이 있다. 이는 현실에서 경험하는 혼돈스러운 악의 실체를 어떻게든 규명하여 그것에 대응하고자 하는 욕망의 표현이다. 다른 한편으로 이런 경향은 사회 질서와 안정을 위협하는 이질적인 세력을 너무 쉽게 한 마디로 규정하여 퇴치해 버리는 보수적인 낙관주의를 반영하기도 한다. 살인마가 별다른 이유도 없이 무차별한 살인을 저지르는 공포 스릴러들은 이에 대한 반발로 이해될 수 있다. 이런 영화들은 〈스크림〉의 경우처럼 기존의 질서와 규범과 권위에 대한 반역의 기운을 드리우기도 한다.[2] 공포 스릴러의 이 같은 새로운 경향은 현실에 만연한 악과 고통을 이성적·합리적으로는 도저히 설명할 수 없다고 하는 회의적인 인식의 고조와도 무관하지 않을 것이다.

공포 스릴러 영화에서 이러한 서사적 측면들 못지 않게 중요한 것은 슬래셔 계열의 잔혹한 이미지들이다. 낭자한 피, 절단된 신체, 훼손된 시체 등을 적나라하게 보여주는 공포 스릴러의 영상은 충동과 혐오의 양극을 오가는 아브젝트(l'abject)한 타자에 대한 근원적인 공포를 환기시킨다. 줄리아 크리스테바(Julia Kristeva)가 지적했듯이 "돌이킬 수 없을 만큼 전락해버린 시체", "피고름으로 엉겨붙은 상처", 그리고 거기서 뿜어져나오는 역겹고 "자극적인 냄새" 같은 것들은 허약하고 "위선적인 우연"으로써만 "그것에 대항하는 동일성"을 사정없이 뒤흔들어 놓는다.[3] 그것들은 "내가 살아남기 위해" 끊임없이 "멀리해야 할 것들"이자, 내가 받아들이고 싶지 않아서 내 속에서 몰아낸 이질적인 "자기 존재 자체"이다.[4] 그 무시무시한 낯설음과 기괴함은 죽음을 향한 존재인 우리 자신 안에 각인된 견딜 수 없는 무엇과 대면하는 데서 온다. 공포 스릴러의 참혹한 이미지들에 대한 저항감과 역겨움 속에 알 수 없는 매혹이 뒤섞여 있다면, 그 이유는 바로 여기에 있을 것이다.

아브젝트한 타자에 대한 양가감정은 캐밀 파야(Camille Paglia)가 설명했던 원지적(chthonian, 原地的) 자연에의 공포와도 관련된다. 인간의 생물학적 근원인 이토(泥土)는 문명의 질서와 자연의 아름다움이라는 관념에 의해 억압된 지저분하고 물컹물컹한 "대지의 내장"으로, 그 질척거리는 원초적 수프는 인간으로 하여금 진화론적인 굴욕감과 혐오감을 느끼게 한다.[5] 부패한 시체, 걸죽한 피, 체액과 배설물과 토사물 등에 대한 우리의 본능적인 거부감은 그것들이 지닌 원지성의 이미지와도 결부되어 있다. 원지성의 이미지가 연상시키는 것은 자아가 자아로 존재하기 위해 튕겨나온 한계로 되돌아가는 것,[6] 즉 원초적 혼돈과의 융합일 것이다. 불가해하고 이름 붙일 수 없는 무(無), 절대적인 비의미와 비존재의 공간에 대한 이 같은 공포는 숭고의 감정을 불러일으킨다. "'아름다움'의 가장 유명한 기준들과 결별"[7]하는 숭고의 반미학에서 순수/불순, 선/악, 신/악마의 이분법은 무너져내린다. 이런 현상에는 다산적이면서 파괴적인 '대지의 어머니'가 거느린 다에몬적(daemonic) 양극성[8]과 몰도덕한(amoral) 폭력성이 투영되어 있다.

폭력과 섹스와 이교도주의(paganism)의 혼합으로 나타나는 최근의 두드러진 대중문화적 경향은 포스트모던한 땅 컬트(earth-cult)[9] 또는 아브젝트에 대한 숭고의 컬트[10]라고 불릴 만하다. 남성적(단성적)이고 기독교적인 서구 문화(하늘 컬트sky-cult)에 의해 억압되었던 다에몬적 에너지는 오늘날 특히 공포 스릴러 영화를 통해 강력하게 분출하고 있다. 공포 스릴러가 주는 충격 효과가 예기치 못한 부조리함에 자아를 개방하는 전율의 체험과 자아의 제의적인 탈중심화를 수행한다면, 여기에는 글로벌 자본주의의 강박적인 '상품 컬트' 이상의 문화적 의미가 남겨 있다고 할 수 있겠다. 그러나 "터무니없음 그 자체가 상업성의 기반이 되는 문화 안에서" 전위적인 충격 효과는 "자본의 경제학에 의해 자본 안으로 흡수"되므로, "우리의 자기 이해에 아무것도 덧붙이지" 못하고 "충격의 전략으로 환원"되는 한, "숭고의 아방가르드는 그 의미를 상실하게 된다"[11]고 하는 브록켈만 (T. Brockelman)의 주장에도 귀를 기울여보아야 할 것이다.

더욱이 공포 스릴러는 다른 공포영화들에 비해서 현세적인 범죄와 도덕적인 죄악의 문제에 밀착되어 있는 서사 장르(스릴러적)이다. 인간 살인마가 등장하는 경우에는 더욱 그러한데, 공포 스릴러에서 이같은 측면은 초도덕적인 폭력이나 숭고의 이미지들(슬래셔적)과 위태롭게 동거하고 있다. 이 두 가지 이질적인 측면이 팽팽하게 맞서거나 충돌을 일으킬 때, 공포 스릴러는 관객을 불편하게 만들면서 뜻밖에도 인간 존재와 악의 본질에 대해 질문을 던질 수 있다. 하지만 그것들이 아무렇지 않게 뒤섞여서 가뿐히 서로를 넘나들 때, 공포 스릴러는 무책임하고 무감각한 피의 축제가 될 것이다. '연쇄살인사건'을 '숭고'의 체험으로 변형하는 공포 스릴러의 아찔한 비약은 우리가 실제로 경험하는 구체적인 고통과 현실의 죄악을 모든 인간적인 문맥으로부터 잘라내어 신비화해 버리는 위험한 결과를 낳을 수 있기 때문이다. 공포 스릴러는 아마도, 모든 공포 서사물에 내재되어 있을 윤리적 쟁점을 가장 극명하게 예시하는 장르일 것이다.


## 2. 신화적 신성과 타자 윤리의 문제

그런데 〈양들의 침묵〉(*The Silence of the Lambs*)과 〈한니발〉 (*Hannibal*), 그리고 〈쏘우〉(*Saw*) 시리즈는 스릴러의 현세적이고 도덕적인 특성과 슬래셔나 고어 계열의 제의적이고 카니발적인 성격을 동시에 강력하게 유지하고 있으면서도, 독특한 방식으로 이 같은 딜레마를 넘어서고 있다. 이들 공포 스릴러 영화는 단순히 타자성에의 공포를 처리하거나 충격적인 전율의 체험을 제공하는 데 머무르지 않고 선악의 문제에 대한 종교적이고 형이상학적인 탐구의 가능성을 열어놓는다. 이 점은 이 영화들이 인간 살인마를 초인간적 강자, 신성(神性)을 띤 악마의 형상으로 그려내는 것과도 관련이 깊다. 인간 살인마의 신성이라니? 〈양들의 침묵〉과 〈한니발〉의 경우부터 찬찬히 확인해보자.

조나단 드미(Jonathan Demme) 감독의 〈양들의 침묵〉(1992)은 교차하며 병행하는 두 개의 스토리라인으로 이루어져 있다. 그 하나는 인육(人肉)을 먹는 살인마 한니발 렉터 박사[12]와 FBI 연수생 클라리스 스탈링의 관계를 중심으로 전개되고, 다른 하나는 젊은 여자를 살해한 뒤 피부를 벗기는 또 한 명의 살인마 '버팔로 빌'에 대한 추적의 과정을 담고 있다. 후자가 전형적인 스릴러의 서사구조를 지니고 있

영화 〈양들의 침묵〉 포스터(左)와 〈양들의 침묵〉의 한니발 렉터(右)

다면, 전자는 이를 좀더 복합적으로 만들면서 의미의 층위를 두텁게 하는 데 기여한다. 여주인공 클라리스는 수감 중인 한니발과의 인터뷰를 통해 버팔로 빌에 대한 수사의 단서를 얻어내는 임무를 맡게 되는데, 그녀를 중심에 두고 두 개의 스토리라인은 긴밀한 관련을 맺으면서 하나로 얽혀든다.

성도착자, 정신이상자인 버팔로 빌은 공포 스릴러의 관습적인 약자-살인마이다. 병원에서 성전환수술을 거절당한 그는 여자들의 피부를 벗겨 옷을 만들어 입음으로써 여자로 변신하고자 한다.[13] 그러기 위해 그는 납치한 여자를 구덩이 속에 가둔 채로 며칠 동안 굶기면서 살이 빠져 피부가 헐렁해지기를 기다린다. 그는 "고통을 느낄 수 있는 존재를 잔인하고 폭력적으로 다루는" "악의 본질"[14]을 고스란히 반영한다. 이 영화는 버팔로 빌에게 살해당한 세 명의 희생자들의 처참한 시체뿐 아니라, 그에게 납치되어 공포에 질린 채로 구덩이 속에서 절규하는 캐서린의 존재를 부각시킨다. 클라리스는 캐서린이 네 번째 희생자가 되기 전에 그녀를 무사히 구출하고자 모든 위험을 무릅쓰고 버팔로 빌을 추적하여 마지막까지 그와 맞서 싸운다. 이처럼 〈양들의 침묵〉에서 정신병자-살인마는 우리가 대항해서 싸워야만 하는 실제적인 악의 표상으로 나타난다.

반면에 한니발 렉터는 이와는 다른 층위에 놓여 있다. 그는 분명 연쇄살인을 저지르고 체포되어 수감된 자, 교도소에서도 관리자들을 산 채로 물어뜯은 자, 경관 둘을 해치우고 탈주한 자, 앞으로도 어떤 살인을 저지를지 알 수 없는 위험한 인물이지만, 그럼에도 불구하고 선/악의 이분법에 간단히 종속되지는 않는다. 그는 클라리스가 버팔로 빌을 처치하고 캐서린을 구하는 데 결정적인 도움을 주는 조력자일 뿐 아니라, 클라리스의 가장 내밀한 고통을 이해하는 유일한 인물이다. 정신과 의사이자 심리학 박사인 그는 또한 사회적인 약자-살인마가 아니며, 이성/광기의 이분법을 교란하는 존재이다. 그는 아무런 원한이나 심리적인 외상(trauma)도 지니고 있지 않기 때문에, 그의 기괴한 살인은 어떤 논리로도 납득할 만하게 설명되지 않는다.[15] 범죄의 "이해 가능성"(내적 합리성)이 "처벌 가능성"을 구성하는 중요한 요소라면, 그의 식인 행위는 단순한 위법 행위를 넘어 "법을 건드리고 동요시키며 불안하게"[16] 만드는 사건이라 할 수 있다. 한니발은 정신의학에 의해 19세기 이후 우글거리게 된 "작은 변태적 괴물"(버팔로 빌과 같은)이 아니라, 정신의학적인 지식-권력과 사법적인 국가권력을 뒤흔드는 "커다란 식인 괴물"[17]이다. 실제로 '인육을 먹는' 그의 행위는 모든 금기와 한계와 분류를 넘어서는 그의 '괴물성'을 상징적으로 보여준다. 그는 자기동일화하는 이성의 논리로 도무지 추방하거나 제어할 수 없는 괴물 같은 타자성 그 자체일 것이다.

이 같은 괴물에게는 신성(神聖)의 분위기가 감돌고 있다. 루돌프 오토(Rudolph Otto)가 지적한 대로, 개념적으로 전혀 파악할 수 없는 "두려운 신비(mysterium tremendum)"는 종교적인 성스러움의 감정을 느끼게 한다.[18] 〈양들의 침묵〉은 한니발 렉터가 불러일으키는 무시무시한 숭고를 버팔로 빌이라는 구체적인 현실의 악과 확연히 구별해 놓음으로써, 두 층위를 무차별하게 뒤섞거나 대등하게 취급하기를 단호히 거절한다. 한니발 렉터는 심지어 클라리스와의 관계에 있어 '구원자'의 이미지마저 지니고 있다. 클라리스는 목상을 하는 친척집에 살던 어린 시절, 양들을 도살하는 장면을 우연히 목격하고 새끼양한 마리를 훔쳐 달아난 적이 있다. "한 마리라도 구하고 싶었지만" 그녀가 안고 도망치기에는 "양은 너무 무거웠"다. 그녀는 보안관에게 붙들려 고아원에 보내졌고, 그 새끼양은 죽고 말았다. 클라리스는 아

직도 악몽 속에서 양들의 울부짖는 소리를 듣곤 하는데, 그런 그녀에
게 버팔로 빌과의 대결은 그 비명 소리로부터 벗어나고자 하는 실존
적 고투이기도 하다. 한니발은 인터뷰의 과정에서 클라리스 자신이
이 사실을 깨닫게 도와주고, 원죄와도 같은 죄의식으로부터 스스로
를 구원하는 길을 찾아나갈 수 있도록 그녀를 이끌어준다.

　한니발 렉터는 선과 악이라는 대립물의 통일체, 신과 악마의 이중
체로서의 신화적인 신성(神性)[19]을 지니고 있다. '생살을 먹는 자'인
신화 속의 에우에르게테스(Euergetes)처럼 그에게는 "해방자", "모든
제한과 금기로부터 자유로운 위대한 (……) 자유인"[20]의 이미지가
투영되어 있다. 한니발의 식인 행위를 그가 지닌 예술성과 연결짓는
몇몇 장면들은 신화적인 반항자-영웅을 창조적이고 미학적인 가치
와 결합시킨 낭만주의 시대의 악마 개념을 떠올리게 하기도 한다.[21]
리들리 스콧(Ridley Scott) 감독이 만든 속편 〈한니발〉(2001)에는 오컬
트[22]의 색채가 가미되면서 한니발의 악마적인 인상이 좀더 부각되어
나타난다. 감옥을 탈출한 한니발이 중세적인 분위기를 지닌 이탈리
아의 성당에서 『신곡』 「지옥편」을 강의하거나, 탐욕에 찬 형사 반장

〈한니발〉에서 클
라리스를 구출하
는 한니발 렉터

파치를 성당 벽에 매달아 처형하는 장면 등은 그 단적인 예라 하겠
다.

1960년대부터 활발하게 생산된 오컬트 영화는 악마의 육신화
(incarnation), 신들림(possession), 악령 퇴치(exorcism) 등을 테마화하
면서, 근대 이후 인간의 악한 성향이나 무의식의 어두운 측면으로 내
면화되었던 전통적인 악마의 개념을 강렬하게 되살려냈다. 사회 전
반에서 영적인 것에의 갈망이 고조되고 있는 오늘날, 오컬트 영화는
영향력이 쇠퇴하고 있는 전통 종교를 대신하여 이 같은 요구를 대중
적으로 충족시키는 유사종교와도 같은 기능을 해왔다. 하지만 〈악마
의 씨〉(*Rosemary's Baby*), 〈오멘〉(*The Omen*), 〈엑소시스트〉(*The
Exorcist*), 〈다크니스〉(*Darkness*) 등의 오컬트 영화에서 선/악, 신/악
마, 정통/이단과 같은 기독교적 이분법은 완강하게 유지된다. 이에
비하면 〈한니발〉의 이교적이고 악마적인 요소는 오컬트의 이분법을
전복하는 성격을 띤다. 이 점은 이 영화가 '마녀 사냥' 모티프를 활용
한 데서도 분명하게 드러난다.

〈한니발〉의 스토리는 한니발 렉터의 환자였다가 그에게 공격을 당
해 흉측한 몰골로 살아남은 메이슨 버저의 복수극을 중심으로 한다.
거부(巨富)인 그는 "아버지가 운영했던 여름성경학교"에서 어린이들
을 성적으로 유린하고도 무죄판결을 받고 풀려난 인물이기도 하다.
그는 복수를 위해 치밀한 음모를 꾸미지만, 일이 뜻대로 풀리지 않자
클라리스를 함정에 빠뜨려 한니발을 유인하려 한다. 그는 클라리스
가 한니발과 은밀히 내통하고 있다는 증거로, 한니발이 그녀에게 보
낸 것처럼 꾸민 엽서를 FBI에 전달한다. 이는 마녀로 지목된 여인들
에게서 악마와 내통한 흔적을 억지로 찾아냈던 마녀 사냥 시대의 관
습들을 연상시킨다. 마녀는 흔히 악마와 육체적인 성관계를 맺은 것

으로 간주되곤 했는데, 이 영화에서도 버저는 조작된 엽서를 통해 한
니발과 클라리스를 연인 관계로 몰아가려고 한다. 〈한니발〉은 버저
가 지닌 부도덕하고 사악한 속성과 클라리스의 정직하고 용기 있는
모습을 대비시키고, 버저를 식인 돼지 우리에 던져 처단하는 반면 클
라리스를 무사히 구출되게 함으로써, 선/악과 결부된 정통/이단의
배타적인 이분법을 완전히 뒤집는다.

〈양들의 침묵〉에서 정신적으로 클라리스를 도왔던 한니발은 이 영
화에서는 위험에 처한 그녀를 실제로 구출하고(그녀 또한 버저로부터
그를 구한다) 부상당한 그녀를 직접 치료한다. 그럼에도 불구하고 클
라리스에게 그는 여전히 낯설고 무서운 존재이며, 그녀의 도덕관과
가치관으로는 결코 받아들일 수 없는 존재이다. 버즈와 공모했던 크
렌들러의 뇌를 산 채로 절개하여 요리하는 한니발의 모습은 그녀를
경악하게 한다. 클라리스는 한니발을 체포하기 위해 그의 한쪽 손과
자신의 한쪽 손에 수갑을 채우는데, 한니발은 그녀의 손목을 자르는
대신 자신의 손목을 잘라내고 홀연히 탈출한다. 이 같은 자기희생적
면모로 인해 한니발 렉터라는 식인 괴물에게는 신/악마의 대립보다
더 근원적인 신성이 다시 한 번 짙게 드리워진다. 식인 행위는 악마
숭배자들에게 붙여진 가장 흔한 죄목 중 하나이기도 했다. 이 영화가
한니발의 존재를 통해 기독교적인 이분법을 전면적으로 와해시키는
것은 너무 쉽게 타자를 '악마화'해온 서양 문화의 어두운 뒷면과, 거
기에 감추어진 위선적인 폭력성을 비판하고 반성하기 위함일지 모른
다.

우리 곁에, 그리고 우리들 속에는 너무나 이질적이고 이해할 수 없
으며 그래서 두려운 타자들이 언제나 존재해왔다. 그 타자들을 '환
자'로 간주하여 손쉽게 동일화해 버리거나 '악마'로 만들어 퇴치해

버리는 대신에, 그런 욕망에 저항하면서 우리는 그들과 관계를 맺으며 함께 살아가야 한다. 〈양들의 침묵〉의 결말에서 한니발 렉터의 전화를 받고 두려움에 떨리는 목소리로 "닥터 렉터! 닥터 렉터!"를 부르는 클라리스처럼, 우리는 대답 없는 그들과 소통하기 위해 노력을 기울여야만 할 것이다.


## 3. 기독교적 신성과 악의 책임론

〈쏘우〉 시리즈는 2005년 제임스 완(James Wan) 감독에 의해 1편이 제작된 뒤, 데런 린 보우즈만(Darren Lynn Bousman)의 감독으로 2006년 2월과 11월에 각각 2편과 3편이 개봉된 공포 스릴러 영화이다. 이 시리즈에는 짐승의 가면을 쓰고 사람들을 납치하여 가두고 괴상한 기계 장치들로 결박하여 잔인하게 고문하다 죽이는 살인마 '직쏘(Jigsaw)'〔살해한 사람들의 피부를 직쏘 퍼즐(Jigsaw puzzle) 조각 모양으로 잘라내어 표식을 남기는 데서 유래한 별명〕가 등장한다. 살인마를 체포하려는 형사나 경찰들과 직쏘의 대결 과정은 스릴러적인 특징을 강하게 드러내지만, 직쏘가 자신의 정체를 숨김없이 드러낸 뒤에도 이들은 그의 적수가 되지 못한다. 직쏘를 뒤쫓던 형사와 경찰들은 그의 작전에 말려들어 목숨을 잃거나 그에게 집착하다 미쳐버리고(〈쏘우〉), 심지어 그의 '실험 대상'이 되어 고통스럽게 죽임을 당한다. 특히 경찰 에릭 매튜스는 아들을 납치해놓고 '게임'을 제안하는 직쏘와 면전에서 대결하다가 무력하게 패배하여 감금되는데(〈쏘우 2〉), 탈출을 위한 그의 처절한 노력 또한 실패로 돌아간다(〈쏘우 3〉).

직쏘는 암에 걸려 죽음을 눈 앞에 둔 환자로서 신체적으로는 결코

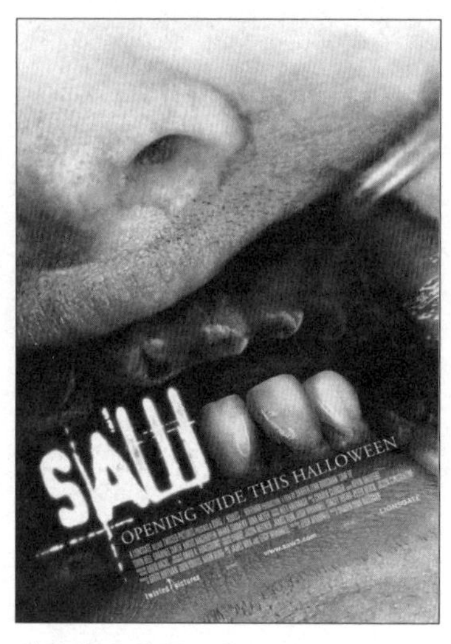
영화 〈쏘우 3〉 포스터

강자가 아니지만, 모든 것을 '깨달은 자'와 같은 초연한 태도와 무수한 변수들을 고려하여 상황을 통제하는 놀라운 능력으로 인해 인간의 한계를 뛰어넘는 초인간적 강자의 모습을 띤다. 그는 사람들을 마음대로 '가지고 노는' 악마, 멸망의 날이 다가옴에 따라 더욱 더 온힘을 다해 악행을 저지르는 '지하의 세력'처럼 느껴진다. 직쏘는 악마에 대한 기독교의 전통적 관념, 즉 끔찍한 도구들로 사람들을 고문하여 육체적인 고통을 가하는 악마의 형상을 그대로 보여준다. 서서히 턱을 조여와 턱뼈를 부숴버리는 기계(〈쏘우〉), 온몸의 관절을 비틀어 사지가 뒤틀린 채 죽게 만드는 기계(〈쏘우 3〉) 등이 그 대표적인 예이다.

직쏘는 또 실험 대상이 된 사람들을 함정에 빠뜨려 죄를 짓게 유혹한다. 아만다에게는 자기가 살기 위해 다른 사람의 배를 갈라 열쇠를 꺼내지 않을 수 없게 만들고, 고든에게는 함께 감금된 아담을 죽여야만 아내와 딸을 살릴 수 있다는 조건을 내건다(〈쏘우〉). 한편 그럴듯한 궤변으로 자신의 논리를 합리화하는 그의 모습은 파우스트적인 개념의 악마(메피스토펠레스)와도 닮아 있다. 직쏘는 "이미 영혼이 죽어 있지 않다면" "죽음은 서프라이즈 파티나 다름없"(〈쏘우 3〉)으며, "다들 죽음의 공포를 모르"기 때문에 "진정한 삶의 맛도 모르고 살"(〈쏘우 2〉)아간다는 논리를 편다. 그는 "살아 있는 게 다들 별로인가 본데 이젠 아니겠지, 더 이상은"(〈쏘우〉)이라는 말로, 자신이 가한 위협과 폭력을 정당화한다.

이처럼 직쏘에게는 기독교 문화 안에서 형성된 악마의 갖가지 형
상들이 복합적으로 담겨 있다. 잔인한 데다가 교만하기 이를 데 없
고, 심오한 철학까지 지닌 듯이 행동하는 살인마가 인간의 힘으로는
대적할 수 없는 악마의 형상으로 그려지는 것은 무척이나 꺼림칙한
일이다. 게다가 우리를 더욱 불편하게 만드는 것은 그런 직쏘에게 기
독교적인 신의 형상이 겹쳐서 떠오른다는 사실이다. 직쏘는 어디에
나 있고 언제나 우리를 지켜보고 있으며 '우리가 저지른 잘못을 다
알고 계시는 하나님'의 모습을 하고 있다. 실제로 직쏘의 게임들은
그들이 이미 지은 죄에 대한 처벌의 형태로도 나타나며, 심지어 교훈
을 주기 위한 시련의 성격마저 지니고 있다.

직쏘에 의하면 감옥을 제집처럼 드나드는 남자 트로이는 "태어나
면서 축복받았음에도 불구하고" 그 사실을 깨닫지 못한 자이다. 그
가 자신을 결박한 죄의 "사슬을 끊어버리기 위해 어디까지 갈 것인
지"(〈쏘우 3〉) 시험하고자, 직쏘는 그의 몸 곳곳에 쇠사슬을 박아넣는
다. 트로이는 제 살을 찢고 정해진 시간 안에 그 사슬을 모두 뽑아내

〈쏘우 3〉에서 직쏘
가 트로이를 시험
하는 장면

야만 살아서 나갈 수 있다. 직쏘는 또, 면도칼로 손목을 그어 자살을 기도했던 폴에게는 "정말 죽고 싶었"(《쏘우》)던 것인지를 증명하고 삶의 소중함을 깨닫게 하기 위해, 날카로운 쇠줄들 사이를 뚫고 나가 탈출을 해야만 하는 과제를 준다. 음주운전자에 의해 아들을 잃고 "증오와 복수심"에 사로잡혀 살고 있는 제프에게는 직쏘의 게임이 "용서할 수 있는 기회"(《쏘우 3》)를 주는 일로 묘사된다. 직쏘가 린을 "선택"한 것(린에게 아만다는 "저분이 널 선택하셨다"고 말한다)도 "그렇게 아름다운 가족이 있으면서"(《쏘우 3》) 우울증에 시달리고 무의미한 외도를 하는 그녀가 이전의 잘못을 뉘우치고 가족에의 사랑을 되살 릴 수 있게 하기 위해서였다고 할 수 있다. 자신에게 주어진 "시험을 통과"(《쏘우 2》)하면 그들은 살아날 수 있고 "이제껏 걸어온 삶과는 다른 삶"(《쏘우 3》)을 살 수 있다고 직쏘는 말한다.

살인마 직쏘에게 기독교적인 신의 형상을 부여한 것은 이 영화의 의도적인 설정으로 보인다. "닫힌 문을 열고 구원을 얻어봐"(《쏘우 2》), "너의 모든 것을 나에게 맡겨라", "남이 네게 하길 바라는 것처 럼 남에게 하라는 말이 여기에도 적용될까?"(《쏘우 3》) 등과 같은 직 쏘의 말은 기독교적인 뉘앙스를 직접 전달한다. 직쏘가 지닌 신의 이 미지는, 영화의 중심 스토리를 이루는 직쏘의 게임이 내가 살기 위해 남을 죽여야 하는 시험인 경우(《쏘우》)보다는, 죽음의 공포와 고통이 시시각각으로 엄습해 와도 남을 돌보고 살려야만 하는 시험(《쏘우 2》, 《쏘우 3》)인 경우에 더욱 두드러진다.

특히 〈쏘우〉 시리즈 전편(全篇)에 등장하는 인물 아만다는 후속편 으로 갈수록 직쏘의 신성을 점점 더 강화시키는 역할을 한다. 아만다 는 첫 번째 시험을 통과하고 살아난 뒤 "그에게 감사"(《쏘우》)한다고 말했던 인물인데, 직쏘가 그녀를 거둬들인 다음에는 그에게 헌신하

여 충성스러운 '자녀'가 된다(〈쏘우 2〉). 그런 아만다가 〈쏘우 3〉에서
는 "넌 아무것도 아냐! 넌 직쏘가 아니야!"라는 에릭의 말에 분노하
여 직쏘가 정한 규칙을 어기고 에릭을 살해한다. 이 장면에서 그녀는
신과 동등해지고자 하는 욕망을 품고 반역을 꾀한 자(사탄)의 모습을
강하게 암시한다. 그녀에게 주어진 마지막 시험에서 직쏘를 향해
"아무도 바뀌지 않아. 다 거짓말이야!", "아무도 다시 태어나지 않
아. 그리고 난 그저 당신 게임에 이용당할 뿐이지!"라고 소리치는 아
만다에게는 신에게 대항하는 자(루시퍼)의 모습이 투영되어 있다.

이렇게 〈쏘우〉 시리즈는 직쏘가 악마인지 하나님인지 혼란스럽게
만드는 방식을 취하고 있다. 이런 관점은 이교적인 악마주의 이상으
로 '불경하게' 느껴지만, 이와 유사한 혼란은 기독교 자체 안에도 어
느 정도 내재되어 있다. 우리를 시험하고 심판을 집행하는 두려운 하
나님은 너그럽고 '사랑 많으신 하나님'의 또 다른 얼굴이다. 역사적
으로 볼 때 기독교는 "악의 원리를 (……) 신의 그림자로 이해"했던
신화와 원시 종교들의 영향을 받았으며,[23] 신과 악마의 관계에 대한
기독교의 전통적인 관념은 사실상 그리 명료하거나 단순하지 않다.
악마는 지옥에 수감되어 고통을 당하는 자인가, 아니면 죄지은 자들

을 처벌하는 지옥의 간수인가? 악마는 하나님의 적인가, 아니면 하나님의 대리인인가? 그 대답은 '양쪽 모두'라고 해야 할 터인데, 이 영화는 그러한 애매모호함을 과장되게 부각시켜 악마 직쏘에게 의도적으로 기독교적인 신의 형상을 부여했다고 할 수 있다. 인간의 이해 능력의 한계를 초월하는 신의 존재는 절대적 타자의 강력한 표상이기도 하며, 유한한 인간에게 그것은 무서운 폭력 그 자체로 느껴질 수 있다. 기독교의 신성을 선/악의 구분이 무화된 이 같은 영역으로 옮겨놓은 〈쏘우〉 시리즈는 기독교적인 '하늘 컬트'에 반발하는 포스트모던 '땅 컬트'를 가장 도발적으로 예시하는 공포 스릴러 영화라고 말해도 좋을 것이다.

그럼에도 불구하고 이 영화는 또한 악의 문제에 대한 관심을 집요하게 밀고 나간다. "인간의 본성을 실험"(〈쏘우 2〉)하는 수많은 게임들을 통해, 직쏘는 인간에게 근본적으로 악한 본성이 내재해 있다는 결론을 이끌어낸다. 그렇다면 악의 책임은 살인마 직쏘가 아니라 직쏘의 게임에서 번번이 악을 선택한 실험 대상들에게 있는 것일까? 직쏘는 바로 그렇게 주장한다. 그는 자신은 결코 살인자가 아니며 오히려 "살인자들을 경멸"(〈쏘우 3〉)한다고 강조하면서, 모든 것은 희생자들 "본인의 선택"(〈쏘우 2〉)이었다고 말한다. 그는 매번 "살겠나, 죽겠나? 자네가 결정하게"(〈쏘우 3〉)라는 식으로 선택권을 주었는데, 그들이 어리석게도 시험을 통과하지 못하여 결국 죽음을 선택하는 결과를 초래했다는 것이다. 이에 대해 에릭은 그들을 "죽음의 궁지로 몬 것도 살인"(〈쏘우 2〉)이라고 반박한다. 이는 직쏘가 모든 게임을 처음부터 끝까지 계획하고 견뎌내기 어려운 시험을 부과하고도 그들의 죽음을 각자의 선택의 결과로 돌리는 데 대한 반발이라 할 수 있다. 직쏘가 그들을 가혹하게 시험하지 않았다면 그들이 악한 본성을 드러내고 결국 죽음을 자초하는 일도 일어나지 않았을 것이 아닌가?

　흥미롭게도 이런 질문은 기독교의 뿌리 깊은 쟁점, 즉 하나님에게는 악마의 존재와 세상의 악에 대해 얼마나 책임이 있는가 하는 문제와 결부되어 있다. 기독교는 일원론을 토대로 하여 유일신의 전능함을 강조하면서도, 동시에 신의 절대선(絶對善)을 유보하지 않은 종교이다. 이 때문에 기독교는 온 우주의 창조주인 유일신에게서 악의 책임을 감면해야 하는 어려운 과제에 직면하게 되었는데,[24] 역사적으로 기독교는 이 문제에 대하여 반(半)이원론적인 해결책을 찾아나갔다고 볼 수 있다.[25] 악마는 원래 신이 창조한 선한 천사였지만, 신에게 반역하여 결국 그의 적대자가 되었다는 논리가 그것이다. 이 과정에서 중요하게 부각되는 것이 자유의지와 선택의 문제이다. 신은 세상을 선하게 창조했고 언제나 세상이 선하기를 원했지만, 천사와 인간에게 선과 악 가운데 한쪽을 자유롭게 선택할 수 있는 자유의지를 주었다. 그런 선택권이 주어졌을 때에만 선은 진정한 의미를 지닐 수 있기 때문이다. 이렇게 하여 악의 책임은 신이 아니라 악을 선택한 천사(악마)와 인간(아담과 이브) 자신들에게 돌아간다.[26]

　하지만 여기에도 논쟁의 여지는 남아 있다. 그것은 모든 게 신의 뜻대로 계획된 우주 안에서 인간의 자유의지란 과연 어떤 의미를 지닐 수 있는가 하는 문제로 요약된다. 전지전능한 신은 그들이 악을 선택할 것을 미리 알고 있었을 것이며, 그 엄청난 결과도 충분히 예견했을 것이다. 그렇다면 세상의 악과 그것이 초래한 고통들조차 신의 커다란 계획의 일부였단 말인가? 정말로 신은 악을 통해 더 큰 선을 이루시는가? 그 대답은 인간으로서는 도무지 헤아릴 수 없는 불가해한 신의 뜻으로 남겨진다. 제프리 버튼 러셀(Jeffrey Burton Russell)은 기독교가 이런 난해한 질문들에 대답하기 위해 고심하는 과정에서 선과 악, 신과 악마에 대한 단순 논리를 탈피하여 복합적이고 깊이 있는 종교로 발전할 수 있었음을 시사한다.[27] 이렇게 보면 〈쏘우〉 시리즈는 여전히 명쾌한 답을 구할 수 없는 기독교의 난제들을 끌어들여 악의 근원과 그 책임에 대해 근본적이고 형이상학적인 질문들을 던지고 있다고 하겠다.

〈쏘우〉 시리즈는 인간의 노력과 의지로는 어찌해볼 수 없는 세상의 악을 인간 본성 탓으로 받아들이는 비관적인 시각을 보여주는 한편, 그 근원적인 책임을 신에게 추궁하는 절박한 항변의 메시지로 읽힐 수 있다. 전능하고 선하신 하나님이 왜 세상에 (이토록 오래, 이토록 극심한) 악을 허락하셨는가 하는 질문은 무신론자들에 의해 끊임없는 논란거리가 되었지만, 특히 "진보에 대한 가정을 재평가하도록 요구"한 "20세기의 참사들"[28] 이후로 첨예한 쟁점으로 떠올랐다. 이 문제를 다시금 극단적인 방식으로 테마화한 이 영화는 범죄와 테러 등의 사회악이 이전 어느 때보다 심각한 문제로 대두된 지금의 현실(특히 미국적인)을 비추는 사회문화적 징후일 것이다. 〈쏘우〉 시리즈는 인간의 본성적 결함이나 악이 넘쳐나는 현실에 대해 어떠한 희망적인 비전도 암시하지 않기 때문에, 우리 마음을 답답하게 한다. 그러나 손쉬운 해답과 후련한 대리만족 대신에 뒤엉킨 질문들의 출구 없는 미궁을 제시하는 이런 방식은 이 영화가 악의 문제를 다루는 최소한의 윤리일 것이다.

## 4. 공포 스릴러가 지닌 서사적 탐색의 가능성

공포 스릴러는 의미화를 넘어서는 전율의 체험을 제공하는 동시에, 어떤 식으로든 악의 문제를 서사화한다. 그 서사화의 방식은 공포 스릴러가 악을 바라보고 그것에 대응하는 태도를 대변한다는 점에서 주목을 요한다. 현실적인 죄악을 간단히 숭고의 영역으로 치환하는 공포 스릴러들은 악의 문제를 회피하거나 신비화하는 결과를 초래하게 된다. 이 장에서 살펴본 공포 스릴러 영화들은 각기 다른 방식으로 이 같은 한계를 어느 정도 극복하고 있다.

〈양들의 침묵〉과 〈한니발〉은 현세적인 범죄나 도덕적인 악의 영역을 신화적인 신성의 영역과 분리시켜 놓는다. 정신질환에 걸린 약자-살인마(버팔로 빌), 음모를 꾸미는 원한 맺힌 범죄자(버저) 등과 인육을 먹는 신화적 괴물 한니발 렉터를 대비시키는 방법이 그것이다. 이 영화들은 현실의 악에 대항하여 싸워야 할 도덕적 의무를 강조하는 한편, 선/악의 이분법을 전복하는 신성의 영역을 통해 타자성과 대면하는 윤리적 태도에 관해 생각해보게 한다. 클라리스와 한니발 사이의 미묘한 관계는 낯설고 두려운, 괴물 같은 타자를 동일자로 환원하여 길들이거나 악마화하여 배척하는 방법 말고도 소통의 또 다른 가능성이 존재할 수 있음을 암시해준다.

〈쏘우〉 시리즈는 범죄와 악의 표상인 살인마 직쏘를 기독교적인 신의 형상과 중첩시켜 놓음으로써, 매우 논쟁적인 방식으로 악의 문제를 테마화한다. '알 수 없는 신의 뜻'이라는 절대적 타자성은 무서운 폭력으로 체험되기도 하지만, 그 불가해한 신성을 향해 질문하고 힝변하는 집요한 과성은 이 영화에서 악의 문제에 대한 종교적이고 형이상학적인 탐구로 이어진다. 이는 세상에 만연한 고통과 죄악의 근원은 무엇이며, 그 책임은 누구에게 있는가 하는 논점으로 집약된다. 결코 해답을 찾을 길 없는 이 같은 질문들을 거듭하면서, 〈쏘우〉 시리즈는 현세적인 악과 초월적인 신성의 문제를 결합시키려는 긴장감 있는 시도를 보여준다.

　이처럼 대중적인 공포 스릴러 장르는 현실에 잠재된 불안과 그로 인한 공포를 해소하는 대리만족의 기능 이외에도 선악과 타자성의 문제에 대한 서사적 탐색의 가능성을 지닐 수 있다. 이러한 가능성을 발견하고 적극적으로 이끌어내는 독법은 대중 서사물이 지닌 전복의 에너지와 그 사회문화적인 영향력을 활성화시키는 방법으로서도 의의를 지닌다고 하겠다. 그것은 대중 서사물을 분석하는 연구자들이 지녀야 할 윤리의 문제이기도 할 것이다.

# 11 권력의 공포와 모성 이데올로기의 붕괴

## 1. 공포영화의 무의식과 이데올로기

이 장과 다음 장에서는 한국 공포영화, 특히 우리의 정서로는 도끼를 든 살인마보다 백배 무서운 '귀신 영화'들을 다루게 된다. 우리 영화들 중에도 〈가위〉〈해변으로 가다〉〈찍히면 죽는다〉〈텔미썸딩〉 등과 같은 살인마 얘기들이 있지만, 한국 공포영화의 대표작들은 역시 귀신 영화들이다. 귀신이 등장하는 한국 공포영화들은 따로 하위 장르를 나누지 않고 그저 공포영화(horror movie)라고 부르는 편이 가장 적절해 보인다. 미국적(기독교적)인 배경에서 나온 공포영화의 하위 장르 개념들(특히 오컬트 같은 것)은 우리 영화에는 별로 잘 어울리지 않는다.

공포영화에 등장하는 괴물들과 마찬가지로, 귀신들 또한 우리 자신의 억압된 무의식을 표상하곤 한다. 우리는 스스로 "거부감을 느끼게 되는 무의식적 두려움들을 타인에게 투사"함으로써 "우리 자신을 동요시키는 이질성(alterity)에 대한 책임"을 회피하려고 한다.[1] 우리 내부의 타자성을 괴물이나 귀신으로 "희생양화"하는 방식은 "우리의 실존을 단순화"[2]시키고 억압된 욕망과 그로 인한 공포를 순화하려는 심리적 방어의 메커니즘인 것이다. 사회적으로는 공동체적 질서와 안정을 유지하기 위한 지배 이데올로기의 작용이 이 같은 억압과 방어의 메커니즘에 개입한다. 따라서 공포영화에서 누가 빈번히 괴물 또는 귀신이 되는가를 살펴보는 것은 "그 사회가 억압하고 있는 본원적인 무의식"이 무엇인가를 확인하는 일이기도 하다.[3] 혼외정사(〈하녀〉 〈폰〉), 여성의 탐욕(〈분홍신〉), 동성애(〈여고괴담 두 번째 이야기〉) 등과 같이 가부장적인 일부일처제 사회에서 승인될 수 없는 욕망들이 귀신의 형상으로 출몰하는 공포영화들은 그 단적인 예라 할 수 있다.

공포영화는 금지된 욕망과 억압된 무의식이 분출하는 장이라는 점에서는 체제 반역적인 면을 지니고 있지만, 결과적으로 그 욕망이 처벌받거나 순치되는 과정을 통해 지배 이데올로기를 강화하는 경향이 있다. 사회적인 타자나 피억압자가 원귀(冤鬼)의 형상으로 등장하는 공포영화들에서 귀신의 정체가 밝혀지고 해원(解冤)의 의식이 행해지면, 그들에 대한 지배 이데올로기의 공포는 성공적으로 완화되고 해소된다. 원귀가 끝내 추방되지 않고 우리 곁에 남아 있는 것으로 종결되는 공포영화들은 좀더 위협적이고 반역적인 기운을 담고 있지만, 그것이 억압된 욕망과 원한의 일시적인 배출구로 존재하는 한, 공포 서사물은 결국 체제 순응적인 이데올로기에 봉사하게 된다. 전형적인 공포 서사 장르가 지닌 한계는 여기에 있다고 할 수 있다.

그런데 최근의 한국 공포영화들은 이와는 좀 다른 양상을 보여주고 있어 관심을 끈다. 〈령〉(감독 김태경, 2004)과 〈여고괴담 4: 목소리〉(감독 최익환, 2005, 이하 〈목소리〉) 등은 '피억압자-약자-원귀'의 상투적인 공식을 깨뜨리는 '지배자-강자-귀신'의 존재를 통해 지배 이데올로기의 공포가 아닌 지배 이데올로기에 의한 공포를 형상화하는 것으로 보인다. 이는 공포영화가 '지배자-억압자'의 관점에서 탈피하여 권력의 본질을 통찰하고 전복적인 사유로 나아갈 수 있는 가능성을 엿보게 한다는 점에서 주목할 만하다. 이 장에서는 위의 공포영화 두 편과 함께 〈분신사바〉(감독 안병기, 2004)와 〈신데렐라〉(감독 봉만대, 2006)를 함께 다루고자 한다. 이들 네 편의 공포영화는 모두 여고생들을 주요 등장인물로 하여[4] 친구 관계와 모녀 관계를 통해 권력의 문제를 이야기한다. 특히 모성(maternity)을 형상화하는 이 영화들 각각의 관점은 가부장제와 가족주의 이데올로기에 대한 서로 다른 입장을 대변해준다. 여전히 '피억압자-약자-원귀'가 등장하는 〈분신사바〉와 〈신데렐라〉를 〈령〉이나 〈목소리〉와 비교함으로써, 유사한 문제가 다루어지는 서로 다른 방식과 그 이데올로기적 효과를 확인해 보기로 하자.


## 2. 공포영화에 나타난 권력의 양상들

'정통 호러'를 표방하는 〈분신사바〉는 초혼(招魂), 저주, 복수, 빙의(憑依), 환생 등과 같은 공포영화의 전형적인 모티프들로 이루어져 있다. 서울에서 전학을 와 반 친구들에게 따돌림을 당하던 유진(이세은 분)은 귀신을 부르는 '분신사바' 주문을 외워 자신을 괴롭히는 네 명의 여학생에게 저주를 내린다. 저주 받은 친구들은 머리에 검은 비닐 봉지를 뒤집어쓰고 스스로 불을 붙여 한 명씩 자살을 한다. 죽음의 장소에는 매번 어김없이 유진이 함께 있었지만, 그녀는 아무것도 기억하지 못한다. 반 친구들을 죽음으로 몰고 간 것은 유진의 주문에 의해 불려나와 그녀의 몸 속으로 들어간 귀신, 30년 전에 마을 사람들에게 같은 방법으로 죽임을 당했던 '29번 여학생' 인숙(이유리 분)이었다. 외지인에게 배타적이었던 마을 사람들은 마을에 흘러들어온 무당 춘희(김규리 분)와 그녀의 딸 인숙을 몰아내려 했고, 인숙의 담임선생(이병욱 분)을 비롯하여 영향력 있는 마을 남자들은 그러지 않는 대가로 춘희를 성적으로 농락해 왔다. 그러던 중 이 사실이 알려지기 시작하자 마을 전체가 공모하여 춘희 모녀를 살해한 것이다. 인숙의 원귀가 유진을 통해 학교 여학생들을 살해한 뒤, 미술교사 은주(김규리 분)로 환생한 춘희의 원귀는 과거에 자신들을 학대하고 죽인 마을 남자들에게 차례로 복수를 한다.

이처럼 〈분신사바〉는 원귀의 복수라는 공포영화의 전통적인 테마를 반복하고 있을 뿐 아니라, 권력을 가진 자에 의해 희생당한 약자-귀신의 존재를 내세운다. 과거에 춘희 모녀에게 가해졌던 폭력도 그

영화 〈분신사바〉

러하지만, 30년 후에 유진이 학교에서 당하는 폭력 역시 공동체의 집
단적인 권력에 의한 이방인-희생양화의 성격을 띤다.[5] 그런데 외지
인에게 터무니없는 집단 폭력을 행사하는 분지 마을의 폐쇄성이나,
길목을 지키고 있다가 갈길을 막아서며 유진에게 폭언과 폭행을 일
삼는 여학생들의 행동은 지나치게 작위적이고 도식적이어서 공감을
불러일으키기 어려운 측면이 있다. 일방적인 가해자의 성격을 띠는
권력 집단과 이에 대해 맹렬한 증오를 품는 무고한 피해자간의 극명
한 대립관계는 권력의 메커니즘을 지나치게 단순화시킨 감도 없지
않다. 명백한 권선징악의 원칙에 따라 처벌을 받는 가해자의 모습은
권력의 본질이나 권력자의 내밀한 공포를 형상화하기에는 역부족인
것처럼 보인다. 피해자-원귀의 처참한 복수극은 사회적인 약자의 원
한을 제의적으로 해소할 뿐, 권력의 완강한 구조에 의문을 품거나 그
것을 흔들어 놓는 데까지 나아가지는 못한다. 등 뒤에서 쓰윽 나타나
는 머리 푼 귀신, 방 구석에서 기어나오는 귀신, 얼굴에 화상을 입은
처참한 형상의 시체 등등 공포영화의 클리셰(cliché)가 된 장면들이
관객을 수시로 놀라게 하기는 해도, 이 영화가 우리의 잠재된 공포를
일깨우는 섬뜩함을 주지는 못하는 이유가 여기에 있다고 하겠다.

　이에 비하면 〈령〉이 보여주는 가해자와 피해자의 관계는 훨씬 복합
적이다. 은정(이윤지 분)이 "정신 똑바로 차려. 정신 차리지 않으면 찾
아온 혼령이 네 몸 속으로 들어갈 수도 있어. 혼령에겐 기거할 육신
이 필요하거든"이라고 말하며 귀신을 부르는 첫 장면은 〈분신사바〉
와 흡사하지만, 이는 복수나 저주를 위한 행위가 아니라 단순한 장난
으로 묘사된다. 뜻밖에도 은정의 장난은 실제로 귀신을 불러오는 결
과를 낳고, 언니 은서(전혜빈 분)는 악몽에 시달리다가 익사체의 형상
으로 목숨을 잃는다. 은서에 이어 유정(전희주 분)과 미경(신이 분)까지

까지 여고 동창생들이 연달아 죽게 되자, 기억상실증에 걸린 지원(김하늘 분)은 과거의 기억을 찾아나선다.

영화의 후반부까지도 귀신의 정체는 여고시절 '짱'이었던 지원에 의해 따돌림을 당하고 익사한 친구 수인(남상미 분)의 원혼으로 짐작된다. 되살아난 기억으로 괴로워하며 죄책감과 공포에 시달리던 지원이 수인의 시체를 건져내어 사죄하고 원귀의 한을 풀어줌으로써, 복수극은 이 정도로 마무리되는 것처럼 보인다. 그러나 지원과 함께 물에 빠졌을 당시에 수인의 혼령이 지원의 몸 속으로 들어갔음이 밝혀지면서, 스토리는 급격한 반전을 맞게 된다. 그동안 자신이 지원인 줄만 알았던 인물은 실은 수인이었으며, 친구들을 살해한 것도 알고 보면 수인에게 몸을 빼앗긴 지원의 '령'이었음이 뒤늦게 확인된다. 따라서 지원의 모습을 한 수인은 자신의 몸을 되찾기 위해 그녀를 괴롭히는 지원의 '령'과 여전히 싸워야만 하는 것이다.

이 반전이 예측 가능한가 아니면 그렇지 않은가, 또는 공포영화의 미학적 효과를 높이는 데 기여하는가 아니면 그렇지 못한가 하는 문제보다 더욱 중요한 것은 그 이데올로기적 효과이다. 이 같은 반전으로 인해 〈령〉은 피지배자-피해자-원귀의 도식으로부터 지배자-가해자-귀신의 양상으로 급변하는데, 이로써 이 영화는 우리에게 정말 위협적이고 무서운 존재는 원한 맺힌 약자가 아니라 권력을 지닌 강자의 굽힐 줄 모르는 의지임을 깨우쳐준다.[6] 지원은 "친구 해줄게"라는 단 한마디로 수인에게 대리시험을 치게 해 은서를 부정입학 시킬 만큼 영향력 있는 존재였으며, 다들 지원이 시키는 대로 하지 않을 수 없을 만큼 "친한 척하면 얻을 게 많"(미경)은 친구였다. "너 아니면 나 같은 건" 아무것도 아니며 "난 네가 되고 싶"다는 수인의 고백처럼 지원은 선망과 부러움의 대상이었다. 가난했던 어린 시절의 단짝 친구인 수인까지 자신의 지배 아래 두었다가 황당하게도 수인에게 몸을 빼앗긴 지원이나, 지원을 구하고 숨을 거두면서도 지원이 되고 싶다는 소원을 이루기 위해 그녀의 몸을 차지하고 스스로 기억을 지운 수인은 모두 악한 가해자/선한 피해자의 단순한 이분법에는 들어맞지 않는다. 〈령〉이 서사화하는 것은 권력이 악의 화신이기 때문이 아니라 그 막강한 힘과 강렬한 매혹 때문에 두려운 존재라는 사실, 즉 권력 그 자체가 지닌 공포일 것이다.

지원을 중심으로 하는 친구 관계는 권력의 복잡한 메커니즘을 선명하게 가시화한다. 지원의 존재가 시사하듯이 권력은 일방적인 폭력의 형태로 나타나는 것이 아니라 "징벌을 내릴 수도 있고 또 사랑을 베풀 수도 있는 힘"[7]으로 작용한다. 지원은 친구들이 자신에게 복종하는 한 그들에게 시혜를 베풀 능력이 있으며, 자신의 뜻을 거스르는 순간 그들에게서 그 혜택을 박탈할 수 있다. 은서는 지원의 명령에 따르는 대가로(그녀는 지원에게 "그래도 돼?"라고 물으며 허락을 구한다) 대리시험자를 구할 수 있고, 수인은 지원의 말대로 은서 대신 시험을 쳐주는 대가로 친구들의 여행에 따라갈 자격을 얻는다. 그러나 지원의 가난했던 어린 시절에 대해 발설하는 순간 수인이 그렇게 된 것처럼, 그들은 언제든 지원으로부터 버림을 받을 수 있다. 그들이 지원 곁에 있는 것 또한 그저 복종하기 위해서는 아니다. 그들이 지원에게 복종하는 이유는 "한편으로는 권력자의 권력을 더불어 향유하고, 다른 한편으로는 언젠가는 권력자의 권력을 자기가 차지하기 위함"[8]이다. 물에 빠진 지원이 수영을 못해서 허우적거릴 때 은서의 입가에 떠오르는 냉정한 미소(한쪽 입술을 비틀며 미소짓는 이 표정은 지원 특유의 것으로 권력자로서의 정체성을 드러내는 표식이다)와, 정신을 잃고 쓰러진 지원을 대신해서 친구들에게 수인의 익사 사실을 비밀로 하라고 명령을 내리는 은서의 모습은 이를 잘 대변해준다.

한편 지원이 친구들 사이에서 권력자로 군림한 것은 자신에게 그럴 능력을 준(가난을 극복하고 자수성가한) 아버지를 잃은 다음이라는 데 주목해보자. 그녀는 아버지의 죽음 이후로도 여전히 부유하지만, 이제는 전과 같은 안정감과 자신감을 가질 수 없다. 친구들을 자기 아래에 묶어두려 하는 지원의 행동은 그녀 자신의 내면적 두려움, 곧 실패나 무력함에 대한 두려움, 자기가 가진 것을 잃을지도 모른다는 두려움에 기인한다. 권력을 향한 지원의 욕망은 이 같은 두려움에 대한 과보상 행위이자 자아의 방어 메커니즘으로 이해될 수 있다. 이는 아우구스티누스의 표현대로 "스스로 두려움에 빠져 남에게 두려움을" 주는(territus terreo) 권력의 본질이라 하겠다.[9] 수인의

영화 〈령〉 포스터

'령'이 들어간 지원의 '몸'이 두려움에 떠는 모습(그녀는 실제로는 수인이지만 관객에게는 여전히 지원의 모습으로 비치며, 수인이면서 지원인 인물이다)은 "상호 공포 관계의 성격을 지닌"[10] 권력 관계의 속성을 인상적으로 보여준다. 이런 측면들로 인해 〈령〉은 공포영화의 상투성이나 이데올로기적 보수성을 넘어 우리 자신을 지배하는 권력의 메커니즘과 권력에의 집요한 욕망을 폭로하는 잠재력을 지니게 된다.

이 두 편의 영화가 각기 다른 방식으로 지배 관계로서의 권력을 형상화한다면, 〈신데렐라〉와 〈목소리〉는 특히 애착 관계 속에서 발생하는 지배와 권력의 양상을 그려낸다. 〈신데렐라〉에는 여고생들간의 친구 관계가 다소 흐릿하게 처리된 대신, 엄마와 딸의 관계가 전면에 부각된다. 〈신데렐라〉는 여고생들의 성형수술을 공포물의 소재로 채택했다는 점에서 관심을 끈 영화이지만, 공포의 핵심은 다른 데 있다. 성형외과 전문의이자 딸에게 지극한 엄마인 윤희(도지원 분)는 어딘가 음산하고 비밀스러운 느낌을 주는 인물로 등장한다. 그녀의 사연은 딸 현수(신세경 분)가 자동차 화재 사고를 당했던 십여 년 전의 일로 거슬러올라간다. 윤희는 현수가 얼굴에 심각한 화상을 입어 병원에 입원해 있던 무렵, 자신을 엄마로 잘못 알고 따르는 한 아이(김가람 분)를 집으로 데려온다. 윤희는 아이의 얼굴을 도려내 현수에게 이식하고 아이에게는 현수의 얼굴을 본떠서 만든 가면을 씌운 채로 지하실에 가두어 키운다. 여고생의 나이가 된 그 아이가 현수의 생일에 지하실에서 목을 매 자살한 뒤, 윤희에게 성형수술을 받은 현수의 친구들은 환영에 시달리다가 잇달아 목숨을 끊게 된다. 그들의 죽음은 결국 세보(가짜 엄마)의 사랑을 받지 못하고 얼굴까지 빼앗긴 소녀-원귀의 복수극이었던 셈이다.

〈신데렐라〉는 엄마와 딸 사이의 애착 관계를 권력 관계로 조명하

영화 〈신데렐라〉 포스터

고 있다는 점에서 흥미로운 공포 영화이다. 이런 측면은 친구 사이처럼 다정하면서도 딸에 대한 애정이 다소 지나치게 느껴지는 윤희 모녀의 관계에서뿐 아니라, '엄마'가 자기 얼굴을 도려낸 뒤에도 사랑 받기를 갈구하는 아이("엄마는 내 얼굴이 안 예뻐서 좋아하지 않아!")와 그 맹목적인 애착에 만족을 느끼는 가짜 모녀 관계에서도 발견된다. 윤희는 고등학생인 현수를 직접 목욕시키고 정기적으로 피부 관리를 해줄 정도로 친밀하고 애정이 깊은 엄마이지만, 현수의 휴대전화를 확인하고 외출과 귀가시간을 통제하고 생일잔치도 꼭 집에서만 열도록 하는 등 딸을 철저히 자신의 지배 아래 두고자 한다. 엄마의 사랑을 받기 위해 지하실 밖으로 나오지도 못하고 자기 얼굴을 내어주기까지 하는 아이의 절대적인 복종과 그런 아이에 대한 윤희의 강렬한 애정 표현 역시 애착 관계와 지배 관계의 밀접한 연관성과 전도 가능성을 확인시켜준다. 현수를 공포에 떨게 한 것은 자기도 모르는 사이에 남의 얼굴을 뒤집어쓰고 살게 만든 엄마의 사랑, 곧 "자기가 생각하는 선을 타자에게 부과"[11]하는 권력의 폭력성이다. 또한 '밖에 있는 언니보다 너를 더 사랑한다'는 말과 애틋한 포옹으로 아이의 모든 것을 착취하는 윤희의 행동은 사랑 받는 자가 부여받게 되는 권력의 전능함을 상징적으로 보여준다.

실제로 부모, 특히 엄마는 자녀에 대해 엄청난 권력을 지니고 있다.

"젖먹이의 경우 그것은 삶과 죽음에 관한 권력"이 될 수 있으며, 상당히 오랜 기간 작고 무기력한 존재로 살아야 하는 인간 아이에게 이 막강한 권력은 "오랫동안 영향력을 행사"한다.[12] 〈신데렐라〉는 피지배자-약자-원귀가 뒤늦게나마 엄마의 사랑을 차지하는 결말을 통해 (제정신이 아닌 윤희는 현수에게 "이젠 얼굴을 돌려줘야지"라고 말하고는 현수의 얼굴을 도려내어 죽은 소녀의 시체에 이식하려고 하며, 정신이 들어 이를 포기한 뒤에도 현수를 수술대 위에 남겨두고 가짜 딸의 혼령을 따라 집을 떠난다) 표면적으로는 희생자의 해원을 통한 기존 질서의 회복을 이야기하지만, 진정한 공포의 근원은 원귀의 존재라기보다는 오히려 지배자-엄마였다는 점에서 실제로는 모성이라는 이름의 권력으로부터 나오는 공포를 묘사해낸다. 이는 가족이란 친밀성의 장소인 동시에 사회적 지배관계를 재생산하는 장소이며, 사랑의 이름으로 지배를 정당화하고 "동일성의 독재"를 실현하는 "가장 끔찍한 이데올로기적 국가기구"[13]임을 누설하는 '불온한' 메시지로도 읽힐 수 있다.

한편 〈목소리〉가 테마화하는 것은 친구들(또는 동성애적 연인) 사이의 애착 관계와 지배관계이다. 〈목소리〉는 공포영화의 장르적 관습으로부터 가장 멀리 달아난 한국 공포영화라고 할 만한데, 영언(김옥빈 분)의 혼령과 친구 선민(서지혜 분) 사이의 애착 관계가 공포를 주기보다는 오히려 아름답고 슬프게 처리되어 있다는 점과 영화 초

〈여고괴담 4: 목소리〉 포스터

반부에서부터 귀신의 정체(영언이 이미 죽어 귀신이 되었다는 사실)를 공개하고 있다는 점 등에서 그러하다. 선민이 영언의 혼령과 대화를 나눌 수 있는 것은 그들이 여전히 서로에게 애착을 가지고 있기 때문이다. "강한 애착을 품으면 귀신도 목소리를 가질 수 있"지만 사랑하는 사람에게서 "잊혀지면서 귀신의 목소리를 잃게" 된다는 초아(차예련 분)의 말은 친구나 친밀한 사람들 사이의 애착 관계가 누구에게나 존재의 근거가 될 수 있음을 암시한다. 영언과 선민 사이에 서서히 균열이 생기면서 영언이 점차 목소리를 잃어가는 과정은 죽은 자와 산 자 사이의 관계 이전에 존재자 일반의 존재 조건을 시사하는 것처럼 보인다. 이런 측면에 주목한다면 〈목소리〉는 공포영화가 아니라고, 공포영화의 형식을 빌렸을 뿐 공포를 주는 데는 무관심한 영화라고 말할 수도 있을 것이다.

하지만 영언 자신도 기억하지 못했던 사건들("귀신은 기억하고 싶은 것만 기억"한다)이 드러나고 그들의 애착 관계가 지배 관계로 변질되는 후반부에 이르면, 〈목소리〉는 비로소 공포영화로서의 특징들을 보여주게 된다. 가장 친한 친구 선민에게서 "너같이 착한 아이가……"라는 말을 들었던 영언은 실제로는 병든 엄마(김정영 분)를 죽음으로 내몰고, 효정(임현경 분)의 혼령으로부터 잔인하게 음악선생 희연(김서형 분)을 빼앗고, 효정에 대한 질투 때문에 희연에게 가혹한 벌을 주기도 한 '무서운' 아이였다. 효정은 희연을 사랑했다가 그 사실이 소문이 나서 학교에서 자살했던 여학생인데, 영언은 희연에게 효정이라는 다른 목소리가 있다는 사실에 배신감을 느껴 후두암을 앓은 뒤 노래를 할 수 없게 된 희연에게 강제로 노래를 부르게 한다. 그러니 효정의 혼령이 영언을 죽인 것은 희연이 영언에게 관심을 갖게 되면서 자신이 목소리를 잃게 될까 두려워했기 때문이 아니라(결말부 이전까지는 영언의 죽음이 이런 식으로 설명된다), 영언으로부터 희연을 지키기 위해서였다고 할 수 있다. 귀신이 된 뒤 영언은 자기를 죽인 효정에게 복수하고자 희연을 살해하고(희연이 죽으면 효정의 혼령도 사라진다), 선민의 새 친구 초아를 죽인 뒤 선민의 몸 안으로 들어가 '살아남게' 된다.

진실이 밝혀지기 이전까지 영언은 약자-피해자인 데다 너무 착해서 원한조차 품지 않은 가여운 귀신으로 그려진다. 하지만 사실 그녀는 살아서도 죽어서도 자신이 원하는 바를 무엇이든 이루어낼 의지와 능력을 지닌 강자-가해자였다. 엄마와 희연과 선민에게 그녀는 사랑받는 자로서 권력자였고, 자신의 존재를 위협하는 효정과 초아에게는 방해물-경쟁자를 제압하고 제거하는 승리자였던 것이다. 영언은 한 마디 명령으로 엄마를 자살하게 하고("이제 그만 사라져 줘") 희연에게 무리하게 노래를 부르게 했지만("선생님 노래하는 거 듣고 싶어요. 노래 불러 주세요"), "초아와 가까워지지 말았으면 좋겠"다는 그녀의 요구만은 선민에게 받아들여지지 않는다. 선민은 영언에게 "내가 누구와 가깝게 지내고 그러지 말아야 하는지 너한테 허락받아야 하니?"라고 반문하는데, 이 장면은 영언과 선민의 애착 관계가 지배 관계로 전환되기 시작하는 분기점이라 할 수 있다. "상실에 대한 공격적 반응"인 "질투"는 권력에의 욕망을 강화하며, "타자의 자유에 대한 증오"로서의 "사랑"은 타자를 사물화하는 지배욕과 다르지 않다.[14] 선민을 초아에게 빼앗기고 목소리를 잃어가며 약자-피지배자로 전락할 위험에 처했던 영언은 초아를 죽이고 선민의 몸을 장악함으로써 온전한 강자-지배자의 위치를 획득한다. 선민의 몸 안에 들어간 영언의 혼령이 거울을 보며 "선민아, 사랑해"라고 말하는 장면은 "인정과 사랑을 강제로라도 확보하려는 열망"이 "지배에의 욕망"[15]의 다른 얼굴임을 서늘하게 깨우쳐준다.

〈목소리〉의 결말이 가져다주는 색다른 공포는 그토록 아름답고 애틋하게 그려진 애착 관계 속에도 지배 관계가 뿌리를 내리고 있으며, 사랑의 욕망과 권력의 욕망은 너무도 가까이 등을 맞대고 있다는 통찰에서 나온다. 더욱이 초아를 죽이고 선민의 몸에 들어가기 직전에 영언은 선민 곁에 남아서 계속 얘기를 나누고 싶다고 말하는 또 하나의 영언에게 "니가 진짜 원하는" 건 "살고 싶다는 거"라고 단언한다. 엘리아스 카네티(Elias Canetti)는 "살아남는 순간은 권력의 순간"[16]이며 "권력의 본질적 내용"은 가능한 한 "더 오래 살아남으려는 욕망"[17]이라고 정의한 바 있다. 영언의 혼령이 자기 스스로에게 던진 말은 사랑의 욕망과 권력의 욕망이 구별하기 어렵게 착종되어 있을 때 더욱 근본적이고 강렬한 욕망은 권력을 향한 것임을, 또한 사랑의 대상을 희생시키면서까지 살아남고자 하는 권력의 의지는 그 무엇보다도 강하고 두려운 것임을 암시하는 것으로 해석된다. 이는 지배 이데올로기가 어떻게든 은폐하고자 하고 그렇게 해야만 하는 권력의 속성에 대한 이 영화의 냉정하고 정직한 발언일 것이다.


## 3. 모성 이데올로기의 신비화와 탈신비화

〈신데렐라〉만큼 직접적이지는 않지만, 앞에서 살펴본 다른 세 편의 공포영화들도 엄마와 딸의 관계를 통해 모성에 관해 이야기한다. 이들 영화가 모성의 문제를 어떻게 조명하는가 하는 것은 가부장제나 가족주의 이데올로기에 대한 공포영화의 서로 다른 입장을 판별하는 좋은 단서가 된다. 페미니즘의 관점에서 볼 때 모성은 사회적·

문화적으로 학습된 것으로, "가부장제에 근거한 신화"이자 "여성을 근본적으로 억압된 상태로 묶어두는 제도"로서의 성격을 띤다.[18] "제도화된 모성"은 여성에게 "자아 실현보다는 이타심"과 헌신을 요구함으로써 "종의 보전을 위하여 고통과 자기 부정이라는 커다란 짐"을 지우는 착취의 구조일 수 있기 때문이다.[19]

나아가 모성의 신화는 여성에게 부과된 가부장적 억압의 차원을 넘어 사회 전반으로 확장된 가족주의 이데올로기의 차원에서도 비판적으로 이해될 필요가 있다. 생물학적 어머니의 존재를 절대화하고 본능적인 모성애의 가치를 신성시하는 관념 속에는 혈연주의적 배타성을 기본으로 하는 타자 배척의 논리가 작동하고 있다. 따뜻하고 화목한 가정, 불가침의 영역으로서의 가족이라는 신화는 집단 내부의 위계적인 서열화와 다른 집단에 대한 배타적 권력을 "가족적 가치라는 이름하에 정당화"하는 폭력으로 작용할 수 있는 것이다.[20] 이 장에서는 이 같은 관점에서 위의 네 편의 공포영화가 그려낸 모성의 형상과 그 이데올로기적 함의를 살펴보고자 한다.

〈분신사바〉에서 춘희 모녀의 관계는 그 어떤 외부적 폭력에도 훼손되지 않는 질긴 결속을 유지한다. 딸을 위해 성적인 착취를 기꺼이 감수하고, 앞을 보지 못하는 딸에게 최후까지 '눈'의 역할을 대신하기 위해(춘희는 거울을 통해 인숙의 모습을 보면서 자신이 본 영상을 딸에게 전송한다) 불타오르는 집 밖으로 나가지 못한 채 죽음을 맞이하는 츄희의 모습은 희생적인 모성애의 화신으로 그려진다.[21] 미술교사 은주로 환생해서도 춘희는 유진에게 들러붙은 인숙의 혼령을 컨트롤하며, 은주가 임신을 하게 되자 딸의 혼령을 뱃속의 아이에게로 맞아들여 다시 한 번 생명을 준다. 은주는 처음에는 춘희로서의 자신의 정체성을 자각하지 못하다가 임신과 출산의 과정을 거치며 완전한 춘희로 거듭나는데, 다시 태어난 어린 인숙(은서우 분)과 춘희가 해변에서 산책을 하는 마지막 장면은 이상적이고 완벽한 모녀 관계로 묘사된다.

이렇듯 이 영화는 생물학적인 임신과 출산의 신성함이나 본능적이고 초인간적인 모성애의 위력을 강조한다. 여기에는 "모든 여성은 어머니가 될 필요가 있고, 모든 어머니는 자식이 필요하고, 모든 자식은 어머니가 필요하다"[22]는 식의 가부장적 이데올로기가 투영되어 있다. 춘희는 딸의 시각(視覺)을 온전히 장악하고 있을 뿐 아니라, 환생까지 좌우하는 절대적 권력을 지니고 있다.[23] 춘희는 혼자 힘으로 은주로 환생했으나 인숙은 춘희의 재출산 없이는 독자적으로 환생할 수 없다는 사실이 그 권력의 절대성을 단적으로 대변해준다. 〈분신사바〉에서 딸에 대한 엄마의 이 같은 지배는 끔찍하기는커녕 신비롭고 성스러운 일로 미화된다. 이런 이유들 때문에 〈분신사바〉는 모성의 신화를 확대 재생산함으로써 지배 이데올로기를 강화하는 공포영화로 평가될 수 있을 것이다.

이에 비하면 〈신데렐라〉는 모성의 문제에 대해 양가적인 태도를 보여준다. 앞서 살펴본 대로 현수와 아이에 대한 엄마 윤희의 지배력

〈신데렐라〉 중에서 수술실의 윤희

이 공포스러운 것으로 조명될 때, 모성 이데올로기는 상당 부분 탈신 비화되는 경향이 있다. "사랑하는 내 딸, 엄마가 예쁘게 해줄게"라는 윤희의 말이 섬뜩한 느낌을 자아내는 이 영화에서, 모성애는 딸을 자신의 분신으로 간주하는 엄마의 나르시시즘과도 연결된다. 엄마에 대한 아이의 맹목적인 사랑으로부터 강렬한 만족을 얻는 윤희의 모습 또한 권력의 근원에 있는 나르시시즘적인 요소(스스로를 대단하고 영향력 있는 존재라고 느끼는 데서 오는 권력자의 쾌감)를 포착해낸다.

그러나 기본적으로 이 영화는 친딸과 "주워온 딸" 사이에 가로놓인 넘어설 수 없는 장벽, 곧 생물학적인 어머니의 절대성과 배타적인 혈연주의에 근거를 둔다.[24] "내가 진짜 딸이라구!"하는 원귀의 절규는 이를 역설적으로 대변해주며, "현수는 내 딸이야", "내 아이는 아무도 빼앗아갈 수 없어!"라고 소리치는 윤희의 모습은 〈분신사바〉의 춘희를 연상시킨다. 모든 비밀이 폭로된 뒤에도 "엄마, 왜 그런 짓을 했어? 내 얼굴은 아무래도 괜찮아. 나 때문에 엄마가 힘들어 하는 거 싫어. 난 엄마만 있으면 된다구"라고 말하는 현수나, 현수를 해치려는 원귀를 "착하지, 아가야. 안 돼. 넌 엄마만 있으면 되지? (……) 내가 엄마야. 내가 니 엄마야"라고 달래는 윤희의 모습에서는 모성이 다른 무엇과도 비교될 수 없는 힘이자 가치로서 재신화화되기도 한다. 가짜 딸-원귀를 따라 집을 나서는 윤희의 선택이 진짜 딸 현수를 보호하기 위한 것이었다면, 생물학적 모성의 절대성은 결말에 와서 더욱 공고해진다고도 말할 수 있다.

화상을 입은 현수와 가두어 키우는 아이에 대한 죄책감에 시달리다가 광기어린 엄마로 변해버린 윤희의 모습은 "아직도 모성의 신화 앞에서 근본적으로 혼돈과 갈등, 분노, 죄의식이 뒤범벅된"[25] 채로 살아가는 여성의 현실을 고스란히 대변하는 것처럼 보인다. 엄밀히 말해서 화재사고의 더 큰 책임은 부정한 아버지에게 있지만 윤희와 이혼한 그는 이 모든 사건의 방관자로서 아무런 죄의식 없이 살아가며, 그럼에도 불구하고 그는 현수와 여전히 좋은 부녀 관계를 유지하는 데 아무런 어려움도 겪지 않는다. 가정 비극의 모든 책임을 혼자 짊어진 엄마 윤희의 착란 속에는 모성 이데올로기에 대한 이 영화의 이중적 시선이 혼돈스럽게 뒤엉켜 있는 듯하다.

반면에 〈령〉은 모성의 신화에 전면적으로 대항하는 공포영화로도 주목할 만하다. 〈신데렐라〉와 유사하게 이 영화는 초반부터 지원의 엄마(김해숙 분)를 괴기스러운 존재로 그려낸다. 그녀는 옛날 앨범을 껴안고 혼자서 울음을 터뜨리다가 "그럼 난 어떻게 돼도 상관 없단 거니? 그런 거니?"라고 지원을 다그치는가 하면, "엄마 때문에 걱정 많이 했지? 생각해 봤는데 엄마가 잘못한 거 같다. 이제 엄마도 달라질 거야. 엄마가 잘 할게"하며 돌변한 모습을 보여주기도 한다. 준호(류진 분)가 지원에게 선물한 목걸이를 자기가 걸어보거나 딸을 껴안으며 "아프지마, 니가 아프면 나두 아파"라고 말하는 엄마의 모습은 비정상적이고 섬뜩하게 비쳐진다. 결말에 이르러서야 수인에게 몸을 빼앗긴 지원의 '령'이 지원의 엄마에게 씌었다는 사실이 밝혀지면서, 그 이유가 해명된다. 지원을 대하는 엄마의 이상한 태도는 자신의 몸에 대한 사랑과 집착, 그리고 몸을 빼앗은 수인의 '령'에 대한 증오와 분노가 뒤섞인 데서 비롯된 결과였던 것이다.

이 같은 엄마의 형상을 통해 〈령〉이 보여주는 것은 딸을 자기 자신과 동일시하는 나르시시즘적 모성의 파괴력이다. 유학을 떠나려는 지원과 지원을 보내지 않으려는 엄마의 갈등은 엄마의 지배력으로부터 벗어나려는 딸("엄마도 엄마 인생을 사셨으면 좋겠어요")과 딸에 대한 소유권을 포기하지 않으려는 엄마 사이의 '몸' 쟁탈전, 곧 치열한 권력 투쟁이다.[26] 행여나 딸이 몸이라도 상할까 노심초사하고 "너 하나만 보고 살았"다며 애원하는 엄마의 사랑과 헌신을 공포의 대상으로 설정함으로써, 이 영화는 모성 이데올로기를 인상적으로 탈신비화한다. 〈신데렐라〉의 경우에는 권력으로서의 모성이 지닌 위험성 위에 모성애에 대한 갈구가 불러일으키는 공포(가짜 모녀 관계에서)가 중첩되어 있어, 그 전복성이 현저하게 상쇄된다. 그러나 〈령〉은 모성애의 부재나 결핍이 아니라 모성애 자체, 모성 수행 자체 안에 공포가 깃들여 있음을 폭로하고 있다.[27] 이는 우리 공포영화에서 흔히 찾아볼 수 없는 반(反)가부장적이고 반(反)가족주의적인 메시지일 것이다.

엄마와 딸의 권력 투쟁에서 승자가 되는 것은 끝내 몸을 지켜낸 지원이다. 지원은 수인의 '령'을 몰아내고 자기 몸으로 복귀하려는 엄마(지원의 '령')와의 혈투에서 스스로 동맥을 끊어 몸을 파괴하는 필사의 전략(흥미롭게도 이런 방법은 실제로 딸이 엄마를 이기는 최후의 수단이다)으로 승리를 쟁취한다. 그러나 지원의 엄마가 충격으로 쓰러져 활동력을 잃게 되자 거처를 잃은 지원의 '령'은 다른 누구도 아닌 수인의 엄마에게로 옮겨간다. 자신이 실은 수인이었음을 자각한 지원이 퇴원 후에 진짜 엄마(수인의 엄마)를 찾아갔을 때, 엄마(지원의 '령')는 다시 그녀를 위협하는 존재로 남게 되는 것이다. 이렇듯 몸을 둘러싼 모녀의 투쟁은 결코 끝나지 않는다. 〈령〉이 지닌 반역적인 기운은 권력자-귀신(지원의 '령')의 꺾이지 않는 의지를 공포의 근원으로 설정함과 동시에 가족을 영원한 시배와 투쟁의 장소로 묘사하는 이 영화의 '삐딱한' 시선에서 나온다고 하겠다.

임마와 딸의 권력 관계가 완전히 전도되는 〈목소리〉에 이르면, 모녀 관계에서 지배자의 자리를 차지하는 존재는 엄마가 아니라 딸로 나타난다. 수 년간 병원에서 투병생활을 하고 있는 영언의 엄마는 딸에 대한 지배력을 상실한 허약한 존재로서, 오히려 간병을 하는 딸에게 종속된 처지이다. 그런 엄마가 짐스러워진 영언은 함께 찍은 사진에서 엄마의 얼굴을 도려내고, 심지어는 엄마로 하여금 병원 옥상에서 투신자살하게 만든다. 졸업하면 제일 먼저 운전면허를 따서 엄마와 함께 춘천에 가고 싶다던 영언의 다정한 말은 사랑하고 있음을 내세워 상대를 철저히 장악하는 권력의 허위성을 드러내는 것에 다름아니며, 바로 이런 방식으로 영언은 자기가 원할 때에 엄마를 효과적으로 제거할 수 있었다. 영언의 혼령은 선민의 몸에 들어간 뒤 선민의 엄마에게도 같은 말로 애정을 표현한다. 그녀는 동일한 방식으로 새로운 엄마를 제압하여 자신의 필요에 따라 이용하고 제거해 버릴 수 있을 것이다.

〈목소리〉는 강요된 책임으로서의 모녀 관계(가족 관계)가 실제로는 서로에게 얼마나 부담스러운 굴레이고 자유를 누리는 데 제약이 되는 방해물인지를 태연하게 발설한다. 또한 가족 안에서 지배 관계를 정당화하는 사랑의 명분이 얼마나 허위적일 수 있는가를 여실히 보여준다. 하지만 (간접적인) 친족 살해자가 가해자-귀신으로 등장하고 가족에 대한 책임의 방기가 위험하고 무서운 일로 나타날 때, 이 영화는 가족 이데올로기를 재소환하는 방향으로 작용할 수도 있다. 이제 그만 사라져 달라

<목소리〉의 영언과 엄마

는 딸의 한마디에 병원 옥상에서 투신하는 영언의 엄마는 자기 희생
적인 모성애의 한 극단을 보여주는 것으로 해석될 수도 있다. 〈목소
리〉는 억압된 무의식이나 타자화된 존재들뿐 아니라 너무 간단히 퇴
치당한 모성의 신화와 가족 이데올로기 역시 공포영화 속으로 귀환
하여 우리를 다시금 사로잡을 수 있음을 시사하는지도 모른다.


## 4. 공포영화의 보수성과 전복성

   지금까지 네 편의 공포영화에 나타난 권력의 양상과 모성의 형상
을 살펴보았다. 〈분신사바〉는 피지배자-피해자-원귀의 익숙한 도식
과 가해자/피해자의 단순한 이분법 등으로 인해 권력 관계를 상투적
이고 평면적으로 그려내는 데 머무른다. 딸에 대한 엄마의 철저한 지
배를 지극한 모성애로 미화하고 생물학적인 임신과 출산의 의미를
신비화하는 차원에서도 이 영화는 가부장적인 모성 이데올로기를 표
방한다. 〈신데렐라〉는 모성애에 내포된 권력의 성격과 그 나르시시
즘적 속성을 드러냄으로써 모성의 신화를 탈신비화하는 한편, 혈연
주의적 배타성의 한계 속에서 가족 이데올로기의 보수성을 드러내기
도 한다. 한편 〈령〉에서는 상호 공포 관계로서의 권력의 본질을 비롯
하여 권력의 복합적인 메커니즘이 효과적으로 형상화된다. 특히 모
녀 사이의 몸 쟁탈전을 통해 가족을 권력 투쟁의 장소로 그려내는 이
영화의 관점은 주목할 만하다. 〈목소리〉에는 애착 관계와 지배 관계
의 밀접한 연관성과 끝까지 '살아남고자' 하는 권력의 끈질긴 욕망
이 묘파되어 있다. 전도된 모녀 관계 속에서 가족의 신화를 완전히
탈신비화하고 있는 이 영화는 그런 가족 관계를 불길한 공포와 연결

시키고 있다는 점에서는 가족 이데올로기를 다시 불러들이는 결과를 초래하기도 한다.

이처럼 공포영화는 누가 귀신이 되는가, 가해자와 피해자는 어떤 관계인가, 그들 사이의 권력 관계는 어떻게 묘사되어 있는가, 모성이나 가족을 바라보는 관점은 어떠한가 등을 통해 지배 이데올로기에 대한 각기 다른 입장을 드러낸다. 공포영화가 지닌 의의는 이와 같은 이데올로기적 관점의 차이에 따라 달라질 수 있다. 그 보수성과 전복성을 가늠하고 평가하는 일은 공포영화의 미학적 가치나 카니발적인 효용성을 검토하는 일 못지않게 중요한 작업일 것이다.

# *12* 정신분석과 귀신이 만나는 두 가지 방식

## 1. 정신분석의 논리와 광기라는 타자성

한 체제의 지배 이데올로기가 과잉 억압(surplus repression)한 것들
이 공포의 대상으로 귀환한다면, 그 중에는 틀림없이 광기도 포함될
것이다. 근대적인 이성중심주의, 사회적 통합과 안정과 질서를 표방
하는 온갖 종류의 지배 이데올로기들은 광기를 비이성·비정상으로
규정하고 배제해왔다. 이렇게 보면, 미치광이 살인마가 등장하는 일
반적인 공포 스릴러들(〈텍사스 전기톱 연쇄살인사건〉〈할로윈〉〈테이킹 라
이브스〉〈엑스텐션〉〈아이덴티티〉 등)은 광기에 대한 공포를 집단적 악몽
으로 형상화한 영화들로도 이해될 수 있다. 한국 공포영화에서도 귀
신의 존재를 특정 인물의 정신병적인 심리 상태와 연결시키는 경우
는 흔히 발견된다. 〈장화,홍련〉〈남극일기〉〈분홍신〉〈아카시아〉 등
이 그 예인데, 이들 영화에서 초자연적 존재인 귀신은 합리성의 논리

안에서는 광기나 병적인 심리의 한 발현으로 해석되곤 한다.

여기서 10장의 논의들을 다시 한번 떠올려보자. 정신분석과 정신의학의 논리로 살인마의 정체와 살인 행각의 동기를 밝히는 공포 스릴러들은 그들이 알고 보면 '환자'였으며, 그들의 질병은 유년의 상처와 고통스런 기억과 사랑받고 인정받지 못한 불행의 산물이었다고 설명함으로써, 이성의 공포를 완화시킨다. 그들의 광기는 더 이상 체제의 질서를 뒤흔드는 파괴적인 힘이 아니라 보호받고 관리되어야 할 약자의 표상으로 처리되는 것이다. 정신분석을 동원하여 '가짜 귀신'의 정체를 해명하는 공포영화들 역시 이와 유사한 방식으로 타자성에의 공포를 해소시킨다. 이런 영화들은 정도의 차이는 있지만 대체로 이데올로기적 보수성과 기존 질서에의 순응적 태도를 엿보이곤 한다.

반면에 정신분석과 정신의학의 담론이 귀신의 실체를 합리적으로 설명하는 데 실패하는 양상을 보여주는 영화들(〈고티카〉〈식스 센스〉 〈거울 속으로〉〈거미숲〉〈얼굴 없는 미녀〉 등)도 있다. 이런 공포영화들은 타자들을 길들이고 대상화하여 제어하는 방식을 택하지 않고 타자를 타자로서 '놓아주는' 방식을 취한다. 이런 방식은 지배 이데올로기를 공고히 하기보다는 그것에 균열을 내고, 이성의 언어로 번역되지 않는 타자의 타자성을 승인하는 태도를 암시하는 것처럼 보인다.

영화 〈얼굴 없는 미녀〉

이번 장에서는 우리 공포영화들 가운데 정신분석과 정신의학의 담론을 서사의 구성 요소로 활용하는 네 편의 공포영화, 〈장화, 홍련〉 〈분홍신〉 〈거울 속으로〉 〈거미숲〉을 살펴보려고 한다. 이를 통해 광기나 초자연적 존재(귀신)라는 타자들에 접근하는 공포영화의 서로 다른 두 가지 방식을 비교해 보기로 한다.

## 2. 정신분석 스토리와 귀신 이야기의 통합

〈장화, 홍련〉(감독 김지운, 2003)과 〈분홍신〉(감독 김용균, 2005)은 잔혹동화의 패러디 형식과 가족괴담의 성격 등에서 유사한 면들을 지니고 있다. 하지만 이 장에서 주목하는 좀더 근본적인 유사성은 귀신의 존재를 정신분석 스토리 안에 통합해 들이려는 지향과 그 이데올로기적 함의이다. 영화의 주인공들, 〈장화, 홍련〉의 수미(임수정 분)와 〈분홍신〉의 선재(김혜수 분)는 모두 정신분열증이나 해리성 정체성 장애(dissociative identity disorder)와 같은 정신질환을 앓는 환자로 설정되어 있는데, 이들의 병적 상태는 귀신의 정체를 해명하고 의미화하는 결정적인 열쇠가 된다.

〈장화, 홍련〉에서 공포를 유발하는 불안하고 음산한 분위기는 히스테리컬한 새엄마 은주(염정아 분)와 겁에 질린 작은딸 수연(문근영 분), 그리고 새엄마로부터 동생을 보호하려는 큰딸 수미의 미묘한 신경전으로부터 시작된다. 수미와 수연은 생모의 유품을 꺼내보며 죽은 엄마를 그리워하고, 방관적인 아버지 무현(김갑수 분)을 대신하여 집안에서 주도권을 행사하는 새엄마와 갈등을 일으킨다. 이와 병행하여 집안 곳곳에서는 이상한 일들이 벌어지고 악몽과 환영의 형태로 귀

영화 〈장화,홍련〉 포스터

신이 출몰한다. 초반부터 영화는 죽은 생모의 존재가 귀신의 형상을 하고 집안을 떠돌고 있다는 인상을 심어준다.

그러다가 수미가 기억하지 못했던 과거의 사실이 밝혀지면서 상황은 급격히 반전된다. 병든 생모는 은주가 이미 자신의 집안에서 새엄마와 아내의 자리를 차지하기 시작하던 무렵 수연의 옷장에서 목을 매 자살했고, 옷장에서 엄마를 꺼내려던 수연은 쓰러지는 옷장에 깔려서 목숨을 잃었던 것이다. 영화는 아버지 무현의 입을 통해 "수연인 죽었잖아!"라는 정보가 뒤늦게 주어지기까지〔(사후제시analepses)〕[1] 수미의 주관적 시선으로 변형된 영상(카메라의 공모)[2]과 의도적인 정보 덜 주기(paralipse)[3]에 의해 '이 집의 비밀은 무엇인가?'라는 수수께끼의 해답 찾기를 지연하고 교란시킨다.

수미는 엄마의 자살과 동생의 죽음으로 인한 충격을 받아들이지 못할 뿐 아니라, 사고가 일어나던 날 새엄마 은주와 다투느라 살려달라고 언니를 부르는 수연의 마지막 목소리를 듣지 못했던 죄책감에 사로잡힌다. 이런 외상적(外傷的)인 사건은 수미의 병인(病因)으로 작용하고, 인정할 수 없는 수연의 죽음은 그녀의 기억에서 탈락된다. 그러므로 영화에서 줄곧 수미 곁을 떠나지 않고 따라다니던 수연의 실체는 수미의 환각 속에 존재하는 가상의 인물이었다고 할 수 있다. 동생을 지켜주지 못한 데 대한 수미의 죄책감은 그녀로 하여금 자신

안에 새엄마라는 또 하나의 인격을 만들어내어 그녀와 끊임없이 싸움을 벌이게 한다. 스크린에는 수미의 분열된 자아로서의 가상의 새엄마와 실제의 은주가 뒤섞여 나타나는데, 수미의 정신질환에 관한 정보가 명시적으로 주어진 뒤에는 새엄마의 서로 다른 두 가지 존재양태가 사후적으로 구분 가능해지면서 혼란스러웠던 스토리가 재구성된다. 물이 끓고 있는 주전자로 수미를 위협하던 새엄마, 격투를 벌이다가 수미의 가위에 손이 찔린 새엄마 등은 모두 수미 자신이었음이 밝혀진다.

〈장화,홍련〉에서 수미의 병적인 심리 상태는 귀신의 등장을 심리적 환상과 무의식적 악몽으로 이해하도록 해석의 방향을 정위하는 역할을 한다. 물론 귀신의 출현이 전적으로 수미의 주관적 시점과 관련되어 있는 것은 아니며, 다른 인물들의 눈앞에도 귀신은 나타난다. 그러나 끔찍한 일이 일어났던 집에 다시 와야 했던 동생네 가족, 옷장에 깔려 죽어가는 수연을 보고도 외면했던 새엄마 은주 등에게 귀신의 소재지는 모두 그들 자신의 무의식과 심리적 공포였을 것으로 이해된다. "세상에서 제일 무서운 게 뭔 줄 알아? 잊으려고 해도 잊을 수 없고 지우려 해도 지울 수 없어서 평생 유령처럼 따라다니는 기억이야"라는 은주의 말은 이 영화가 형상화한 공포의 실체가 무엇인지를 압축적으로 대변해준다.

삶의 세계, 이성의 세계에 대한 절대적 타자로서의 귀신은 〈장화,홍련〉에서 이렇게 의미화의 그물망 속으로 포섭되고, 그럼으로써 그것의 이타성(異他性)도 순치된다. 정신병원에 입원한 수미의 모습은 그녀의 상처와 정신적인 질병이 치유되어야 하고, 그리하여 그녀는 정상적인 삶의 세계로 복귀해야 하며, 공포를 주는 위협적인 타자는 격리되고 통제되고 길들여져야 함을 암시한다. 화목한 가정, 가족간

의 신뢰와 사랑이라는 부르주아적 가치관을 교훈으로 남긴다는 점에
서도 이 영화는 이데올로기적으로 보수성을 띤다. 그런 측면들은, 눈
을 뗄 수 없게 하는 미장센의 효과와 탁월한 미학적 완성도의 차원에
서 우리 공포영화 가운데 각별히 돋보이는 이 영화를 또 다른 관점에
서는 '상식적인' 공포영화들 속에 배치할 수 있게 하는 요인이 된다.
　〈장화,홍련〉에서 귀신을 부르는 심리적 상태가 '죄의식'이었다면,
〈분홍신〉에서 그것은 '탐욕'이다. 저항할 수 없는 매혹을 발산하고
소유욕에 사로잡히게 하는 저주 어린 '분홍신'은 인간의(보다 정확히
말하면 여성의) 탐욕이 불러올 수 있는 재앙에 대한 공포의 현현이다.
주목받고 싶은 욕망, 유혹하고 독점하고자 하는 욕망 등 단죄의 대상
이 되는 과도한 욕망들은 이 영화에서 선점자(본처)의 권리를 옹호하
는 도덕적 관점과도 결합돼 있다. 분홍신을 처음 주운 사람은 그것을
신어도 죽지 않지만 분홍신을 빼앗은 사람은 처참하게 살해당하는

영화 〈분홍신〉 포스터

데, 그도 그럴 것이 분홍신의 원혼
은 분홍신과 애인을 빼앗기고 억
울하게 죽임을 당했던 과거의 한
무희이다. 그 원귀를 대리하여 처
벌을 집행하는 인물인 선재(김혜수
분) 역시 자신의 것이었던 남편(이
얼 분)의 사랑을 다른 여자에게 빼
앗긴 인물이다. 제도적으로 용납
될 수 있는 욕망과 그렇지 않은 욕
망 사이에 뚜렷한 준거를 세워두
고 이를 예외 없이 고수하는 〈분홍
신〉의 귀신-살인자는 지배 이데

올로기에 의해 억압된 욕망(이드)의 귀환이라기보다는 오히려 잔혹한 초자아[4]의 현신이라 할 만하다.

이 영화에서도 정신분석과 정신의학의 담론은 초자연적·비합리적 존재인 귀신의 정체를 결국 이성의 언어 안으로 흡수해 들인다. 영화의 중·후반부까지 분홍신과 연관된 엽기적인 연쇄살인을 귀신의 행각으로 받아들이게 했던 일련의 서사적 정보들은 선재의 정신질환이 폭로되고 살인자의 실체가 그녀 안의 또 다른 인격이었음이 밝혀지는 결말부에 이르면 전면적으로 재배치된다. 이 과정에서 선재의 분열된 자아와 귀신의 관계를 이해하는 데 약간의 혼선이 빚어진다. 가능성은 두 가지이다. 무희의 원혼은 실재하고 선재의 분열된 자아는 그 원혼의 빙의 상태이거나, 그렇지 않다면 원혼은 실재하는 것이 아니라 그것 자체가 선재 안에서 만들어진 또 다른 인격일 것이다.

이러한 불확실성으로 인해 이 영화에서 귀신의 존재는 정신의학의 담론으로 남김 없이 환원되지는 않는다. 그러나 선재의 정신질환을 반전으로 설정한 결말부는 무희의 원혼이 실재한다고 해도 그 원혼의 출현을 선재의 억압된 욕망과 박탈감과 증오심의 병적인 분출로 해석하게 한다는 점에서 명백히 정신분석적이다. 가매장되었던 무희의 유골을 찾아내어 장례를 치러주고 분홍신과 함께 묻어준 뒤에도 여전히 분홍신이 거리에서 새로운 주인을 찾는 영화의 마지막 시퀀스는 두 번째 해석(원혼 자체가 정신질환의 산물이라는)의 가능성에 비중을 실어준다. 이렇게 〈분홍신〉에서도 정신의학과 정신분석의 언어는 타자성을 중성화하고 그 실체를 인과적으로 설명해냄으로써 삶의 세계, 이성의 세계가 타자들을 자기동일성의 자기장으로 감싸안는 일반적인 방식을 그대로 예시한다.

## 3. 정신분석의 실패와 타자의 타자성을 승인하기

〈장화,홍련〉과 〈분홍신〉에서 처음에는 초자연적 존재로 그려지던 귀신의 정체는 알고 보면 정신질환의 산물이었음이 밝혀진다. 이와는 반대로 전반부에서 스토리의 통일성을 형성하는 벡터로 작용하던 정신분석의 담론이 후반부로 갈수록 와해되어가면서 귀신의 존재를 합리적으로 해명하는 데 실패하는 양상을 보여주는 영화들이 있다. 〈거울 속으로〉(감독 김성호, 2003)와 〈거미숲〉(감독 송일곤, 2004)이 그런 예이다.

〈거울 속으로〉의 스토리는 외상적 사건을 경험한 뒤 거울 속의 자아와 거울 밖의 자아 사이에 분열을 겪는 주인공 영민(유지태 분)을 중심으로 하여 전개된다. 영민은 거울에 비친 인질범의 모습을 실제라고 착각하고 총을 쏘는 바람에 파트너를 잃은 경험이 있는 전직 경찰이다. 그는 죄책감 때문에 경찰을 그만두고 한 백화점의 보안실장으로 일하게 되는데, 화재로 문을 닫았다가 재개장을 앞두고 있는 백화점에서 연쇄살인이 일어나면서 그는 그 사건에 휘말려든다.

이 영화에서 '거울' 모티프는 살인사건들과도 직접 관련을 맺으면서 내러티브를 이끌어가는 복합적이고 핵심적인 장치로 발전해간다. 피해자들은 모두 정체를 알 수 없는 거울 속의 존재에 의해 살해당한다. 영민은 화재사고로 죽은 백화점 여직원 이지현의 쌍둥이 여동생(김혜나 분)이 살인사건과 연루되어 있음을 직감적으로 알게 된다. 영민의 거울 공포증에 대한 정신분석적 시각이 배면에 흐르고 있는 이 영화는 백화점에서 벌어진 일련의 살인사건들이 지현의 쌍둥이 여동생 정현에 의해 벌어진 병적인 복수극이었을 것으로 짐작하게 한다. 정신병력을 지니고 있으며 거울 속에 언니가 살고 있다고 믿는 정현은 쌍둥이 언니의 죽음을 받아들이지 못하여 거울 속의 언니와 거울 밖의 '나'라는 두 개의 분리된 인격을 갖게 된 정신질환자로 이해될 수 있기 때문이다.

그러나 결말에 이르면 연쇄살인을 행한 자는 거울 속의 지현, 억울하게 죽임을 당한 원귀였음이 밝혀지고, 서사적인 추리를 유도해 왔던 정신분석의 스토리는 완전히 무력해진다. 거울 속과 거울 밖 세계의 균열 또한 영민의 죄책감으로 인해 생겨난 심리적 환상으로는 다 설명되지 않는다. 이를테면 인질범의 시체에는 없는 총상이 거울 속에 비친 시체에서는 확연히 나타나는데, 이는 거울 밖의 영민이 오발로 인해 파트너를 죽게 했던 그 순간에 거울 속 영민은 인질범을 정확히 명중시켰음을 암시하는 단서로 볼 수도 있다(거울에 비친 영민과 실제의 영민의 모습이 일치하지 않는 광경을 보여주는 몇몇 장면들에서 거울 속의 영민은 자신만만하고 우월감을 지닌 모습으로, 거울 밖의 영민은 의기소침하고 자신감 없는 모습으로 나타나는 이유도 바로 여기에 있을 것이다). 그렇다면 원인(병인)-결과(증상)의 인과적 스토리로 이루어진 정신의학의 논리는 더 이상 설득력을 지니지 못하는 것이다.

그뿐이 아니다. 지현을 살해한 범인 최이사(김명수 분)와 격투를 벌이다가 총에 맞은 영민이 병원에서 깨어났을 때, 그곳은 거울 밖의

영화 〈거울 속으로〉의 이지현과 이정현

세계와는 별개로 존재하는 거울 속의 세계인 것으로 보인다. 실제로 와이셔츠 단추의 방향과 서명된 글씨까지, 병원에서의 모든 세부는 좌우가 뒤바뀌어 있다. 영화의 마지막 시퀀스에서도 병원을 나온 영민은 자신이 거울 밖에는 존재하지 않으며 거울 속에만 존재한다는 사실을 발견하고 충격을 받는다. 거울 속의 사람이 죽으면 그는 거울에 비치지 않고, 거울 밖의 사람이 죽으면 그는 거울 속으로 들어가게 된다고 하는 한 인물(영민의 후배이자 정신과 의사)[5]의 말에 따른다면, 총격을 당했을 당시 거울 밖의 영민이 죽어서 거울 속으로 들어가게 된 것으로 짐작할 수 있다.[6]

사실 이 장면은 매우 논란의 여지가 많다. 격투가 벌어지던 순간 거울이 깨지면서 이미 거울 속의 영민과 거울 밖의 영민이 뒤바뀌었을 가능성도 배제할 수 없기 때문이다. 만일 그렇다면 거울 밖에서 사망한 것은 거울 속의 영민이고 거울 속에서 살아남은 것은 거울 밖의 영민이 된다. 이렇게 보면 거울 밖의 영민이 죽은 뒤에 거울 속으로 들어간 것이 아니라 거울 속으로 들어간 뒤 회복되어 병원에서 깨어났다고 보아야 타당하다. 이 영화는 서로 서로 모순을 일으키는 서사적 정보들을 온전히 통합하여 매끄러운 스토리를 완성하는 일 자체를 불가능하게 만드는 경향이 있는데, 이런 특성 또한 인과적 논리와 이성의 언어의 한계를 암시하는 징후로 보인다.

영화 〈거울 속으로〉 포스터

또 다른 해석도 가능하다. 영민이 원래 거울 속의 사람이었다가 거울 밖으로 나온 자이기 때문에, 거울에 대고 인질범에게 총을 쏘는 혼란을 일으켰다고 하는 해석이 그것이다(영민의 후배인 정신과 의사에 의하면 레오나르도 다빈치 등과 같이 거울 속으로부터 나온 사람들이 존재한다고 한다). 이런 관점에서는 왼손잡이인 영민이 수시로 좌우를 혼동한다든지 싸인을 거꾸로 한다든지 하는 것도 그가 거울 속에서 온 자임을 말해주는 단서이며, 영화 곳곳에 삽입된 좌우가 뒤바뀐 컷들도 이를 암시하는 장치라고 생각해볼 수 있다. 결국 이 영화에서는 영민이 애초에 거울 밖 사람인지 거울 속 사람인지, 거울 속에 살아 있는 그가 거울 밖에서 다른 세계로 들어간 것인지 아니면 자신이 있던 곳으로 되돌아간 것인지 등을 명확히 판정하는 일 자체가 무의미해진다. 중요한 것은 거울 속 세계가 거울 밖에 종속된 비실재가 아니라 또 하나의 실재이며, 우리의 사고를 근본적으로 지탱하는 원인/결과, 실재/비실재, 합리성/비합리성, 정상/비정상 등의 모든 이분법이 의문에 부쳐진다는 것이다. 이렇게 〈거울 속으로〉는 귀신의 존재나 초자연적 현상을 정신분석의 담론 속으로 포섭해들이는 대신에 오히려 그것으로 인해 정신분석의 담론이 균열을 일으키고 와해되는 양상을 보여줌으로써, 타자성을 자기동일화하는 이성의 언어의 실패를 인상적으로 그려낸다.

〈거미숲〉의 경우도 이와 유사하다. 주인공 강민(감우성 분)은 해리성 정체성 장애를 겪는 환자로 설정되어 있고 그의 또 하나의 인격이 살인사건의 범인으로 밝혀진다는 점에서, 이 영화는 정신의학과 정신분석의 담론을 서사의 기본 골격으로 활용한다. 영화의 중반부까지 그의 병인은 어린시절 겪었던 끔찍한 사건(거미숲에 살던 여자친구의 집에서 정부와 함께 있던 그녀의 엄마가 아버지에 의해 살해당하고, 이를 목격한 여자친구 역시 피살되었던 사건)이었을 것으로 추정된다. 강민의 병리적 심리 상태에 대해서는, 아내(서정 분)의 죽음으로 고통받던 그가 여자친구 황수영(강경헌 분)의 배신으로 충격을 받게 되면서 어린 시절의 외상적 기억이 분출하게 되었다고 하는 설명이 가능하다. 두 사건 모두에 직·간접적으로 연루된 인물인 최국장(조성하 분)에 대한 그의 분노가 폭발함에 따라, 억압되어 있던 또 하나의 폭력적인 자아가 외부로 표출된 것이다.[7]

　문제는 사진관 여자 민수인(서정 분)이라는 인물이다. 강민에게 잃었던 기억을 되살려주는 역할을 하는 그녀는 거미숲에 살았던 어린 시절의 여자친구였던 것으로 짐작되므로, 그녀의 정체는 귀신인 셈이다. 그러나 민수인은 그녀가 들려주었던 이야기 속의 소녀와는 달리 병으로 죽었으며, 그녀의 집에서 살인사건과 같은 끔찍한 일은 과거에 일어났던 적이 없었음이 확인된다. "나를 기억해줘요"라는 그녀의 마지막 말처럼, 그녀에 관한 강민의 기억은 영화의 결말에 이르러 완결된 스토리로 완성되기는커녕 아직도 전혀 되살아지 않은 상태이다. 강민을 떠나지 않고 곁에서 돌보는 죽은 아내의 모습과도 겹쳐져 있는 그녀는 그 실체가 여전히 모호하다. 그녀-귀신은 영화가 끝난 뒤까지 대상화되거나 의미화되지 않는 낯선 타자로 남는 것이다.[8]

　흥미로운 것은 그녀가 강민에게

영화 〈거미숲〉 포스터

나타나 이야기를 들려주고 강민 자신의 과거를 되찾게 하는 독특한 방식이다. 그녀는 어린 시절 강민의 어머니가 아버지를 떠난 뒤 강민 자신이 아버지와 함께 살았던 사진관(강민의 아버지가 죽은 뒤로 문이 닫힌 채로 있는 사진관)의 여자로 그 앞에 나타난다. 강민의 어머니에게 있었던 부정한 과거는 민수인의 이야기 속에서는 그녀 자신의 어머니에게로 환치되고, 강민이 저지른 살인 행위는 그녀 아버지의 행위로 변형된다. '너'의 과거를 '나'의 기억으로, '너'의 고통을 '나'의 것으로 변형하여 이야기하는 그녀의 방식[9]은 강민 스스로 또 다른 자아를 찾아갈 수 있도록 이끌어줄 뿐, 그를 대상화하거나 규정하지 않는다. 민수인의 역할은 정신분석가 혹은 정신과 의사가 하는 역할과도 무척 흡사하지만, 그녀의 이야기는 광기를 이성의 언어로 최대한 번역해내는 대신에 타자의 언어, 비이성과 혼돈의 언어로 말하게 하는 방식이라 할 수 있겠다. 이렇게 하여 이 영화에서 광기라는 타자는 또 다른 타자인 귀신의 입을 빌어 스스로 이야기한다.

광기는 자신에 관해 아무 것도 말할 수 없으며, 또한 불행히도 이성의 언어는 타자를 타자인 채로 그냥 내버려 두고서는 그것에 관해 말할 수 없다. 그런 의미에서 이성의 언어는 폭력적일 수밖에 없고,

〈거미숲〉의 강민과 민수인

유아론(唯我論)은 이성의 죄가 아니라 이성의 본성이다. 이성에 대항
하여 그것에 호소할 수 있는 것은 이성의 언어뿐이며 그 항거는 이성
의 재판정 안에서만 허락되어 있기에,[10] 광기는 정신의학과 정면으
로 맞서 싸워 이길 수 없다. 그러므로 우리가 광기의 편에 서서 광기
에 대해 말하고자 한다면, 끝내 말이 되지 않는 광기의 언어를 흉내
내거나 아니면 이성의 언어를 사용하여 그것을 비틀고 흠집내는 수
밖에 없다.

〈거울 속으로〉와 〈거미숲〉은 이 두 가지 방식을 모두 동원한다. 귀
신이라는 또 하나의 타자를 동반자로 등장시키는 한편, 정신의학의
담론을 가지고 이상한 소음을 내고 끝내 앞뒤가 맞지 않게 그것을 일
그러뜨리는 것이다. 〈거울 속으로〉의 귀신(이지현)이 원한을 품은 복
수극의 주인공으로서 인과적 스토리의 기본틀을 최소한으로나마 유
지시키고 권선징악의 관습적인 체계를 재생산한다면, 〈거미숲〉의 귀
신(민수인)은 이런 요소들로부터 자유롭게 떨어져나와 있다는 점에서
타자의 표상에 더욱 가까울 것이다. 〈거울 속으로〉와 〈거미숲〉은 이
런 관점에서, 예술성이나 미학적인 완성도와는 무관하게 흥미롭고
주목할 만한 텍스트라고 말할 수 있다.


## 4. 타자를 놓아주면서 타자에 대해 사유하기?


이 장에서는 〈장화,홍련〉 〈분홍신〉 〈거울 속으로〉 〈거미숲〉 등을
대상으로, 최근 우리 공포영화들에서 정신질환과 정신분석이 서사화
되는 두 가지 방식을 살펴보았다. 〈장화,홍련〉과 〈분홍신〉은 귀신의
정체를 정신질환의 산물로 해석하고 그 의미를 기존의 가치관 속에

서 정위하는 익숙하고 전형적인 공포영화의 성격을 지니고 있었다. 이에 비해 〈거울 속으로〉와 〈거미숲〉은 정신질환을 중심소재로 채택하고 정신분석의 담론을 내러티브에 적극적으로 끌어들이되, 그것으로써 광기나 귀신 등과 같은 타자성의 표상들을 대상화하고 의미화하기를 주저하거나 거절한다. 이 두 영화는 이성의 언어가 지닌 한계를 드러내고, 타자를 자신의 일부로 동일화하여 제어하는 방식으로 작동하는 이성의 자기 보호 방침에 의문을 제기하는 것으로 보인다.

물론 이런 방식에도 일정한 한계는 있다. 리처드 커니(Richard Kearney)가 지적한 것처럼, 타자를 인식 불가능한 대상으로 간주하여 너무 초월적으로 만들어버리면 "그들은 우리의 레이더망에서 벗어나게 되고" 우리는 그들과의 "모든 접촉 가능성을 상실"하게 된다고 하는 비판이 제기될 수 있기 때문이다. 그렇게 되면 우리는 "무력한 공포 속에서 억압된 얼굴 없는 것들이 돌아오기를 기다"리는 일밖에는 아무 것도 할 수 없다는 것이다.[11] 그러나 이 같은 비판 또한 "타자성의 방해로 평온함에 머물지 못하는 주체의 본원적인 강박관념"[12]을 반영하는 것은 아닌지 한번 더 물어보아야 할 것이다. 타자는 갑자기 들이닥쳐 상처를 입히고 이성적 사유를 무장해제시킨다. 그럼에도 불구하고 데리다(Jacques Derrida)의 표현대로, 불법적인 침입자를 가려내어 추방하거나 체포하기 위해 신경을 곤두세우는 대신에 "타자에게 그가 누구인지, 이름은 무엇인지, 어디 사람인지 등을 묻고 싶은 유혹조차 억제"하고 그를 무조건 환대(l'hospitalité)할 수는 없는 것일까?[13]

그런 태도가 타자성에 대해 사유하기를 포기하는 태도를 의미하지는 않을 것이다. 완전히 낯선, 전적으로 다른 것의 난입으로 야기된 두려움은 평온한 사유를 불가능하게 만들지만, 그렇기 때문에 그것은 또한 우리로 하여금 사유하게끔 '강요'한다. "사유가 정착할 수 있는 안정적인 영토를 확정할 수 없는 그 불가능성이야말로 사유 자체를 유발하는 요인"[14]이기 때문이다. 미지의 대상을 기지의 것으로 환원하여 안전하게 자기 것으로 만드는 방식의 사유 말고 타자를 타자로서 놓아주면서 타자성을 사유하는 일이 혹시 가능하다면, 그런 사유는 혼돈과 공포와 의미 상실의 위태로운 경험 속에서만 흘러나오는 것이 아닐까? 그 두려운 밤의 시간 이후에 대해 그 누구도, 아무것도 장담할 수는 없을 테지만 말이다.

■ 주석

## 제1부. 역사와 허구의 강렬한 접속: 팩션과 역사 서사물

### *1* 우리는 왜 팩션에 열광하는가

1) 이 장에서 다루는 텍스트는 댄 브라운의 『다빈치 코드』(베텔스만, 2004) 1·2권, 엘리자베스 코스토바의 『히스토리언』(김영사, 2005) 1~3권, 매튜 펄의 『단테 클럽』(황금가지, 2004, 전면 개정판) 1·2권이다. 이후로 이 책들의 인용 부분은 본문 괄호 안에 권수와 페이지수로만 표시하기로 한다.

2) Hank Hanegraff, 김병두 옮김, 『다빈치 코드, 진실인가 허구인가』, 성령의 말씀사, 2004, p.22, 70.

3) Raymond Aron, *Introduction à la philosophie de l'histoire: Essai sur les limites de l'objectivité historique*. 16th ed.. Paris: Gallimard, 1957, p.120.

4) Hayden White, *Metahistory: The Historical Imagination in 19th Century Europe*, Baltimore & London: The John Hopkins Univ. Press, 1973, pp.ix~xii 참조.

5) H.-I. Marrou, *De la connaissance historique*, Paris: Seuil, 1954, p.197.

6) 두 소설은 각각 동구권 해체 이전과 미국의 남북전쟁 직후를 배경으로 한 역
   사소설의 성격을 띠기도 한다. 하지만 이런 특징이 팩션 장르에 본질적인 요
   소는 아니다.

7) 하나 더 덧붙인다면, 팩션이 지닌 멜로드라마적인 요소를 언급할 수 있을 것
   이다. 탐정들간의 로맨스(『다빈치 코드』의 랭던과 소피, 『히스토리언』의 폴
   과 헬렌 등), 가족사와 출생의 비밀(소피는 예수와 막달라 마리아의 직계 후
   손이고 헬렌에게는 드라큘라 가문의 피가 흐르고 있으며 헬렌은 죽은 줄만
   알았던 '나'의 엄마이다) 등은 팩션의 대중성을 확보해주는 멜로드라마의 전
   형적인 관습들이다.


## *2* 역사추리소설의 한국적인 특수성


1) 이 장에서 다루는 텍스트는 김탁환의 『방각본 살인사건』(황금가지, 2003)
   상·하권, 김상현의 『정약용 살인사건』(랜덤하우스중앙, 2006), 김재희의
   『훈민정음 암살사건』(랜덤하우스중앙, 2006), 오세영의 『원행』(예담, 2006),
   이정명의 『뿌리 깊은 나무』(밀리언하우스, 2006) 1·2권 등이다. 이후로 이
   책들의 인용 부분은 본문 괄호 안에 권수와 페이지수로만 표시하기로 한다.

2) 캐트펠이라는 탐정이 등장하여 사건을 해결하는 캐트펠 시리즈는 1977년부
   터 1994년까지 총20권이 출간되었는데, 그 첫 작품 『성녀의 유골』이 『장미의
   이름』에 큰 영향을 주었다.

3) 웨슬링(E. Wesseling)은 역사소설을 고전적 모델, 고전적 모델의 모방, 고전
   적 모델의 패러디라는 세 단계로 나누어 설명하면서, 역사추리소설을 역사소
   설의 세 번째 단계에 포함시킨다. E. Wesseling, *Writing History as a
   Prophet: Postmodernist Innovations of the Historical Novel*, John

Benjamins Pub. co., 1991, pp.27~115.

4) 후기구조주의 역사학에 의해 주도된 '언어로의 전환'은 담론을 중심으로 한 역사에의 접근 방식을 가리키는 것으로, 기록된 텍스트 또는 진실-효과를 낳는 담론으로서의 역사의 위상에 관심을 기울인다. 김상수, 「'언어로의 전환'에 대한 재평가」, 『역사와 문화』 9집, 푸른역사, 2004. 12, p.151 참조.

5) 신문화사는 거시적인 관점의 사회사에 대한 반동으로 일어난 역사학의 새로운 경향으로, 아날 3세대의 망탈리테(mentalité)사와 미시사 등을 포함하는 개념이다. 이에 관해서는 조한욱, 『문화로 보면 역사가 달라진다』. 책세상, 2000, pp.21~99 참조.

6) 김현식, 『포스트모던 시대의 '역사란 무엇인가'』, 휴머니스트, 2006, p.230.

7) 위의 책, p.72.

8) Carlo Ginzburg, "Clues: Morelli, Freud, and Sherlock Holmes", *The Sign of Three: Dupin, Holmes, Pierce*, eds. Umberto Eco & Thomas A. Sebeck, Bloomington: Indiana Univ. Press, 1988, pp.81~118.

9) 김현식, 앞의 책, p.155.

10) 김기봉, 『팩션시대, 영화와 역사를 중매하다』, 프로네시스, 2006, p.75.

11) Keith Jenkins, 최용찬 옮김, 『누구를 위한 역사인가』, 혜안, 1999, pp.79~80.

12) 팩션이라는 말을 너무 폭넓게 사용하게 되면 역사나 실화를 소재로 한 무든 서사물로까지 그 범위가 확장될 수 있다. 실제 사건이나 인물을 다룬 모든 서사물에서 그 소재는 상상적인 변형의 과정을 거치게 마련이기 때문이다. 팩션의 개념이 이렇게 확대되고 나면 이전의 서사물들과의 차별성이 사라지고 그 명칭의 의미가 소멸하게 된다. 따라서 팩션이라는 용어는 넓은 의미로 보았을 때에도 다소 제한적으로 사용되는 것이 바람직하다고 생각된다.

13) 역사적 과거를 변형하는 상상력의 정도에 따라 기록적 역사소설, 가장적 역

사소설, 창안적 역사소설을 구분한 이론가는 터너(Joseph W. Turner)이
다. 터너의 구분법을 포함하여 역사소설의 유형과 분류에 대해서는 공임순,
『우리 역사소설은 이론과 논쟁이 필요하다』, 책세상, 2000, pp.113~143
참조.

14) 김탁환은 「지은이의 말」에서 이 소설이 "나와 동년배인 386세대에 대한 기
대와 우려"를 담고 있으며, 백탑파 서생들에게 "정치 일선에 나선 386세대"
(하권, pp.298~299)의 모습을 투영하고 있음을 밝히기도 했다.

15) 공임순, 앞의 책, p.103.

16) 이 점은 "역사의식의 밀도를 낮추는 대신 현대적인 감각에 많이 신경을 쓴 소
설"이라는 이 책의 작가 소개 부분에도 암시되어 있다.

17) 특히 이 소설은 개혁 사상이 지향하는 새로운 시대의 비전을 자본주의 경제
의 성장과도 직접적으로 연결시킨다. 화폐(조선통보)의 유통을 활성화시키
려 한 세종의 정책을 "엄청난 재화와 용역이 엄청나게 빠른 속도로 나라 안
팎을 돌"게 함으로써 "실용과 기술이 지배하는 세상"을 여는 "천지개벽"(1
권, p.253)이라고 설명하는 부분에서 이런 관점이 단적으로 드러난다. 이에
비하면 『방각본 살인사건』에서 "소설이 방각되면 돈을 벌려고 천한 글만 나
오는 것은 아닐까?"(p.259)라는 이명방의 우려는 자본주의적 유통 구조에
대한 회의로도 이해된다. 이 문제에 대한 김진과 이명방의 반성적 태도는
그들이 자본주의적 경제 질서를 단순히 근대 사상과 제도의 구현이라는 관
점에서 긍정하고 있지만은 않음을 암시해준다.

18) 공임순은 이 점을 강조하면서 민족주의를 모태로 한 역사소설은 "근대의 산
물이자 동시에 전근대적인 것으로의 회귀"라고 비판한다. 공임순, 앞의 책,
pp.51~52.

19) 김기봉, 앞의 책, pp.31~35와 『'역사란 무엇인가'를 넘어서』, 푸른역사,
2000, p.53~56 참조.

20) 한국 역사추리소설이 확고한 선/악의 대립구도(선한 탐정 또는 희생자/악
    한 범인)라는 근대적 이분법 위에 세워져 있는 데 비해 외국 역사추리소설
    이 이를 와해시키는 '역사가-범인'(진실을 폭로하려는 사명감을 지닌)의
    지위를 부각시키고 있는 것도 이와 관련이 있다.


### 3 역사서술의 문학성과 역사소설의 새로운 경향


1) Paul Ricœur, *Temp et récit I*, Paris: Seuil, 1983, p.135.

2) Paul Ricœur, *Temps et récit III*, Paris: Seuil, 1985, p.266.

3) 위의 책, pp.276~277.

4) Leopold von Ranke, *The Theory and Practice of History*, eds. Georg G.
    Iggers & Konrad von Moltke, Indianapolis & New York: Bobbs-
    Merrill Co., 1973 참조.

5) F. Braudel, *La Méditerranéen à l'époque de Phillippe II*, Paris:
    Armand Colin, 1949, p.21.

6) 위의 책, p.11.

7) 계열사는 아날 초기의 전체사를 지양하고, 통일성 없이 분산되어가는 세계
    속에서 분열된 역사의 체험을 반영하는 경향이다. 계열사가는 동질적인 집단
    에 소속된 일련의 사실들을 계열화시킴으로써 그것들 각각의 역사를 연구하
    고, 궁극적으로는 각기 분리된 계열들의 구조로서 역사를 파악하고자 한다.
    예를 들면 죽음이라는 질적 대상을 연구하기 위하여 계열사가는 유언장과 공
    증인의 서류들을 조사하여 계량적으로 분석한다. Françis Dosse, 김복래 옮
    김, 『조각난 역사』, 푸른 역사, 1998, pp.253~254.

8) Emmanuel Le Roy Ladurie, 『역사가의 토양』(*Territoire de l'historien*),

François Dosse, 위의 책, p.263에서 재인용.

9) 위의 책, p.126, 265.

10) 곽차섭, 「뮤즈들에 둘러싸인 클리오―세기말 서양 역사학과 문학의 라프로 쉬망」, 『문학과사회』 2005년 봄호, p.204.

11) 미시사 연구에서 재판기록이 중요한 사료로 떠오르는 이유는 역사 속에 기록을 남기기 어려운 평범한 사람들이 재판기록을 통해서 삶의 구체적이고 결정적인 한 국면을 흔적으로 새겨놓았기 때문이다. 위의 글, pp.204~205 참조.

12) 곽차섭 엮음, 『미시사란 무엇인가』, 푸른역사, 2000, p.14.

13) 진즈부르그는 메노키오가 읽은 책들과 그가 그 책들에 관해 이단 재판관에게 진술한 방식 사이에 뚜렷한 괴리가 있다고 보고, 이를 근거로 그가 텍스트를 단지 모방만 하는 사람이 아니었다고 주장한다. 진즈부르그는 이런 양상을 당시 민중들의 문화적 자생력으로 이해한다.

14) Carlo Ginzburg, 「가능성의 증명」(Prove e possibilità), 곽차섭 엮음, 앞의 책, pp.230~231에서 재인용.

15) Carlo Ginzburg, 위의 글, 같은 곳에서 재인용.

16) Raymond Aron, 앞의 책, p.120.

17) H.-I. Marrou, 앞의 책, p.197.

18) 이에 관해서는 김응종, 『아날학파의 역사세계』, 아르케, 2001, pp.46~48; François Dosse, 앞의 책, pp.70~71 참조.

19) Paul Ricœur(1983), pp.146~147.

20) W. B. Gallie, *Philosophy and the Historical Understanding*, New York: Schoken Books, 1964, p.66.

21) Louis O. Mink, *Philosophical Analysis and History*, New York: Harper and Row, 1966, p.179, 188.

22) Hayden White, 앞의 책, p.xi.

23) 손영미, 「서사학과 포스트휴머니즘」, 『내러티브』 제9호, 2004. 10, p.17.

24) 신형기, 「민중 이야기와 도덕의 정치학」, 『문학·판』 2005년 봄호, pp.62~73 참조.

25) '대문자 역사'와 '소문자 역사'라는 말은 아날학파 이후 대두된 개념이다. 아날학파 이전까지 역사는 대문자 'H'와 단수 형태로만 기술되었다. 그러나 아날학파(특히 아날 3세대)가 이런 대문자 역사를 해체한 뒤 역사는 소문자 'h'로 표기된 복수형의 역사들로 이해된다. 소문자 역사는 정치사는 물론이고 아날 초기의 전체사에도 반발한 아날 3세대의 계열사적 경향에서 비롯되었다고 할 수 있는데(François Dosse, 앞의 책, pp.251~255), 미시사의 기본 관점 역시 소문자 역사를 지향하는 대표적인 예이다.

26) 곽차섭 엮음, 앞의 책, p.51.

27) 이 장에서 다루는 소설 텍스트는 김훈의 『칼의 노래』(생각의나무, 2001) 1·2권, 김영하의 『검은꽃』(문학동네, 2003), 김연수의 『굿 바이 이상』(문학동네, 2001)과 소설집 『나는 유령작가입니다』(창비, 2005)이다. 장편소설의 인용 부분은 본문 괄호 안에 페이지수만 표시하고, 소설집에 수록된 단편소설의 경우에는 소설 제목과 페이지수를 표기하기로 한다.

28) 이정석, 「사실의 역사에서 실존의 역사로─김훈 역사소설의 존재방식」, 『작가와비평』 2004년 하반기, p.336.

29) 곽차섭 엮음, 앞의 책, p.14.

30) 최원식, 「남과 북의 새로운 역사감각들─김영하의 『검은꽃』과 홍석중의 『황진이』」, 『창작과비평』 2004년 여름호, p.53.

31) 김영찬, 「한국문학의 증상들 혹은 리얼리즘이라는 독법」, 『창작과비평』 2004년 가을호, pp.286~287.

32) 박진, 「진실을 쓴다는 것」, 『문예중앙』 2005년 가을호, pp.468~469.

**4 대체 역사 서사물의 메타적 자의식**

1) Stephen E. Ambrose 외, 이종인 옮김, 『만약에1』, 세종연구원, 2003, p.198.

2) 위의 책, p.13.

3) 이런 질문들은 기존의 역사학에 대해 반발했던 아날학파나 미시사의 문제의식과 맞닿는 지점이 있다. 이에 관해서는 이 책의 3장을 참조할 것.

4) 이 장에서 다룰 소설 텍스트는 필립 K. 딕의 『높은 성의 사나이』(시공사, 2001), 코니 윌리스의 『개는 말할 것도 없고』(열린책들, 2001), 복거일의 『비명을 찾아서』(문학과지성사, 1987)와 『역사 속의 나그네』(문학과지성사, 1991) 1~3권이다. 이 책들의 인용 부분은 본문의 괄호 안에 권수와 페이지 수로만 표기하기로 한다.

5) 역사물 일반의 이 같은 위험성과 영화 〈한반도〉가 지닌 한계에 관해서는 김기봉, 「팩션의 역사, 팩션의 사회사」, 『21세기문학』 2006년 겨울호, pp.23~24 참조.

6) 이에 관해서는 이 책의 10장에서 다시 한번 이야기하게 될 것이다.

7) "역사가들이 잘못된 역사를 바로잡아 새로운 사서를 쓰듯, 이젠 시간 비행사들이 잘못된 역사를 바로잡아 새로운 역사를 만들어야 한다"(1권, p.58)는 주장은 이 소설에서 일종의 넌센스로 간주된다.

8) 참고로 이 소설은 최근 월간 『Fantastique』 창간호(페이퍼하우스, 2007. 5) 부터 다시 연재가 시작되어 뒷이야기가 새로이 진행되고 있다.

## 제2부. 낯선 논리적 질서 속으로: SF 서사물

### *5* 스팀펑크의 서사 담론

1) 김상훈, 「현대 SF의 진화―포스트고딕에서 슬립스트림으로」, 『Happy SF』 창간호, 행복한 책읽기, 2004. 9, p.23; 임형욱 외, 좌담 「SF는 주류문학의 대안이 될 수 있는가?」, 위의 책, p.56 참조.

2) 임종기, 『SF 부족들의 새로운 문학 혁명, SF의 탄생과 비상』, 책세상, 2004, p.169.

3) 사이버펑크(cyberpunk)는 인공두뇌학을 뜻하는 사이버네틱스(cybernetics) 와 주류문화에 반항하는 반문화 운동을 지칭하는 펑크(punk)의 합성어이다.

4) 〈스팀보이〉는 〈아키라〉(1988)의 감독 오토모 가츠히로가 10년의 제작과정을 거쳐 발표한 극장판 애니메이션으로 2004년 일본에서, 2005년 국내에서 개봉되었다. 〈신비한 바다의 나디아〉는 〈신세기 에반게리온〉(1995)의 안노 히데야키가 감독한 TV 시리즈로, 총 39화로 구성되어 있다. 〈신비한 바다의 나디아〉는 1990년 4월부터 1991년 4월까지 NHK에서 방영되었고, 1997년과 2002년에 재방영되었다. 국내에서는 1992년 10월부터 1993년 4월까지, 1995년 12월부터 1996년 3월까지 MBC를 통해 두 차례 방영되었으며, 1996년 12월부터 1997년 2월까지 투니버스에서 방영되기도 했다.

5) SF 장르가 여타 장르와 크로스오버나 하이브리드 형식으로 결합되는 양상은 90년대 이후, 특히 TV 시리즈를 중심으로 하는 일본 애니메이션에서 두드러지게 나타나는 경향이다. 박인하, 『박인하의 아니메 미학 에세이』, 바다출판사, 2003, p.148, 171 참조.

6) 〈신비한 바다의 나디아〉는 방영 시기로 보면 〈스팀보이〉보다 10여년이나 앞

서지만, 전형적인 스팀펑크가 연성화되고 풍부해지는 양상을 보여주는 예라
고 할 만하다. 이는 감독 안노 히데야키와 제작사인 가이낙스(GAINAX)의
독특한 스타일을 일찌감치 예고한 것이었다고 하겠다. 한편 〈스팀보이〉는
2004년이라는 개봉 시기를 고려하면, 10년에 걸친 제작기간을 감안하더라도
다소 복고적이고 보수적인 스팀펑크라고 말할 수 있다. 이 애니메이션은 서
사적으로나 SF적인 인식의 차원에서 오토모 가츠히로 감독의 1988년작인
〈아키라〉에 비해 퇴보했다는 평가를 받기도 하는데, 어쨌거나 스팀펑크 장르의
일반적인 특징을 예시하기에는 가장 적합한 텍스트임에 분명하다.

7) 증기기관차와 증기선은 남성적인 힘과 진보의 상징으로 근대적인 세계관의
표상이기도 하다.

8) 이 애니메이션에서 아틀란티스인은 '외계인'이 아니라 '우주인'이라 불린다.
이는 그 용어를 사용하는 사람들이 주로 지구인이 아니라 아틀란티스인들 자
신이라는 점과 관련이 있다. '외계인'이라는 용어에는 이미 지구 바깥을 '외
계'로 규정하는 지구중심적, 인간중심적 관점이 새겨져 있기 때문이다. 이 애
니메이션이 예외 없이 '외계인' 대신에 '우주인'이라는 용어를 사용하는 것은
안/밖의 이분법과 이에 결부된 인간중심주의적 가치 개념을 탈피하고자 하는
의도로도 해석된다.

9) 이런 현상은 〈신비한 바다의 나디아〉에서 특히 바르트적 개념의 해석학적 코
드가 강력하게 작동하는 것과도 무관하지 않다. 이 애니메이션의 서사는 '바
다괴물의 정체는 무엇인가?', '블루워터의 비밀은 무엇인가?', '나디아의 출
생의 비밀은 무엇인가?', '네모선장의 정체는 무엇인가?', '네오아틀란티스
의 정체는 무엇인가?' 등과 같은 수수께끼들의 해답을 찾아가는 과정으로 이
루어져 있으며, 그 대답의 지연과 부분적 해답의 제시와 비밀의 폭로 등이 서
사의 진행을 이끌어간다고 말할 수 있다. (Roland Barthes, *S/Z*, Paris:
Seuil, 1970, p.27, pp.215~216 참조) 수수께끼의 해답들이 주로 네모선장

을 비롯하여 아틀란티스와 관련된 인물들('이미 알고 있는 자'들)의 입을 통해 전해지기 때문에, 그 비밀의 진실성은 더욱 강조되는 경향이 있다.

10) 이리온은 네모의 친구인 2만 살 된 고래로, 블루워터를 통해 나디아와 대화를 나눈다. 그는 나디아에게 네모의 생각을 대신 전해주는 대변자 역할을 한다.

11) 스티븐슨은 "인간의 행복"을 "위해선 국가를 지켜야만" 한다는 논리로 레이를 설득하여 스팀볼을 손에 넣기도 한다.

12) http://djuna.nkino.com/movies/steamboy.html

13) 박기수, 『애니메이션 서사 구조와 전략』, 논형, 2004, pp.102~107.

14) 이런 생각은 제임스 러브록(James Lovelock)의 가이아 이론을 연상시키는데, 환경 문제의 심각성이 대두되면서 관심을 모으고 있는 이런 견해가 스팀펑크에 도입되었다는 사실은 주목을 요한다. 이에 관해서는 James Lovelock, 홍욱희 옮김, 『가이아—살아 있는 생명체로서의 지구』, 갈라파고스, 2004 참조.

15) 수용자들은 네모의 정체가 밝혀지기까지(제22화) 그가 아틀란티스인이라는 사실을 알지 못하다가 그 이후부터는 네모와 가고일 모두를 아틀란티스인으로 생각한다. 중반까지 네모와 가고일의 대결은 '인간 대 정체 불명의 괴집단'으로 받아들여지고 중반 이후부터는 '(인간의 편인) 아틀란티스인 대 (인간의 적인) 네오아틀란티스인'으로 여겨지는데, 결말에 이르러서야 그것이 '아틀란티스인 대 인간'의 대결 구도였음이 드러나는 것이다. 이로써 인간과 우주인, 주체와 타자의 이분법은 극적으로 전도되고 붕괴된다.

16) 이 이분법이 최종적으로 무화되는 것은 에필로그 부분에서다. 쟝과 나디아(나디아는 네모의 딸로서 네모의 죽음 이후 유일하게 살아남은 마지막 아틀란티스인이다)가 결혼을 하고, 엘렉트라가 네모의 아이를 출산한다는 뒷이야기는 인간과 아틀란티스인이 하나로 융합하는 것을 의미하기 때문이다.

17) 참고로 이 같은 논의는 문화 콘텐츠 개발의 중요성과 필요성이 강조되고 있
는 오늘날, 한국 SF와 애니메이션이 나아갈 방향에 대해서도 시사하는 바
가 있다. 한국 애니메이션, 특히 SF 애니메이션은 "'서사의 부재 내지 빈
곤'이라는 가장 근본적인 문제를 안고 있"(박기수, 앞의 책, p.29)는 것으로
평가되고 있다. 〈원더플 데이즈〉(감독 김문생, 2003)와 같은 의욕적인 애니
메이션은 영상미와 그래픽 기술력의 차원에서 전혀 손색이 없었음에도 불
구하고 멜로드라마적이고 상투적인 스토리로 인해 SF적인 문제의식을 부
각시키지 못했고, 수용자의 호응도 얻지 못했다. 한국에서는 아직 스팀펑크
적인 서사를 활용한 SF가 거의 제작되지 않았지만, 스팀펑크 장르는 서사
의 빈곤이라는 한국 SF의 딜레마를 극복할 수 있는 훌륭한 타개책이 될 수
있을 것으로 보인다. 스팀펑크는 인물의 대립구도를 비롯한 뚜렷한 갈등 양
상을 포함하고 있으며 시간성의 착종과 같은 서사의 기본 골격을 지니고 있
다. 이 같은 단단한 서사 구조에 한국적인 시대 배경이나 문제의식을 도입
하면 개성적인 스팀펑크 서사를 개발할 수 있을 것으로 생각된다. 최근 한
국에서 활발하게 창작되고 있는 역사 서사물과 역사 판타지를 스팀펑크 장
르와 결합하여 SF 콘텐츠를 개발하는 방안도 충분히 고려해볼 만하다.


## *6* SF 제패니메이션의 하이브리드화

1) 이에 관해서는 임종기, 앞의 책, pp.96~119 참조.

2) 『모던 유토피아』에서는 발달된 우생학으로 열등한 인간의 출생을 미연에 방
지하는데, 이는 유토피아를 유지하는 데 기여하는 효과적인 수단으로 묘사된
다.

3) 이 같은 상상력은 영화 〈가타카〉(1998)와 〈아일랜드〉(2005)로까지 이어진

다. 한편 『우리들』에서는 '뇌수술'로 자유에 대한 인간의 욕망을 제거하며
『멋진 신세계』에서는 '소마'라는 환각제로 순응적 인간형을 양산하는데, 이
런 모티프는 최근 영화 〈이퀼리브리엄〉(2003)에서도 찾아볼 수 있다.

4) 전형적인 메카물은 남성적이고 공격적인 세계를 강조하며 거대하고 강력한
머신들이 서로를 파괴하는 전투 장면들을 포함한다. 메카물의 무의식에는 무
적의 존재에 대한 테크노파시스트적 찬양이 깔려 있는 것으로 보인다.

5) 박인하, 앞의 책, pp.20~22.

6) 동체가 거대하고 전투력도 어마어마한 슈퍼로봇과는 달리 리얼로봇은 인간
과 유사한 형태의 인간형 병기이다. 〈기동전사 건담〉에 등장하는 '모빌슈트
(mobile suit)'처럼 움직일 수 있는 갑옷의 개념으로 이해할 수 있다.

7) Susan J. Napier, 임경희 · 김진용 옮김, 『아니메—인문학으로 읽는 제패니
메이션』, 루비박스, 2005, p.148.

8) SF가 호러와 결합(〈이벤트 호라이즌〉, 〈갓센드〉 등)하거나 멜로드라마적인
요소를 지니는 예(〈백 투더 퓨처〉, 〈배트맨〉 등)는 헐리우드 영화에서도 흔히
발견되지만, 다양하고 이질적인 장르 코드들이 크로스오버나 하이브리드 스
타일로 융합되는 현상은 제패니메이션에서 유독 두드러지게 나타난다.

9) 〈카우보이 비밥〉은 1998년 4월 도쿄TV방송을 통해 전 26화 중 12화가 방영
되었고, 그 해 10월 위성방송 와우와우(WOWWOW)를 통해 전체 시리즈가
모두 방영되었다.

10) 〈신세기 에반게리온〉에 관한 상세한 분석은 박기수, 앞의 책, pp.136~220;
박신 『서사학과 텍스트 이론』, 랜덤하우스중앙, 2005, pp.182~203에서 찾
아볼 수 있다.

11) 정확히 말하면 이 모든 말들의 발화자는 식물인간 상태의 꿈 속에서 전자
이민 재단 스크래치의 교주를 만들어낸 해커 출신 소년이다.

12) 특히 제트는 '블랙독'이라는 별명으로 통하던 전직 경찰(ISSP)로서, 제트

의 과거와 연관된 사건들(세션 #16「블랙독 세레나데」등)에는 형사물의 색
채가 더욱 두드러진다.

13) 두 남자 주인공의 활약상을 다룬 영화들을 가리키는 헐리우드 장르 개념이
다. 〈스팅〉, 〈웨인즈 월드〉, 〈블루스 브라더스〉 등과 같이 상호보완적인 파
트너가 등장하는 영화들을 폭넓게 지칭한다.

14) '비밥(bebop)'이란 재즈를 부를 때 흥얼거리는 뜻 없는 소리('드위 리 드
비밥~'과 같은)에서 유래한 것으로, 1940년대 초기에 나타난 새로운 재즈
스타일을 일컫는다. 비밥 재즈는 연주자들 자신을 위한 즉흥 연주의 성격이
강하다. Mark C. Gridley, 이정현 옮김, 『재즈총론』, 삼호출판사, 1995,
pp.137~140.

15) 최규용, 『재즈』, 살림, 2004, pp.24~37 참조.

16) 박인하, 앞의 책, pp.158~160.

17) 일례로 영화에서는 행동하는 배우(서사적 주인공들)를 중심으로 그의 시각
적 이미지와 음성이 긴밀하게 통합되지만, 애니메이션에는 이런 구속력이
별로 없다. 무한한 시뮬라크르의 산물인 애니메이션의 영상에서 주인공이
차지하는 비중은 영화보다 현저히 낮으며, 음향의 경우에도 성우의 목소리
는 애니메이션 주인공의 신체-이미지와 자연스럽게 결합되는 대신 허공에
붕 떠서 울리는 것처럼 경험된다. 박기수, 앞의 책, pp.102~107.

18) Roland Barthes, 앞의 책, p.11.

19) 위의 책, p.23.

20) 이는 콜드슬립의 비용으로 막대한 빚을 져서 쫓기고 있기 때문이기도 한데,
그녀에게 과거는 현재와 미래의 삶을 구속하는 굴레와도 같은 성격을 띤다.
페이는 과거의 기억을 되살릴 만한 기회들이 오면 혼란스러워 하고(「10년
후의 나에게」) 호기심을 보이면서도(세션 #15「마이 퍼니 발렌타인」) 과거
로부터 피해 달아나려 하는(세션 #24「하드럭 우먼」) 경향이 있다.

21) 근대의 표상으로서의 '자유인' 개념에 대해서는 김행숙, 『문학이란 무엇이
었는가―1920년대 동인지 문학의 근대성』, 소명출판, 2005, pp.266~272
참조.

22) 1930~40년대의 고전적인 웨스턴에서 카우보이는 서부 '개척'의 이데올로
기와 부르주아 사회 질서의 수호라는 근대적 가치들을 대표하는 존재였다.
웨스턴 장르의 영화들은 대체로 19세기 후반을 배경으로 하는데, 이 시기는
미국이 북미 대륙 내에서 지리적 팽창을 완료하고 다인종 사회이자 자본주
의 체제로서의 미국이라는 근대국가의 틀을 확립하던 무렵이다. 남북전쟁,
서부의 '개척', 원주민 인디언 부족들에 대한 대대적인 '토벌', 대륙횡단철
도의 부설, 대목장주와 자영농민 사이의 끊임없는 마찰, 북·동부의 신도시
를 중심으로 급속히 진행된 공업화 등이 이 시기의 함의를 설명해준다. 한
편 1950년대 웨스턴에서는 카우보이인 주인공들이 도덕적 딜레마에 빠지거
나 사회 질서에 맞서는 아웃사이더들에 대해 동정적인 시선을 보내기도 한
다. (구회영, 『영화에 대하여 알고 싶은 두세 가지 것들』, 한울, 1991,
pp.139~140 참조) 〈카우보이 비밥〉의 스페이스 카우보이들은 국가나 인종
개념이 사라진 우주 시대에 새로운 사회 질서를 확립한다는 기본 명분을 지
니고 있으면서도 그들 자체가 아웃사이더로서의 성격을 지닌 인물들이라고
말할 수 있다.

23) 스파이크는 레드 드래곤의 조직원으로 있던 시절 왼쪽 눈을 다쳐서 의안을
하고 있다. 클로즈업 된 스파이크의 얼굴을 자세히 보면 두 눈동자의 색깔
이 다른 것을 알 수 있다. 앞을 볼 수 없는 왼쪽 눈으로 그는 줄리아와의 추
억만을 응시한다.

24) 이런 가치들은 일본의 무사도(武士道)와도 관련이 깊은 것으로 보인다. 또
한 스파이크가 보여주는 죽음 앞에서의 침착함, 줄리아가 죽었을 때조차 슬
픔과 고통을 다른 사람에게 드러내지 않는 금욕적인 평정함(「더 리얼 포크

블루스」하편) 등은 일본적인 무사도의 정신을 환기하는 측면이 있다. (니
토베 이나조, 심우성 옮김,『무사도란 무엇인가』, 동문선, 2002, pp.29~33,
67~72 참조) 하지만 제패니메이션 전반의 탈국적화 현상이나 '사무라이'
와 '카우보이'를 하나로 중첩시키는(「카우보이 펑크」) 이 서사물의 무국적
주의를 고려하면, 〈카우보이 비밥〉을 지나치게 일본 정신의 맥락에서 바라
보는 것은 협소한 관점이 될 것이다.

25) 근대적 표상으로서의 낭만적 사랑과 내면성의 관계에 대해서는 김행숙, 앞의
책, pp.195~214; 권보드래,『연애의 시대』, 현실문화연구, 2003, p.194; 김
지영,「연애, 문학, 근대인」,『문예중앙』2005년 겨울호, pp.457~464 참조.

26) 구식 인간 제트는 재즈 연주자 찰리 파커의 열렬한 팬이며, 〈카우보이 비밥〉
의 음악은 여러 장르를 넘나들면서도 재즈의 선율을 주조로 한다.

27) "선머슴 같은 여자"가 제일 싫다고 하는 스파이크의 말(「재밍 위드 에드워
드」)에서 성차와 성역할에 대한 고정관념이 단적으로 표현된다. 한편 '선머
슴' 같은 페이와 성별의 특징이 전혀 나타나지 않는 여자애(!) 에드는 포스
트젠더(postgender) 시대의 인간형을 암시하는 것처럼 보인다. 이에 관해
서는 Susan J. Napier, 앞의 책, p.158과 Donna Haraway, *Simians,
Cyborgs and Women: The Reinvention of Nature*, New York:
Routledgs, 1991, p.154 참조.

28) 특히 베타 데크는 VHS와 달리 프레임의 재생이나 더빙 과정에서 손상이
적은 품격 있는 기계로 알려져 있다. '20세기 영상 마니아'라고 자처하는 중
고 전자제품 가게 주인이 베타 테이프에 대해 찬사를 늘어놓는 장면은 "영
상에 목을 매"고 베타에 집착했던 "오타쿠 1세대, 즉 근대적인 오타쿠"(오
타가 토시오, 김승현 옮김,『오타쿠』, 현실과미래, 2000, p.27)에 대한 오마
주라 할 수 있다.

29) Susan J. Napier, 앞의 책, pp.40~42, 68, 375 참조.

30) 위의 책, p.368.

31) 박진, 앞의 책, p.201.

32) Roland Barthes, 앞의 책, p.139.


## 7 슬립스트림, SF와 문학이 만날 때

1) 다양한 경향을 띤 문학작품들을 주류소설이라는 말로 통칭하는 데에 문제가
   없는 것은 아니지만, 이 글에서는 문단이라는 문학 제도가 승인하는 모든 소
   설을 주류소설이라고 부르기로 한다. 주류소설이라는 용어에는 제도화된 문
   단을 자신의 타자로 의식하는 장르문학 쪽의 관점이 새겨져 있는데, 이 용어
   를 그대로 사용한 데는 슬립스트림을 기존 문학의 입장이 아니라 SF 장르의
   입장에서 바라보고자 하는 이 장의 기본 관점이 반영되어 있다. 물론 슬립스
   트림이라는 용어 자체가 SF의 한 하위갈래나 특정 경향을 지칭하는 장르문
   학적인 개념이기도 하다.

2) 김상훈, 앞의 글, p.21.

3) 이 장에서 다루는 텍스트는 박민규의 「고마워, 과연 너구리야」 「몰라 몰라, 개
   복치라니」 「코리언 스텐더즈」(이상 『카스테라』, 문학동네, 2005), 서준환의
   「파란 비닐인형 외계인」(『파란 비닐인형 외계인』, 틈북스, 2005), 조하형의
   『키메라의 아침』(열림원, 2004), 백민석의 『러셔』(문학동네, 2003) 등이다.
   이후 이 책의 인용 부분은 본문의 괄호 안에 페이지수로만 표시하기로 한다.

4) 조하형의 『키메라의 아침』이 "SF 소설이라기보다는 일종의 알레고리 소설을
   지향"한다는 데 의미를 부여하는 관점(성민엽·최수철, 「키메라, 새로운 소설
   의 가능성에 대하여」, 『문학·판』 2004년 겨울호)이나 이 소설이 그리고 있는
   세상이 "지금 우리가 일상에서 맞닥뜨리고 있는 지구적, 문명적 문제들의 상

상적 연속-확대상으로서 충분한 설득력을 가"진다는 점을 들어 "상대적으로 공상적이고 오락적인" SF 소설과의 차별성을 언급하는 견해(김예림, 「지구 노인촌 혹은 트랜스제닉 디스토피아 스펙터클」, 『키메라의 아침』 해설), 그리고 『러셔』와 〈매트릭스〉의 차이를 강조하면서 이 소설이 "단순히 앙상하고 관념적인 이데올로기의 뼈대에 영웅의 활약상을 덧칠한 사이버펑크 활극만은 아니"라고 강조하는 견해(이수형, 「사이버펑크의 존재론」, 『러셔』 해설) 등이 그 몇 가지 예이다.

5) 김상훈, 앞의 글, p.23.

6) 김영찬, 「개복치 우주(소설)론과 일인용 너구리 소설 사용법」, 『문학동네』 2005년 봄호, pp.260~262.

7) 임종기, 앞의 책, p.80.

8) 이로 인해 앞서 말한 두 가지 해석 가능성 가운데 두 번째의 가능성, 즉 외계인과의 접촉을 인간 존재의 진화나 전화의 계기로 보는 해석 쪽에 한결 비중이 실리게 된다.

9) 『키메라의 아침』에서는 이 같은 SF적인 상상력이 동양적 사유와도 관련을 맺고 있는 것으로 보이는데, 이에 대한 논의는 이 글의 범위를 넘어선다.

10) 이 '거대한 몸'은 "부피가 제로이고 면적이 무한대인 음악-몸"(p.211), 우주적인 화음과 "별-음악"(p.121) 등으로 변주되기도 한다.

11) '초고속 비트'에 중독된 이들은 음악마저도 고속으로 회전시켜 듣는데, "초고속 바흐"(p.49)라는 기술문명의 음악을 "별이 생성되는 느림"의 "우주-음악"(『키메라의 아침』, p.143)과 대조해 보아도 흥미로울 것이다.

12) SF는 대중 서사 장르인 동시에 마니아들의 게토적인 영역이기도 하기 때문에 문학과 SF의 접촉을 무조건 대중문화와의 교섭으로만 보기는 어려운 측면이 있다.

*8* 리보펑크의 리얼리티와 윤리적 쟁점들

1) 바로 이 시점에서 과거를 돌아보는 반성적 시선을 SF적으로 서사화한 것이
   5장에서 살펴본 스팀펑크이다.

2) Jeremy Rifkin, 전영택·전병기 옮김, 『바이오테크 시대』, 민음사, 1999,
   pp.180~181.

3) 위의 책, pp.293~298.

4) 위의 책, pp.274~278, 302.

5) 위의 책, pp.63~65, 349~350.

6) 위의 책, pp.71~72.

7) 당시로서는 충격적인 신기술이었던 엑스선 촬영을 소재로 한 SF 영화로, 엑
   스선 촬영된 해골 인간이 필름 밖으로 걸어나온다.

8) 이 영화에서 천문학회 소속의 과학자들은 거대한 총알을 타고 날아가 달 표
   면에 박힌다.

9) Jeremy Rifkin, 앞의 책, p.310~311.

10) 냉해 방지를 위해 만들어진 아이스 마이너스(ice-minus) 박테리아를 비롯
    하여 해충을 먹이로 하는 육식성 곤충, 성장 호르몬 유전자나 부동 유전자
    를 삽입한 어류, 바이러스·박테리아·동물들로부터 얻은 유전 형질을 포함
    한 농작물들이 개방된 환경으로 방출되고 있다.

11) Jeremy Rifkin, 앞의 책, p.154.

12) 일례로 1980년대 후반에 의료 실험용으로 만들어진 에이즈 쥐(에이즈 바이
    러스 게놈을 쥐의 배에 현미주사하여 에이즈를 유전병으로 지니게 된 쥐)의
    경우에는 에이즈 바이러스가 쥐의 다른 바이러스들과 결합하여 공기와 같
    은(!) 새로운 감염 경로를 지닌 슈퍼 에이즈를 만들어낼 가능성까지 경고된
    바 있으나, 그럼에도 불구하고 이 실험은 중단되지 않았다.

13) 이 글에서 참조한 텍스트는 그레그 베어의 『블러드 뮤직』(김옥수 옮김, 움 직이는 책, 1992)이다. 이후 이 책의 인용 부분은 본문 괄호 안에 페이지수 로만 표기한다.

14) 실제로 이 소설에는 이기적 유전자론에 대한 직접적인 언급이 등장한다. pp.90~91.

15) Richard Dokins, 홍영남 옮김, 『이기적 유전자』(개정판), 을유문화사, 2002, p.27, 44.

16) Jeremy Rifkin, 앞의 책, pp.396~397.

17) 이런 상상력은 정체성과 기억의 문제에 대한 철학적인 논점들과도 만나게 된다. 이에 관해서는 Mark Rowlands, 조동섭 옮김, 『SF 철학』, media2.0, 2005, pp.121~129 참조.

18) 참고로 김성곤은 이 장면을 가족이 원할지라도 자신이 '복제되지 않을 권 리'에 대한 표명으로 해석한다. 김성곤, 「영화에 나타난 복제인간의 문제 점―〈6번째 날〉」, 『영화 속의 문화』, 서울대학교출판부, 2004, p.283. 김성 곤의 이 글은 인간복제 문제를 복제인간이 원본 인간에게 "이로운 것인가, 아니면 해로운 것인가"(p.280)라는 관점에서 바라보고 있긴 하지만, 영화 〈6번째 날〉에 대한 상세한 분석으로 참조할 만하다.

19) 이에 관해서는 James Lovelock, 앞의 책 참조.

20) Jeremy Rifkin, 앞의 책, p.187.

21) 〈28일 후〉의 결말부에는 주인공들이 군인들을 처치하고 탈출하기 위해 실 제로 감염자-괴물들과 힘을 합치는 장면이 등장하는데, 이 장면은 우리에 게 시사하는 바가 있다.

## 제3부. 타자성의 서사화: 공포 서사물

### *9* 괴물 영화들, 주체의 타자성과 대면하기

1) 이들 외에도 로봇과 사이보그는 주체/타자의 이분법을 전복하는 SF의 대표
   적인 주인공들이다. 이에 관해서는 박진·김행숙, 『문학의 새로운 이해—문
   학의 이동과 움직이는 좌표들』(청동거울, 2004) 제6장에서 따로 검토한 적이
   있다.

2) 이에 관한 상세한 논의는 고충환, 『무서운 깊이와 아름다운 표면』, 랜덤하우
   스중앙, 2006, pp.70~89 참조.

3) 이에 관해서는 Mark Rowlands, 앞의 책, pp.14~26 참조.

4) Richard Kearney, 이지영 옮김, 『이방인, 신, 괴물』, 개마고원, 2004,
   p.135.

5) Mark Rowlands, 앞의 책, p.211.

6) Charles F. Alford, 이만우 옮김, 『인간은 왜 악에 굴복하는가』, 황금가지,
   2004, p.41.

7) 마크 롤랜즈는 인간이 동물들에게 하는 잔혹한 행위를 에이리언의 습성과 비
   교하면서, "외계인 유충을 잉태한 인간과 식용으로 사육되는 닭 중에 하나가
   되어야 한다면" 자신은 기꺼이 "가슴에서 튀어나올 외계인을 품고 사는 삶"
   쪽을 선택하겠다고 말한다. Mark Rowlands, 앞의 책, pp.212~220 참조.

8) Richard Kearney, 앞의 책, p.96.

9) Julia Kristeva, 서민원 옮김, 『공포의 권력』, 동문선, 2001, p.24.

10) 이에 대해서는 이 책의 10장에서 자세히 언급된다.

11) 고충환, 앞의 책, pp.142~145 참조.

12) Slavoj Žižek, 주은우 옮김, 『당신의 징후를 즐겨라!』, 한나래, 1997, p.194.

13) 위의 책, p.305.

14) 이 영화가 성공을 거두자 잭 피니는 원작을 다듬어 제목을 영화 제목과 동일하게 수정한 뒤 재출간하기도 했다.

15) Jack Finney, 강수백 옮김, 『바디 스내처』, 너머, 2004, p.276. 이후 이 책의 인용 부분은 본문의 괄호 안에 페이지수로만 표기한다.

16) Slavoj Žižek, 앞의 책, pp.229~230.

17) 위의 책, p.235.

18) Richard Kearney, 앞의 책, pp.212~213.


**10 공포 스릴러에 나타난 선악과 신성의 문제**

1) Robert Muchembled, 노영란 옮김, 『악마, 천년의 역사』, 박영률출판사, 2006, p.359.

2) 〈스크림〉이 지닌 반역성은, 살인마의 행위가 십대들의 무분별한 쾌락주의에 대한 처벌의 성격을 띠는 〈13일의 금요일〉이나 〈할로윈〉 류의 공포 스릴러 (teenie-kill pic)를 전복하는 데서도 비롯된다. 심영섭, 「공포란 억압이 의식으로 귀환하는 과정이다」, 『북페뎀』 2004년 여름호, pp.72~73 참조.

3) Julia Kristeva, 앞의 책, p.24.

4) 위의 책, pp.23~24.

5) Camille Paglia, 이종인 옮김, 『성의 페르소나』, 예경, 2003, p.18, 26.

6) Julia Kristeva, 앞의 책, p.40.

7) Richard Kearney, 앞의 책, p.167.

8) 그리스어 '다이몬(daimon)'에서 유래한 다에몬(daemon)은 기독교에 의해

데몬(demon)으로 격하되었지만, 본래 선과 악을 동시에 갖고 있는 양성적
존재이다. Camille Paglia, 앞의 책, p.14.

9) 위의 책, p.22.

10) Richard Kearney, 앞의 책, p.164.

11) Thomas Brockelman, *The Frame and the Mirror: On Collage and the Postmodern*, Evanston, Illinois: Northwestern Univ. Press, 2001, pp.98~99.

12) 참고로 한니발 렉터가 주인공으로 등장하는 영화로는 〈양들의 침묵〉과 〈한니발〉(2001) 이외에도 〈맨 헌터〉(*Manhunter*, 1986), 〈레드 드래곤〉(*Red Dragon*, 2002), 〈한니발 라이징〉(*Hannibal Rising*, 2007) 등이 있다. 이들 영화는 모두 토머스 해리스(Thomas Harris)의 연작 소설을 원작으로 하는데(〈맨 헌터〉는 『레드 드래곤』을 영화화한 것이고, 나머지 영화들은 동명의 소설을 원작으로 삼았다), 배우 안소니 홉킨스(Phillip Anthony Hopkins)가 창조해낸 한니발 렉터의 이미지가 워낙 강렬하기 때문에, 연작으로서의 성격은 그가 출연한 〈양들의 침묵〉, 〈한니발〉, 〈레드 드래곤〉에서 한층 두드러진다. 이 가운데서도 클라리스 스탈링이 여주인공으로 등장하는 〈양들의 침묵〉과 〈한니발〉은 더욱 강한 연속성을 지니고 있다.

13) 이 같은 모티프는 1960년대에 미국에서 실제로 있었던 에드 게인(Ed Gain) 사건으로부터 나온 것으로, 여러 차례 리메이크된 〈텍사스 전기톱 연쇄살인사건〉 역시 에드 게인을 모델로 삼은 것으로 알려져 있다.

14) Jeffrey Burton Russell, 김영범 옮김, 『데블』, 르네상스, 2006, p.13.

15) 반면에 2007년 개봉된 피터 웨버(Peter Webber) 감독의 영화 〈한니발 라이징〉(토마스 해리스가 2006년에 출간한 소설 『한니발 라이징』을 원작으로 한 영화)은 한니발의 유년 시절로 시간을 거슬러올라가 그에게 극한의 체험들(2차세계대전 중에 일어난)과 같은 정신적인 외상을 뒤늦게 부과한다. 이

로써 이 영화는 한니발의 내적 동기를 합리적으로 설명하고자 하는 욕망을 드러내는데, 공포 스릴러의 일반적인 관습으로 복귀하는 듯한 이런 양상은 이 시리즈가 지닌 전복성을 상당 부분 중화시키는 결과를 낳는 것으로 보여 아쉬움을 갖게 한다.

16) Michel Foucault, 박정자 옮김, 『비정상인들』, 동문선, 2001, p.84, 140.

17) 위의 책, p.161.

18) Rudolph Otto, 길희성 옮김, 『성스러움의 의미』, 분도출판사, 1987, pp.47~48.

19) Jeffrey Burton Russell, 앞의 책, pp.63~70.

20) Robert Muchembled, 앞의 책, p.178.

21) Jeffrey Burton Russell, 김영범 옮김, 『메피스토펠레스』, 르네상스, 2006, pp.274~277.

22) 오컬트(occult)는 뱀파이어, 악령, 악마 등이 등장하는 이교적인 색채의 공포영화들을 지칭한다. 오컬트 영화는 고딕풍의 성당이나 지하묘지 등과 같은 중세적인 배경과 으스스한 분위기를 강조한다.

23) Jeffrey Burton Russell, 『데블』, p.63, 130.

24) 일원론의 관점에서 창조주는 절대적인 유일신으로, 악마를 포함한 모든 창조물의 근원이다. 그러므로 창조주에게는 악마의 존재나 세상의 악에 대한 근본적인 책임이 있다. 반면에 이원론의 관점에서는 신과 악마가 독립된 근원을 지니고 있는 적대적인 존재로 이해된다. 이 때에는 신의 전능함과 절대성에 제약이 생기지만, 대신에 악에 대한 책임은 온전히 악마에게 귀속된다.

25) Jeffrey Burton Russell, 김영범 옮김, 『사탄』, 르네상스, 2006, p.269.

26) 위의 책, pp.98~99.

27) 위의 책, pp.280~288.

28) Jeffrey Burton Russell, 김영범 옮김, 『루시퍼』, 르네상스, 2006, p.19.

*11* 권력의 공포와 모성 이데올로기의 붕괴

1) Richard Kerney, 앞의 책, p.16.

2) 위의 책, 같은 곳.

3) 심영섭, 앞의 글, p.73.

4) 여고생들이나 여고 동창생들 사이에서 벌어지는 귀신의 연쇄살인 이야기는
〈여고괴담〉 시리즈와 함께 우리 공포영화의 한 두드러진 경향으로 등장했다.
〈여고괴담〉(감독 박기형, 1998)이 학교폭력을 비롯한 교육제도의 문제점을 다
룬 사회 비판적인 공포영화로서 독특한 자리를 확보했다면, 〈여고괴담 두 번째
이야기〉(감독 김태용·민규동, 1999)는 여고생들 간의 동성애를 공포영화의 소
재로 삼았다는 점에서 인상적으로 기억된다. 친구들 사이의 경쟁 관계를 지나치
게 과장하여 그려낸 〈여고괴담 세 번째 이야기: 여우계단〉(감독 윤재연, 2003)
은 상투적인 테마와 리얼리티의 결여 등으로 인해 〈여고괴담〉 시리즈 중에서 가
장 악평을 받았던 영화이다. 참고로 이 공포영화들 각각이 제기하는 구체적인
문제들을 접어두고 일반화시켜서 말한다면, (교복을 입은) 여고생 귀신의 빈번
한 등장은 성적으로 금지된 대상에 대한 남성적 무의식의 공포 어린 욕망과 무
관하지 않은 것처럼 보인다. 이 점은 〈여고괴담〉 시리즈에서 남자 교사와 여학
생 사이의 성적인 관계(《여고괴담》에서는 권력을 지닌 교사가 여학생에게 가하
는 성추행으로, 〈여고괴담 두 번째 이야기〉에서는 조숙한 여학생과 무기력한 교
사 사이의 성관계로 나타난다)라는 모티프를 통해 얼핏 모습을 드러내기도 한
다.

5) 급우들에게 따돌림을 당하는 인숙과 유진의 모습은 영화에서 의도적으로 중
　　첩되어 그려지며, 유진이 살인사건과 연관되어 있다는 소문이 돌자 인숙과
　　마찬가지로 그녀에게도 추방령이 내려진다.

6) 황진미, 「내가 아직도 네 엄마로 보여? 〈령〉」, 『씨네 21』 460호, 2004. 7. 14.

『씨네 21』 지난 호에 실렸던 평문들은 http://www.cine21.com에서 확인할 수 있다.

7) 이종영, 『사랑에서 악으로—권력의 원천에 대한 연구』, 새물결, 2004, p.192.

8) 위의 책, p.172.

9) Bernhard A. Grimm, 박규호 옮김, 『권력과 책임』, 청년정신, 2002, p.29.

10) 이종영, 앞의 책, p.186.

11) 위의 책, p.47.

12) Bernhard A. Grimm, 앞의 책, pp.233~234.

13) 이종영, 앞의 책, p.12.

14) 위의 책, p.63, 218.

15) 위의 책, p.26.

16) Elias Canetti, 강두식 옮김, 『군중과 권력』, 학원사, 1982, p.224.

17) Elias Canetti, 반성완 옮김, 「권력과 살아남음」, 『말의 양심』, 한길사, 1984, pp.54~55.

18) 연점숙, 「모성의 신화 다시 보기」, 김진영·연점숙 외, 『여성문화의 새로운 시각 2』, 월인, 2000, pp.30~31.

19) 위의 글, p.33.

20) 권명아, 『가족이야기는 어떻게 만들어지는가』, 책세상, 2000, p.74. 이 책에서 권명아는 가족과 관련된 가치 준거들이 사회적인 것들 속에서 끊임없이 재생산되고 있음을 강조하면서, 가족의 문제를 여성 문제와 등치시키는 페미니즘의 협소한 관점이 한계를 지닐 수 있음을 지적한다.

21) 황진미, 「속 빈 공포영화, 〈분신사바〉의 네 가지 결점」, 『씨네 21』 465호, 2004. 8. 18, 앞의 사이트 참조.

22) Ann Oakeley, *Woman's Work: The Housewife, Past and Present,*

New York: Basil Blackwell Inc., 1988, p.199.

23) 황진미(2004. 8), 앞의 사이트 참조.

24) 참고로 같은 맥락에서 논의될 만한 한국 공포영화로는 〈아카시아〉(감독 박
기형, 2003)와 〈4인용 식탁〉(감독 이수연, 2003) 등이 있다.

25) 연점숙, 앞의 글, p.33.

26) 황진미(2004. 7), 앞의 사이트 참조.

27) 위의 글, 앞의 사이트 참조.


## *12* 정신분석과 귀신이 만나는 두 가지 방식

1) Gérard Gennette, *Figure III*, Paris: Seuil, 1972, p.90.

2) Seymour Chatman, *Story and Discourse: Narrative Structure in Fiction and Film*, Ithaca and London: Cornell Univ. Press, 1978, p.237.

3) Gérard Gennette, 앞의 책, p.211.

4) 프로이트가 이미 지적했듯이 초자아는 무의식적 이드에 관해 자아 이상으로
잘 알고 있으며, 이로 인해 저지르지 않은 죄에 대한 죄책감을 불러일으키기
도 한다. 초자아는 어떤 정당화가 없이도 복종을 요구하는 비합리적 명령의
모델이라는 점에서도, 실은 이드로부터 그리 멀리 있지 않다. 한편 〈분홍신〉
의 초자아는 지젝이 말한 '모성적 초자아', 아버지의 법을 교란하고 방해하는
대리자로도 해석이 가능하다. Slavoj Žižek, 김소연·유재희 옮김, 『삐딱하게
보기』, 시각과 언어, 1995, p.196, pp.300~301.

5) 정신과 의사라는 존재가 이처럼 정신의학적 관점을 고수하지 않고 미스터리
를 인정하는 관점들에 관심을 보이는 것은 다른 영화들과 구별되는 이 영화

의 특이한 요소 중 하나이다.

6) 영민이 엠뷸란스에 실려가는 장면에서 유리창에 비친 영민의 모습과 유리창 밖의 그의 모습이 상이하다는 데 주목해보자. '거울 속'의 영민은 몹시 고통스러워 하지만 유리창 밖의 그는 그렇지 않다. 이 장면을 두고도 엇갈린 해석들이 나올 수 있다. 거울 속의 영민이 더 큰 부상을 입어 사망했다는 해석과, 반대로 거울 밖의 영민은 이미 의식이 없을 정도로 치명적인 상태인 반면 거울 속의 그는 그렇지 않다는 해석 등이 그것이다. 위와 같은 본문의 해석은 후자의 견해를 근거로 한다.

7) 강민에게 전화를 걸어 황수영의 배신에 관한 정보를 주고 죽은 아내의 기억을 환기시키는 익명의 존재는 그의 내면의 목소리, 문제를 회피하지 말고 분노를 터뜨리라고 말하는 초자아의 음성으로 해석될 수 있다. Slavoj Žižek, 앞의 책, p.254.

8) 그녀의 존재가 강민의 또 다른 자아라고 보는 해석들도 있다. 살인사건을 수사하는 강민의 친구 최형사(장현성 분), 전화 속의 익명의 남자, 그리고 사진관 여자 민수인까지 모두 강민의 분열된 자아들이라고 보는 것이다. 정신분석적 해석의 가능성을 영화 전반에 걸쳐 최대한으로 확장시키는 이런 해석은 다소 작위적이고 도식적인 인상을 준다. 특히 민수인은 강민의 분열된 자아라는 해석으로는 환원되지 않는 풍부한 존재감을 지닌 인물이다.

9) 물론 이런 '규칙'이 전부는 아니다. 민수인의 이야기 속에는 실제로 강민과 그녀가 함께 보냈을 어린 시절의 기억들도 포함되어 있는 것으로 보이며, 어디까지가 사실 그대로이고 어디서부터 어떻게 변형된 것인지를 완전히 파악하기란 불가능하다. 이런 특징은 이 영화가 난해하고 추상적이라는 인상을 주는 주된 요인일 것이다.

10) Jacques Derrida, *L'écriture et la différence*, Paris: Seuil, 1967, pp.58~59.

11) Richard Kearney, 앞의 책, p.27.

12) Anne Durmantelle, 「초대」, Jacques Derrida, 남수인 옮김, 『환대에 대하
여』, 동문선, 2004, p.11.

13) Jacques Derrida, 위의 책, p.141.

14) Anne Durmantelle, 앞의 글, p.26.

## 1. 논문과 평문

곽차섭, 「뮤즈들에 둘러싸인 클리오―세기말 서양 역사학과 문학의 라프로쉬
　　　망」, 『문학과사회』 2005년 봄호.

김기봉, 「팩션의 역사, 팩션의 사회사」, 『21세기문학』 2006년 겨울호.

김상수, 「'언어로의 전환'에 대한 재평가」, 『역사와 문화』 9집, 푸른역사, 2004. 12.

김상훈, 「현대 SF의 진화―포스트고딕에서 슬립스트림으로」, 『Happy SF』 창
　　　간호, 행복한 책읽기, 2004. 9.

김성곤, 「영화에 나타난 복제인간의 문제점―〈6번째 날〉」, 『영화 속의 문화』,
　　　서울대학교출판부, 2004.

김성수, 「또 다른 원본을 찾아서」, 김연수, 『꿈 바이 이상』 해설, 문학동네,
　　　2001.

김영찬, 「한국문학의 증상들 혹은 리얼리즘이라는 독법」, 『창작과비평』 2004년
　　　가을호.

김영찬, 「개복치 우주(소설)론과 일인용 너구리 소설 사용법」, 『문학동네』 2005
　　　년 봄호.

김예림, 「지구 노인촌 혹은 트랜스제닉 디스토피아 스펙터클」, 조하형, 『키메라
　　　의 아침』 해설, 열림원, 2004.

김지영, 「연애, 문학, 근대인」, 『문예중앙』 2005년 겨울호.

박  진, 「진실을 쓴다는 것」, 『문예중앙』 2005년 가을호.

성민엽·최수철, 「키메라, 새로운 소설의 가능성에 대하여」, 『문학·판』 2004년
　　　겨울호.

손영미, 「서사학과 포스트휴머니즘」, 『내러티브』 제9호, 2004. 10.

신형기, 「민중 이야기와 도덕의 정치학」, 『문학·판』 2005년 봄호.

심영섭, 「공포란 억압이 의식으로 귀환하는 과정이다」, 『북페뎀』 2004년 여름호.

연점숙, 「모성의 신화 다시 보기」, 김진영·연점숙 외, 『여성문화의 새로운 시각
　　　2』, 월인, 2000.

이정석, 「사실의 역사에서 실존의 역사로―김훈 역사소설의 존재방식」, 『작가
　　　와비평』 2004년 하반기.

임형욱 외, 좌담 「SF는 주류문학의 대안이 될 수 있는가」, 『Happy SF』 창간
　　　호, 행복한 책읽기, 2004. 9.

최원식, 「남과 북의 새로운 역사감각들―김영하의 『검은꽃』과 홍석중의 『황진
　　　이』」, 『창작과비평』 2004년 여름호.

황진미, 「내가 아직도 네 엄마로 보여? 〈령〉」, 『씨네 21』 460호, 2004. 7. 14.

황진미, 「속 빈 공포영화, 〈분신사바〉의 네 가지 결점」, 『씨네 21』 465호, 2004.
　　　8. 18.

Canetti, Elias, 반성완 옮김, 「권력과 살아남음」, 『말의 양심』, 한길사, 1984.

Ginzburg, Carlo, "Clues: Morelli, Freud, and Sherlock Holmes", *The
　　　Sign of Three: Dupin, Holmes, Pierce*, eds. Umberto Eco &
　　　Thomas A. Sebeck, Bloomington: Indiana Univ. Press 1988.

## 2. 단행본


고충환, 『무서운 깊이와 아름다운 표면』, 랜덤하우스중앙, 2006.

공임순, 『우리 역사소설은 이론과 논쟁이 필요하다』, 책세상, 2000.

곽차섭 엮음, 『미시사란 무엇인가』, 푸른 역사, 2000.

구회영, 『영화에 대하여 알고 싶은 두세 가지 것들』, 한울, 1991.

권명아, 『가족이야기는 어떻게 만들어지는가』, 책세상, 2000.

권보드래, 『연애의 시대』, 현실문화연구, 2003.

김기봉, 『'역사란 무엇인가'를 넘어서』, 푸른역사, 2000.

김기봉, 『팩션시대, 영화와 역사를 중매하다』, 프로네시스, 2006.

김응종, 『아날학파의 역사세계』, 아르케, 2001.

김행숙, 『문학이란 무엇이었는가 — 1920년대 동인지 문학의 근대성』, 소명출판,
        2005.

김현식, 『포스트모던 시대의 '역사란 무엇인가'』, 휴머니스트, 2006.

박기수, 『애니메이션 서사 구조와 전략』, 논형, 2004.

박인하, 『박인하의 아니메 미학 에세이』, 바다출판사, 2003.

박   진, 『서사학과 텍스트 이론』, 랜덤하우스중앙, 2005.

박진·김행숙, 『문학의 새로운 이해 — 문학의 이동과 움직이는 좌표들』, 청동거
        울, 2004.

이수형, 「사이버펑크의 존재론」, 백민석, 『러셔』해설, 문학동네, 2003.

이종영, 『사랑에서 악으로 — 권력의 원천에 대한 연구』, 새물결, 2004.

임종기, 『SF 부족들의 새로운 문학 혁명, SF의 탄생과 비상』, 책세상, 2004.

조한욱, 『문화로 보면 역사가 달라진다』, 책세상, 2000.

최규용, 『재즈』, 살림, 2004.

니토베 이나조, 심우성 옮김, 『무사도란 무엇인가』, 동문선, 2002.

오타가 토시오, 김승현 옮김, 『오타쿠』, 현실과미래, 2000.

Ambrose, Stephen E. 외, 이종인 옮김, 『만약에1』, 세종연구원, 2003.

Aron, Raymond, *Introduction à la philosophie de l'histoire: Essai sur les limites de l'objectivité historique*, 16th ed., Paris: Gallimard, 1957.

Barthes, Roland, *S/Z*, Paris: Seuil, 1970.

Braudel, F., *La Méditerranéen à l'époque de Phillippe II*, Paris: Armand Colin, 1949.

Brockelman, Thomas, *The Frame and the Mirror: On Collage and the Postmodern*, Evanston, Illinois: Northwestern Univ. Press, 2001.

Canetti, Elias, 강두식 옮김, 『군중과 권력』, 학원사, 1982.

Chatman, Seymour, *Story and Discourse: Narrative Structure in Fiction and Film*, Ithaca and London: Cornell Univ. Press, 1978.

Derrida, Jacques, *L'écriture et la différence*, Paris: Seuil, 1967.

Derrida, Jacques, 남수인 옮김, 『환대에 대하여』, 동문선, 2004.

Dokins, Richard, 홍영남 옮김, 『이기적 유전자』(개정판), 을유문화사, 2002.

Dosse, François, 김복래 옮김, 『조각난 역사』, 푸른역사, 1998.

Foucault, Michel, 박정자 옮김, 『비정상인들』, 동문선, 2001.

Gallie, W. B., *Philosophy and the Historical Understanding*, New York: Schoken Books, 1964.

Gennette, Gérard, *Figure III*, Paris: Seuil, 1972.

Gridley, Mark C., 이정현 옮김, 『재즈총론』, 삼호출판사, 1995.

Grimm, Bernhard A., 박규호 옮김, 『권력과 책임』, 청년정신, 2002.

Hanegraff, Hank, 김병두 옮김, 『다빈치 코드, 진실인가 허구인가』, 성령의말씀사, 2004.

Haraway, Donna, *Simians, Cyborgs and Women: The Reinvention of*

*Nature*, New York: Routledgs, 1991.

Jenkins, Keith, 최용찬 옮김, 『누구를 위한 역사인가』, 혜안, 1999.

Kearney, Richard, 이지영 옮김, 『이방인, 신, 괴물』, 개마고원, 2004.

Kristeva, Julia, 서민원 옮김, 『공포의 권력』, 동문선, 2001.

Lovelock, James, 홍욱희 옮김, 『가이아―살아 있는 생명체로서의 지구』, 갈라파고스, 2004.

Marrou, H.-I., *De la connaissance historique*, Paris: Seuil, 1954.

Mink, Louis O., *Philosophical Analysis and History*, New York: Harper and Row, 1966.

Muchembled, Robert, 노영란 옮김, 『악마, 천년의 역사』, 박영률출판사, 2006.

Napier, Susan J., 임경희·김진용 옮김, 『아니메―인문학으로 읽는 제패니메이션』, 루비박스, 2005.

Oakeley, Ann, *Woman's Work: The Housewife, Past and Present*, New York: Basil Blackwell Inc., 1988.

Otto, Rudolph, 길희성 옮김, 『성스러움의 의미』, 분도출판사, 1987.

Paglia, Camille, 이종인 옮김, 『성의 페르소나』, 예경, 2003.

Ranke, Leopold von, *The Theory and Practice of History*, eds. Georg G. Iggers & Konrad von Moltke, Indianapolis & New York: Bobbs-Merrill Co., 1973.

Ricœur, Paul, *Temp et récit I*, Paris: Seuil, 1983.

Ricœur, Paul, *Temps et récit III*, Paris: Seuil, 1985.

Rifkin, Jeremy, 전영택·전병기 옮김, 『바이오테크 시대』, 민음사, 1999.

Rowlands, Mark, 조동섭 옮김, 『SF 철학』, media2.0, 2005.

Russell, Jeffrey Burton, 김영범 옮김, 『데블』, 르네상스, 2006.

Russell, Jeffrey Burton, 김영범 옮김, 『사탄』, 르네상스, 2006.

Russell, Jeffrey Burton, 김영범 옮김, 『루시퍼』, 르네상스, 2006.

Russell, Jeffrey Burton, 김영범 옮김, 『메피스토펠레스』, 르네상스, 2006.

Wesseling, E., *Writing History as a Prophet: Postmodernist Innovations of the Historical Novel*, John Benjamins Pub. co., 1991.

White, Hayden, *Metahistory: The Historical Imagination in 19th Century Europe*, Baltimore & London: The John Hopkins Univ. Press, 1973.

Žižek, Slavoj, 김소연·유재희 옮김, 『삐딱하게 보기』, 시각과 언어, 1995.

Žižek, Slavoj, 주은우 옮김, 『당신의 징후를 즐겨라!』, 한나래, 1997.

※ 이 책의 내용 중 이미 발표된 글들의 처음 형태는 아래에서 찾아볼 수 있습니다.


우리는 왜 팩션에 열광하는가:「우리는 왜 팩션에 열광하는가」,『문학과사회』 2005년 겨울호

역사추리소설의 한국적인 특수성:「역사추리소설의 장르적 성격과 한국적인 특수성」,『현대소설연구』 32집, 2006. 12.

역사 서술의 문학성과 역사소설의 새로운 경향:「역사 서술의 문학성과 역사소설의 새로운 경향」,『국어국문학』 141집, 2005. 12.

스팀펑크의 서사 담론:「스팀펑크의 장르적 성격과 서사 담론 ― 〈스팀보이〉와 〈신비한 바다의 나디아〉를 중심으로」,『국제어문』 37집, 2006. 8.

SF 제패니메이션의 하이브리드화:「일본 SF 애니메이션의 서사적 혼종성과 의미론적 다중성 ― 〈카우보이 비밥〉을 중심으로」,『문학과 영상』 7권 1호, 2006. 6.

슬립스트림, SF와 문학이 만날 때:「SF적인 인식의 전환과 문학의 새로운 영역」,『한국문학연구』 6집, 2005. 12.

공포 스릴러에 나타난 선악과 신성의 문제:「공포 스릴러 영화에 나타난 선악과 신성의 문제」,『문학과 영상』 8권 1호, 2007. 4.

권력의 공포와 모성 이데올로기의 붕괴:「권력의 공포와 모성 이데올로기의 붕괴 ― 〈분신사바〉〈신데렐라〉〈령〉〈여고괴담4: 목소리〉를 중심으로」,『국제어문』 39집, 2007. 4.

정신분석과 귀신이 만나는 두 가지 방식:「공포영화 속의 타자들 ― 정신질환과 귀신이 만나는 두 가지 방식」,『우리어문연구』 25집, 2005. 12.

## ㄱ

## ㅈ